LE SILENCE
DE TES YEUX

DU MÊME AUTEUR

Le Chemin des larmes, De Borée 2004 (prix Mémoire d'Oc 2004) ; Presses de la Cité 2018

L'Appel des drailles

1. *L'Appel des drailles,* De Borée 2004 ; Omnibus 2017 ; Presses de la Cité 2023
2. *Les Drailles oubliées,* De Borée 2005 ; Omnibus 2017 ; Presses de la Cité 2024

Le Secret des Terres blanches, De Borée 2006

L'Arbre d'or, De Borée 2007 ; Omnibus 2017

Le Saut du Loup, De Borée 2008 ; Presses de la Cité 2021

Les Sarments de la colère, De Borée 2009 (prix Lucien-Gachon 2011) ; Presses de la Cité 2019

L'Arbre à palabres, Éditions Mélis 2009 (prix Découverte 2001) ; De Borée 2018

Les Bonheurs de Céline, De Borée 2010 ; Presses de la Cité 2020

Le Brouillard de l'aube, De Borée 2011

L'Arbre à pain, De Borée 2011 ; Presses de la Cité 2025

Les Hauts de Bellecoste, De Borée 2011

Terres noires, De Borée 2012

Les Rives Blanches, Presses de la Cité 2013 (prix Cabri d'or de l'Académie cévenole 2013) ; Pocket 2020

La Saga des Rochefort

1. *Les Rochefort,* Presses de la Cité 2014 ; Éditions Openroad New York 2015 ; Pocket 2015
2. *L'Enfant rebelle,* Presses de la Cité 2015 ; Pocket 2017
3. *Le Goût du soleil,* Presses de la Cité 2016 ; Pocket 2018
4. *La Promesse à Élise,* Presses de la Cité 2017 ; Pocket 2019
5. *L'Héritier du secret,* Presses de la Cité 2018 ; Pocket 2020

Dans les yeux d'Ana, Presses de la Cité 2019 ; Pocket 2021

Les Enfants de Val Fleuri, Presses de la Cité 2020 ; Pocket 2021

Les Fiancés de l'été

1. *Les Fiancés de l'été,* Presses de la Cité 2021 ; Pocket 2022
2. *Le Retour d'Ariane,* Presses de la Cité 2022 ; Pocket 2023

Les Naufragés du déluge, Presses de la Cité 2022 ; Pocket 2023

À l'ombre des souvenirs interdits, Presses de la Cité 2023 ; Pocket 2024

Les Couleurs de l'oubli, Presses de la Cité 2024

Christian Laborie

LE SILENCE DE TES YEUX

Roman

TERRES DE FRANCE

Les Presses de la Cité

92, avenue de France – 75013 Paris
ISBN 978-2-258-20650-2
Dépôt légal : août 2025

Avertissement

Cette histoire est un roman. Toute ressemblance avec des personnes existantes ou qui ont pu exister ne pourrait être que coïncidence. Toutefois, l'auteur a mis en scène des personnages qui ont eu un rôle dans l'Histoire et les a mêlés librement à la fiction sortie de son imagination. De même, il a pris quelques libertés avec les lieux décrits au fil des pages.

Prologue

Région de Saint-Jean-du-Gard,
février 1944

L'hiver était bien installé au cœur des Cévennes. Depuis plus d'un an, les habitants de la petite commune de Saint-Jean-du-Gard courbaient le dos devant l'ennemi. Les unités allemandes d'occupation s'acharnaient à débusquer les îlots de résistance des maquisards qui se terraient dans les montagnes environnantes et ne cessaient de les harceler. La vie quotidienne était profondément bouleversée chaque fois que les soldats de la Wehrmacht tombaient dans une embuscade. Si la population, dans son ensemble, soutenait le maquis local, elle n'en souffrait pas moins des terribles représailles nazies.

La Résistance dans les Cévennes était menée par différents groupes obéissant à des chefs en désaccord les uns avec les autres. En Lozère, cependant, elle commençait à se structurer à Marvejols, Mende, Langogne, et au Collet-de-Dèze. La confusion régnait parfois dans les décisions prises, les opérations contre les Allemands manquaient souvent de coordination. Plus au sud, la Résistance gardoise avait installé un maquis à Aire-de-Côte, dans le massif de l'Aigoual, vite anéanti par les troupes allemandes en juillet 1943. Au même moment, elle s'organisait autour de la Vallée longue, avec le maquis de la Figuerolle à Saint-Martin-de-Boubaux.

Depuis plusieurs mois, le vent tournait. Les soldats du Reich étaient de plus en plus malmenés et essuyaient des revers. La tension montait dans leurs rangs, les expéditions punitives se multipliaient.

Dans leur ferme située à l'écart du chef-lieu, Ruben et Jeanne Lacoste tentaient tant bien que mal d'oublier le malheur qui s'était abattu sur le pays, surtout depuis l'invasion de la zone libre en novembre 1942.

Lorsque les Allemands étaient arrivés à Nîmes puis à Alès, ils ne s'étaient pas sentis directement menacés. Leur commune étant éloignée des grands axes de circulation, bien à l'abri dans la montagne cévenole réputée inexpugnable, ils ne pensaient pas qu'ils pénétreraient au cœur des Cévennes. Or, si les maquisards avaient repris sans tarder le flambeau des camisards de l'époque des dragonnades, ils n'avaient pu empêcher le drapeau à croix gammée de flotter au fronton des mairies.

Ruben Lacoste ne quittait jamais son exploitation sans donner ses ultimes recommandations à sa fille Mélanie :

« Enferme-toi à l'intérieur. N'ouvre à personne. Si tu perçois du bruit dehors, surtout ne mets pas le nez à la fenêtre, réfugie-toi dans la cave ou dans la cachette secrète, et ne bouge pas. »

Chaque mardi, il se rendait avec sa femme sur le marché de Saint-Jean pour vendre les produits de sa ferme. Même si, depuis le début de la guerre, beaucoup se restreignaient, il ne manquait jamais cette journée qui parait la commune d'un petit air de fête malgré la présence des soldats allemands et la menace qu'ils représentaient.

À seize ans, Mélanie se montrait beaucoup moins anxieuse que ses parents. Elle ne voyait le danger nulle part et se moquait de son père lorsque ce dernier lui faisait la leçon.

« Que veux-tu qu'il m'arrive ? Ils n'oseront jamais s'aventurer jusqu'ici. Notre ferme est trop à l'écart. Et les maquisards ne sont pas loin. Si les boches pénètrent sur nos terres, ils tomberont dans une embuscade dont ils ne sortiront pas vivants. Jacques me l'a affirmé. »

Jacques Bonnefon était le fils de leurs plus proches voisins. À vingt ans, il avait pris les armes lorsque le maquis de la Picharlerie s'était constitué, l'année précédente. Avec de nombreux jeunes réfractaires au STO, le Service du travail obligatoire en Allemagne, il s'était caché dans les montagnes et s'était vite porté volontaire pour se battre contre l'occupant. La plupart n'ayant aucune formation militaire, deux Cévenols natifs de Saint-Étienne-Vallée-Française, Marceau Lapierre et Georges Lafont, avaient créé à l'automne 1943 un maquis-école dans l'enceinte de la ferme de la Picharlerie. Protégée par un enchevêtrement de serres[1] escarpés offrant de remarquables points d'observation, la ferme était nichée sous une crête culminant à plus de sept cent vingt mètres d'altitude. Seuls des chemins longs et difficiles permettaient d'y accéder. Jacques participait à toutes les actions menées par son groupe dans la région de Saint-Étienne-Vallée-Française et de Saint-Jean-du-Gard.

Mélanie était secrètement amoureuse. Depuis ses quinze ans, elle n'avait d'yeux que pour le jeune Bonnefon, dont les parents étaient appréciés dans la bonne société saint-jeannaise. Son père, notaire de la commune, était un homme respecté, qui ne s'était jamais compromis avec les partisans de Vichy. Hostile au Maréchal, il demeurait cependant à l'écart de toute velléité de résistance. S'il n'avait pas encouragé son fils à prendre le maquis, il s'en était enorgueilli.

Jacques avait toujours considéré Mélanie comme une amie. Ils s'étaient rencontrés au cours du bal du 14 Juillet, quelques mois avant l'arrivée des Allemands dans la zone sud. Il avait dix-huit ans, elle quinze. Il l'avait à peine remarquée. Elle s'était immédiatement éprise de lui et l'avait abordé la première. Ils avaient dansé ensemble toute la soirée. Lui, tenant ses distances. Elle, attendant qu'il la serre dans ses bras. Le bal terminé, déçue mais nullement découragée, elle lui avait fait promettre de se revoir. Il n'avait pas dit non. Elle s'était enthousiasmée.

1. Un serre est une crête.

Depuis ce jour-là, elle provoquait toutes les occasions pour le rencontrer.

Un jour, elle découvrit qu'il fréquentait une fille de la commune, une certaine Lise Duteil, dont les parents étaient des notables comme les siens. Terriblement affectée, elle n'admit pas la réalité. Elle nia cette liaison et s'entêta à croire que Jacques lui reviendrait tôt ou tard, dès qu'il s'apercevrait qu'il se fourvoyait.

Mélanie n'avait jamais avoué ses sentiments pour Jacques à ses parents, les considérant comme son jardin secret. Mais lorsqu'elle apprit qu'il avait gagné le maquis, elle ne retint pas longtemps son chagrin. Très vite, elle se referma sur elle-même, refusant de se confier. Elle sombra petit à petit dans une tristesse sans fin. Sa mère s'en inquiétait mais ne parvenait pas à la sortir de sa mélancolie, n'en connaissant pas la raison.

Lorsqu'elle rencontra Jacques, un jour par hasard, sur la place du village, elle lui sauta au cou. Lui, gêné, ne la repoussa pas mais essaya de la maintenir à distance.

— Sois discrète, lui souffla-t-il, on pourrait nous voir !

— Pourquoi es-tu parti sans m'avertir ? J'ai appris par un de tes amis que tu avais rejoint le maquis. C'est dangereux. N'y va plus ! Je t'en supplie.

Jacques semblait embarrassé.

— Ne parlons pas de cela ici, en pleine rue. On attire l'attention.

— Je t'aime, Jacques. J'ai peur de te perdre. Écoute-moi.

Le jeune homme tenta de la raisonner :

— Mélanie… tu te trompes à mon sujet… Je ne veux pas que tu croies que…

— Tu en aimes une autre ? Avoue-le !

— C'est plus compliqué que tu ne l'imagines. Je ne peux pas t'expliquer, ce serait trop long.

— Dis-moi que tu m'aimes ! insista-t-elle.

Il la serra dans ses bras. L'embrassa tendrement.

Elle se contenta de son baiser. S'apaisa.

Lorsqu'elle rentra chez elle, elle ne put dissimuler longtemps à sa mère qu'elle avait rencontré Jacques Bonnefon dans le village. Son bonheur se lisait sur son visage.

— Tu me parais bien heureuse tout à coup ! s'étonna Jeanne. Que se passe-t-il ?

— J'aime Jacques Bonnefon, avoua Mélanie. Et il m'aime. Mais j'ai peur pour lui. Il est monté au maquis. Il risque sa vie tous les jours.

— Tu es amoureuse du fils du notaire ? Et tu affirmes qu'il t'aime ! Tout le monde sait qu'il est fiancé avec la fille du pharmacien !

— Je ne l'ignore pas.

— Et tu t'en moques ! Tu lui fais confiance ?

— Il m'aime, je t'assure. Il m'a embrassée. Il y a longtemps que nous nous connaissons.

Jeanne ne contredit pas sa fille. Le soir même, elle s'en ouvrit à son mari. Ruben lui conseilla de ne pas y prêter attention.

— Mélanie est très jeune. Elle s'est amourachée de ce garçon. Ça lui passera. D'autant plus qu'il a rejoint le maquis. J'étais au courant.

De jour en jour, Mélanie retrouvait goût à la vie et ne se préoccupait pas du danger que les Allemands répandaient dans les vallées cévenoles. Les résistants multipliaient leurs actions et les rendaient de plus en plus fébriles. Les représailles ne tardaient jamais longtemps. Des hameaux entiers étaient parfois brûlés et rasés par les unités SS qui sévissaient dans la région, leurs habitants contraints de fuir et d'abandonner leurs maisons, comme à la Rivière, près du Collet-de-Dèze.

Mélanie ne vivait que dans l'espoir de revoir Jacques, aveuglée par l'amour qu'elle lui portait, persuadée qu'elle était l'élue de son cœur.

Or Jacques ne lui avait rien promis. Il avait accepté de se fiancer avec Lise Duteil, il n'avait pas osé s'opposer à ses parents, qui avaient tout préparé pour leur union.

Le destin de Mélanie bascula un matin, alors que ses parents étaient partis sur le marché de Saint-Jean et l'avaient laissée seule à la ferme.

PREMIÈRE PARTIE

1

Une enfance heureuse

Saint-Jean-du-Gard,
printemps 1956

Après avoir subi les assauts du plus dur hiver que les anciens aient vécu depuis des lustres, la vallée se parait à nouveau de ses plus beaux atours. Le gel avait mis à mal les semis d'automne, beaucoup d'arbres fruitiers peinaient à reprendre vie. Même les oliviers, dans la plaine, avaient péri. C'était une véritable hécatombe. Pourtant, un peu partout, les prémices de l'été apparaissaient sous un ciel d'azur. L'espoir l'emportait sur la morosité.

Clara profitait souvent de l'inattention de sa mère pour s'échapper de chez elle et rejoindre son ami d'enfance, Amaury, dont la maison était située à l'autre extrémité du chemin donnant accès à la ferme de ses grands-parents. Ils se retrouvaient après la classe, une fois leurs devoirs terminés, dans les prés ou dans les vignes appartenant au grand-père de

Clara. Ils s'y adonnaient à des jeux innocents, comme tous les enfants de leur âge.

Ils se connaissaient depuis longtemps et fréquentaient la même école de la commune. Leurs institutrices ne parvenaient jamais à les séparer et acceptaient qu'ils se placent toujours côte à côte en toutes circonstances. En avance sur son époque, leur école primaire avait institué des classes mixtes, comme dans les petits villages, au grand étonnement des parents d'élèves, qui, pour la plupart, s'étaient méfiés de cette initiative.

« Plus tard, on finira par vous marier », plaisantait Marie Jeanson, leur institutrice.

Clara rougissait de confusion. Amaury redressait la tête, fier d'être considéré comme un « grand ».

Mais dans la cour de récréation, leurs camarades se moquaient d'eux. Amaury ne les écoutait pas. Clara, plus sensible, s'en chagrinait. Sous le préau, par temps de pluie, les commentaires ne tarissaient pas :

« Hé ! les amoureux, c'est quand que vous vous mariez ? »

« Vous allez faire un bébé ensemble ? »

Les cancres de la classe n'étaient pas les derniers à ironiser et à leur reprocher d'être les préférés de la maîtresse.

« Hé, les chouchous, pourquoi vous n'avez pas de père ? »

C'était la question, récurrente, qui les agaçait le plus. Marie avait beau sévir contre ceux qui s'aventuraient sur ce terrain, les chenapans ne se privaient pas de réitérer leurs allusions à la naissance obscure de leurs deux camarades de classe.

Clara et Amaury en effet n'avaient pas de père. Leurs mères les avaient élevés seules. Pour autant, dans la commune, si cela n'était un secret pour personne, elles n'avaient jamais subi, ni l'une ni l'autre, de récriminations, de mauvais jugements, de critiques de qui que ce soit. Leur état de mère célibataire n'était pas l'objet de commérages ni de rumeurs.

Certes, leur cas n'était pas celui de la majorité des jeunes femmes de leur âge, et les mœurs de l'époque n'étaient pas très favorables à cette liberté qu'elles affichaient sans aucune honte. Aussi, on se gardait d'approuver leur situation devant tout le monde, plus par crainte d'être désavoué par l'honorable société que de passer pour adepte de la libération de la femme.

« Des mères sans maris ! Cela ne reflète quand même pas le meilleur exemple ! osait-on avancer dans les discussions privées. Que répondent leurs enfants quand on les questionne sur leurs pères ? »

Si le milieu protestant se montrait plus ouvert sur les mœurs et la morale que les catholiques, plus conservateurs et attachés aux sacro-saints fondements de la famille, la guerre avait semé le doute dans l'esprit de beaucoup. Et d'aucuns d'affirmer que certaines jeunes filles de l'époque avaient parfois péché par excès de frivolité.

Ni Mélanie ni Lise, les mères de Clara et d'Amaury, ne se préoccupaient de ce que l'on pensait d'elles dans leur entourage. Elles menaient une existence exemplaire que beaucoup auraient pu prendre pour modèle. Pour autant, si leur situation était identique, elle ne les avait pas poussées l'une vers l'autre, malgré l'amitié qui liait leurs deux enfants. Elles vivaient à proximité l'une de l'autre sans se fréquenter, se saluaient à l'occasion lorsqu'elles se croisaient dans le village, mais n'entretenaient jamais une conversation.

Clara et Amaury ne semblaient pas souffrir de ne pas avoir de père à la maison. C'était ainsi depuis leur naissance, ils étaient habitués à cette réalité, et c'était aussi ce qui les rapprochait. Amaury, d'ailleurs, déclarait volontiers à son amie qu'il se considérait comme son frère, et qu'ils n'étaient que les enfants de leurs mères.

« Nos mères auraient pu se marier avec un autre homme, relevait-il parfois devant Clara. Tu aurais aimé, toi, avoir un beau-père ?

— Ah non, je ne l'aurais pas supporté ! Comment je l'aurais appelé ? Papa, beau-papa ? Un homme qui m'aurait volé ma maman et à qui j'aurais dû obéir comme si j'étais sa fille ! Quelle horreur ! Je me serais enfuie de la maison !

— Moi, pareil. L'homme de la maison, c'est moi. Et moi seulement ! »

Les deux enfants s'entendaient à merveille. Quand on les apercevait ensemble sur le chemin de l'école ou dans les terres pendant les vacances scolaires, personne n'aurait osé envisager qu'ils étaient malheureux de ne pas avoir de père. Ni l'un ni l'autre n'avaient jamais sollicité de franches explications auprès de leurs mères. Seul Amaury savait que sa mère avait été enceinte avant d'avoir pu épouser son fiancé de l'époque, un certain Jacques Bonnefon. Mais il n'avait jamais cherché à connaître plus de détails sur sa naissance. Le bonheur de vivre l'un à côté de l'autre, entourés des leurs, leur suffisait.

Clara était choyée par sa mère et ses grands-parents, Ruben et Jeanne. Elle avait été élevée dans leur ferme, qui portait un nom de conte pour enfants, le Charmy, et n'avait jamais souffert d'un manque d'affection. Amaury vivait avec sa mère et sa grand-mère dans une petite maison confortable que son grand-père avait acquise peu avant son décès, à la fin de la guerre. À la mort de son mari, sa grand-mère avait revendu leur pharmacie, ce qui lui avait permis d'assurer l'avenir de sa fille et de son petit-fils.

Ainsi, la vie s'écoulait paisiblement pour les deux enfants, dans l'insouciance de leur jeune âge.

Lorsqu'ils furent dans leur onzième année, Clara et Amaury subirent leur première séparation. Amaury entra en classe de sixième au lycée d'Alès, tandis que Clara demeurait à l'école primaire pour préparer son certificat d'études. Telle avait été la décision de sa mère, sur les conseils de son grand-père et malgré les tentatives de son institutrice, qui aurait souhaité, comme pour Amaury, que sa jeune élève accède au cycle secondaire. Mais le fait d'envisager de se séparer de Clara en l'inscrivant dans un internat avait effrayé Mélanie. Elle n'était pas encore prête à voir sa fille lui échapper. De plus, son père, Ruben, avait su la convaincre qu'il valait mieux obtenir son certificat d'études plutôt que d'apprendre le latin ou l'anglais dans un lycée éloigné :

« Une fille n'a pas besoin de suivre de longues études. Ici à la ferme, Clara ne manquera jamais de rien. Plus tard, elle héritera de mes terres et de mes bêtes. Avec un bon mari et si elle est travailleuse, elle ne sera pas malheureuse. »

Mélanie n'avait pas contredit son père.

Depuis plusieurs mois, Amaury se rendait donc chaque dimanche soir à Alès par le car et n'en revenait que le samedi après-midi suivant pour un court séjour.

Sa vie avait complètement changé. Interne, il était coupé de sa famille et ne voyait plus Clara que quelques heures, le week-end, quand il avait terminé ses devoirs pour le lundi. Les deux enfants souffraient de cet éloignement forcé et trépignaient d'impatience d'atteindre les vacances scolaires pour se retrouver et ne plus se séparer.

« Je regrette beaucoup que tu ne sois pas entrée au lycée, ne cessait de répéter Amaury à chacun de ses retours à Saint-Jean. On aurait peut-être été dans la même classe. On ne se serait plus jamais quittés. »

Et de raconter à son amie sa vie d'interne, les cours différents d'heure en heure, les changements perpétuels de salles de classe, les professeurs, nombreux et pas toujours très gentils avec les élèves, les surveillants, l'étude du soir, le dortoir, le règlement, la discipline…

— Ça n'a pas l'air très drôle ! remarqua Clara cette fois-là.

— Sûr que ce n'est pas comme à l'école primaire ! Là-bas, il y a beaucoup d'élèves… et des grands qui ont déjà de la barbe et de la moustache !

— Tu t'es fait des amis ?

— Quelques-uns, mais tu me manques trop.

Clara ne tenait pas rigueur à sa mère de ne pas l'avoir inscrite au lycée. Marie Jeanson lui avait expliqué qu'après son certificat d'études elle aurait encore la possibilité d'entrer dans le cycle secondaire.

— Je garde l'espoir d'y aller. La maîtresse essaiera à nouveau de convaincre ma mère lorsque j'aurai obtenu le certif.

Amaury et Clara se munissaient donc de patience et profitaient de tous leurs instants de liberté pour savourer au mieux leurs retrouvailles.

Ils aimaient se rendre au bord du Gardon, dont les eaux claires chantaient sous les cinq arches séculaires du pont Vieux. L'été, ils s'y baignaient, se prélassaient au soleil sur la plage de sable granuleux. Leurs mères ne s'inquiétaient pas de leurs absences au moment du repas. Clara emportait toujours quelque chose à manger pour deux dans son sac. Elle n'avait pas besoin d'avouer qu'elle rejoignait Amaury, Mélanie le devinait à sa mine épanouie.

Le mois de mai était déjà très avancé. Clara, étant dans sa douzième année, s'apprêtait à effectuer sa communion solennelle comme c'était la tradition dans les familles catholiques. Elle se réjouissait à l'idée de porter ce jour-là une belle aube immaculée comme une petite mariée et d'être au centre d'une fête religieuse où les enfants étaient les rois. La cérémonie était prévue pour la Pentecôte. Depuis plusieurs mois, elle préparait cette échéance avec beaucoup de sérieux et ne manquait jamais les cours de catéchisme, sous la direction du vicaire de la paroisse. Ils étaient dispensés le jeudi matin dans la cure de l'église. Avec elle, une quinzaine de garçons et de filles de la commune suivaient les leçons de religion avec la même ferveur.

Elle rentrait directement chez elle vers dix heures sans traîner dans les rues du village.

Deux semaines avant la Pentecôte, Amaury lui fit la surprise de l'attendre à la sortie du catéchisme. Il était revenu du lycée la veille au soir, ses cours de fin de semaine ayant été annulés à cause d'une grève des enseignants. Exceptionnellement, le proviseur avait renvoyé les internes dans leurs foyers pour ne pas alourdir la charge des surveillants non grévistes.

Elle bondit de joie dès qu'elle l'aperçut.

— Tu es en vacances ? crut-elle.

— C'est tout comme. En tout cas, je suis là pour quatre jours. À cause de la grève des enseignants.

— Mon école est également en grève. Nous n'avons pas classe jusqu'à lundi.

Les deux enfants exultaient.

Amaury entraîna Clara sous le pont Vieux.

— Viens, allons nous baigner pour fêter ça...

— Mais l'eau doit être froide ! Ce n'est pas encore l'été. Et nous n'avons pas nos maillots.

— Je n'y avais pas pensé !

— Qu'à cela ne tienne, on ira en culotte ! Personne ne nous dira rien.

Clara était la plus enthousiaste des deux.

— On ne se quittera pas jusqu'à ton départ. Je veux passer toutes mes journées avec toi.

Amaury était aussi exalté qu'elle. Leur séparation les poussait toujours plus l'un vers l'autre quand ils se retrouvaient.

— Ce soir, je demanderai à ma mère si elle accepte que tu dormes chez nous, à la ferme, proposa Clara. Tu crois que la tienne t'autorisera ?

— Je saurai la convaincre.

Ils se baignèrent malgré la fraîcheur de l'eau, s'ébattirent sur la plage, s'éclaboussant par plaisir, s'étendirent sur le sable pour se sécher au soleil.

Lorsqu'il fut temps de rentrer, Clara se leva la première, se rhabilla et pria Amaury de se hâter.

— Tu as vu l'heure ? Dépêchons-nous si nous ne voulons pas être trop en retard chez nous.

Ils longèrent la rivière en courant pour couper court. Leurs maisons n'étaient pas éloignées du Gardon. Ils connaissaient tous les raccourcis de la commune. Mal chaussée, Clara peinait derrière Amaury, qui avait pris de l'avance. Essoufflée, elle lui cria de l'attendre.

Il se retourna, la vit trébucher. Clara avait heurté du pied une grosse pierre. Elle s'affala de toute sa hauteur dans un amas de cailloux charriés par le cours d'eau.

Amaury se précipita vers elle.

Clara était allongée par terre, les genoux écorchés et le front entaillé.

— Rien de cassé ? s'enquit-il aussitôt.

Elle se ressaisit. Passa sa main sur son visage, remarqua une trace de sang.

— Tu es blessée ! releva Amaury.

— Ce n'est rien. Que des égratignures.

Elle se releva, amorça un pas. Grimaça.

— Appuie-toi sur moi. Je te ramène au Charmy.

Clara suivit son ami en clopinant.

Quand ils furent à proximité de la ferme de ses grands-parents, elle lui dit :

— Tu désires vraiment m'accompagner ? Ce n'est pas le bon jour...

— Si tu dois te faire enguirlander, je veux être à tes côtés pour expliquer que je suis l'unique responsable.

— Ce n'est pas de ta faute. Je suis tombée toute seule.

— C'est moi qui t'ai attirée au bord du Gardon.

À peine furent-ils parvenus au Charmy, Mélanie, apercevant sa fille boitant et le visage maculé de sang, poussa des cris d'effroi :

— Mon Dieu, tu es blessée ! Il faut vite appeler le médecin !

Ruben la calma et, s'adressant à Amaury :

— Raconte-nous comment c'est arrivé.

— Elle est tombée malencontreusement sur un tas de cailloux en courant le long du Gardon.

— Que faisais-tu au bord de la rivière ? Ce n'est pas ton chemin pour revenir de l'église ! s'étonna Mélanie.

— Ne la grondez pas, madame. C'est moi qui l'ai entraînée à sa sortie du catéchisme.

Mélanie connaissait le jeune Duteil. Devant la grille de l'école, elle croisait souvent sa mère, qui venait aussi chercher son enfant quand il était dans les petites classes. Elle savait qu'il était le grand ami de sa fille.

Devant l'air navré du garçon, elle se reprit :

— Je te remercie de t'être occupé de Clara...

— Je n'ai rien, maman, coupa celle-ci. Que des égratignures.

Mélanie examina de plus près les blessures de sa fille, désinfecta ses plaies et proposa à boire à Amaury.

— Ne vous dérangez pas, madame. Je vais rentrer chez moi, maintenant que Clara ne risque plus rien.

— Maman, osa Clara, est-ce qu'Amaury peut dormir à la maison ce soir ? Nous n'avons école ni l'un ni l'autre jusqu'à lundi. Il pourrait rester quelques jours. Ce serait comme des petites vacances !

Mélanie regarda Amaury.

— Si ta maman te donne la permission, je ne m'y oppose pas.

— Je me charge de la convaincre. Je cours chez moi sans plus tarder et reviendrai au milieu de l'après-midi.

Les jours suivants, les deux enfants ne se séparèrent pas une seconde. Ils refaisaient le monde à leur manière, rêvaient de partir plus tard accomplir de grands voyages au bout de la Terre, se voyaient déjà adultes et mener une existence pleine de péripéties et d'aventures. Ils contemplaient longuement la rivière, laissaient s'envoler leur imagination. Amaury proposa de construire un abri en roseau à l'écart, dans un méandre où le cours d'eau s'éloignait des maisons et s'enfonçait dans une nature sauvage où seuls les pêcheurs téméraires se hasardaient. Sur l'autre rive se dressaient des falaises escarpées du haut desquelles les garçons du village aimaient plonger sous les regards admiratifs des filles.

— Tu oserais sauter de là-haut ? s'extasia Clara.

Amaury hésita.

— Je n'ai jamais essayé, mais si tu me le demandes je le tenterai.

— Je te crois mais je ne te le demande pas. Je ne voudrais pas qu'il t'arrive un accident. C'est dangereux.

— Le gour est profond à cet endroit. Il n'y a aucun risque. Je vais le faire.

— Alors, si tu sautes, je saute avec toi.

Les deux enfants trouvèrent un passage à gué pour rejoindre la rive opposée puis grimpèrent sur le promontoire.

Quand ils furent au bord du rocher, Amaury regarda vers le bas.

— C'est haut ! releva-t-il. Au moins une douzaine de mètres.

Derrière lui, Clara ne bougeait pas. Ne parlait plus.

— Tu ne veux plus sauter ? devina Amaury.

Clara se sentait toute bizarre. Un voile s'était soudainement posé sur ses yeux.

Amaury s'aperçut de son malaise et recula pour la soutenir.

— Assieds-toi. Que se passe-t-il ?

— Je l'ignore. Je n'y vois plus très bien. Tout est flou devant moi.

Amaury ne savait que penser. Il mit le dérangement de son amie sur le compte de l'appréhension.

— Je n'aurais pas dû t'amener sur ce rocher. Tu as sans doute eu le vertige et ta vue s'est brouillée. Ça ne durera pas. Attendons un peu.

Au bout de quelques minutes, en effet, le trouble de Clara s'estompa.

— Je vais mieux, rassura-t-elle. Ce n'était rien de grave. Tu as raison, j'avais un peu peur de sauter. J'ai fait la fanfaronne !

Quand ils parvinrent à la ferme, Clara prit Amaury par la main.

— Ne dis rien à ma mère, à propos de ce qui m'est arrivé. Elle s'inquiéterait pour rien.

— Promis. Je me tairai.

Les deux enfants passèrent les jours restants sans éveiller l'attention de Mélanie.

Pourtant, Clara se posait des questions. Son étourdissement se reproduisit deux fois encore pendant le séjour d'Amaury. Il ne durait que quelques secondes puis s'effaçait aussi vite. Elle ne lui en parla pas, pour ne pas engrisailler leur bonheur.

Quand ils se quittèrent, le dimanche soir, ils se promirent de s'inviter à nouveau l'un chez l'autre à chaque nouvelle occasion.

— La prochaine fois, c'est toi qui viendras dormir chez moi, suggéra Amaury.

Clara se réjouit et tendit la main vers son ami pour l'attirer vers elle.

Le visage d'Amaury disparut soudain dans un halo opaque. Elle ne broncha pas, fit comme si de rien n'était.

— J'ai hâte que ce jour arrive, lui répondit-elle.

2

Communion solennelle

Les jours suivants, Clara ne prêta plus attention à ce qu'elle avait ressenti sur le promontoire au-dessus du Gardon. Amaury était reparti à Alès, elle ne vivait plus que dans l'attente de le revoir le week-end suivant.

De son côté, le jeune garçon ne pensait plus à ce qui était arrivé à son amie. Un simple étourdissement, avait-il cru, dû à l'appréhension et au vertige.

À l'internat, tout ne se passait pas aussi bien qu'il le disait. En réalité, il était souvent le souffre-douleur des plus grands. Amaury en pâtissait en silence et n'osait se confier aux surveillants ou à ses professeurs, de peur d'être considéré comme un poltron ou, pire, comme un délateur.

Pendant les cours, bon élève, il n'avait que des compliments de ses enseignants. Il excellait dans toutes les matières, surtout les sciences, ce qui n'était pas pour déplaire à sa mère et à sa grand-mère, qui voyaient déjà en lui le digne successeur de son défunt grand-père pharmacien.

Mais à la fin de la journée, quand la majorité des élèves – les externes et les demi-pensionnaires – avaient quitté l'établissement, en présence des seuls internes il ne se sentait pas à l'aise. Dans la cour de récréation, malgré la présence de ses camarades de classe auprès de lui, il était la cible des moqueries de certains élèves plus âgés, qui s'en prenaient à lui uniquement parce qu'il avait reconnu ne pas connaître son père.

« Tu n'oses pas dire que ta mère a baisé avec le premier venu et que tu es le fils d'un inconnu ! » lui avait-on lancé un jour méchamment.

Face à de tels persiflages, Amaury préférait ne pas répondre et tournait le dos.

Néanmoins, les choses se gâtaient parfois au dortoir lorsque, après l'étude du soir, tous les internes montaient se coucher. Il trouvait son lit plié en portefeuille et il n'était pas rare qu'il découvre un oiseau mort au fond de ses draps ou toutes ses affaires sens dessus dessous dans son armoire.

Une nuit, il fut réveillé par des pas furtifs. Trois élèves d'une classe de troisième s'étaient introduits dans son dortoir, à l'insu du surveillant de faction, qui dormait les poings fermés dans le box aménagé lui servant de chambre. Ils obligèrent Amaury à se lever et, à l'aide d'un seau d'eau, aspergèrent son pantalon de pyjama ainsi que les draps de son lit. Puis ils l'abandonnèrent sur place en veillant à faire du bruit juste avant de déguerpir. Alerté, le surveillant se leva et trouva Amaury, trempé, au bord de son lit, les larmes aux yeux.

— Duteil ! s'écria-t-il, furieux d'avoir été dérangé en pleine nuit. Tu pisses encore au lit, à ton âge ! Et c'est pour ça que tu réveilles tout le monde !

Il lui ordonna de se recoucher malgré l'état de ses draps et lui promit de sévir dès le lendemain matin.

Amaury, une fois de plus, n'osa pas dénoncer ses camarades, mais se jura qu'on ne l'y prendrait plus. Il se montra plus vindicatif, plus déterminé que jamais à réagir.

La semaine suivante, il leur tendit un piège, en répandant tout autour de son lit des morceaux de verre brisé. Après avoir averti ses deux voisins, il s'endormit d'un œil, attentif au moindre bruit. Le troisième jour, les mêmes garnements tentèrent de réitérer leur mauvaise blague et, s'approchant pieds nus pour ne pas se faire surprendre, marchèrent sur les bris de verre et ne purent retenir leurs cris de douleur. Tout le dortoir fut immédiatement réveillé.

Amaury fut convoqué le lendemain chez le proviseur pour s'expliquer, il s'en tira avec un avertissement pour avoir répandu du verre sur le sol du dortoir. Quant aux trois élèves coupables de le harceler, ils furent renvoyés huit jours de l'établissement avec l'assurance de recevoir un blâme pour mauvaise conduite au conseil de classe suivant.

— Je crois qu'ils ont compris et qu'ils ne m'embêteront plus, raconta Amaury à Clara, quand il rentra chez lui à la fin de cette semaine. Ça leur servira de leçon.

De ce jour-là, il s'affranchit de ses craintes et ne se laissa plus jamais maltraiter. Il jura à Clara qu'il la défendrait contre quiconque la mettrait en danger. La jeune fille en fut très touchée, elle voyait en son ami un chevalier servant. Petit à petit, elle commença à éprouver un sentiment étrange qui n'avait plus seulement la couleur de l'amitié. Quelque chose de nouveau, qui la perturbait dans son intimité et l'empêchait de considérer encore Amaury comme un frère.

Amaury, de son côté, sentait, déjà depuis un certain temps, que Clara n'était plus pour lui seulement une amie d'enfance, mais bien celle avec qui il souhaitait ardemment unir sa vie. Il ne le lui avait jamais avoué. À douze ans, il ne savait pas exactement ce qui était en train de naître en lui, mais il comprenait également que son amitié se transformait. Et cela lui était très agréable en même temps que fort troublant.

Le 20 mai, jour de la Pentecôte, approchait. Clara attendait cette fête avec beaucoup d'impatience, comme la plupart des futurs communiants de sa paroisse. C'était la consécration de trois longues années de catéchisme, chaque jeudi matin. Les cours de religion étaient aussi ardus que les leçons de l'école, et les enfants étaient notés comme en classe pour leurs compositions.

Chaque année à la même époque, telle une ruche en pleine effervescence, la paroisse de Saint-Jean-du-Gard s'animait autour de la cure et de l'église, où les préparatifs de l'événement religieux étaient confiés au vicaire Berthelot et à Solange, une laïque dévouée qui s'occupait du catéchisme des plus petits. Pour l'occasion, les futurs communiants apprenaient plusieurs cantiques, certains en français, d'autres en latin. Ils se produiraient bientôt en véritable chorale, au cours de la messe, devant l'assemblée des fidèles, juste avant de recevoir l'Eucharistie par l'abbé Bonnal, curé de la paroisse. Auparavant, au commencement de la cérémonie, ils s'avanceraient sur deux rangs sous la nef centrale, les garçons d'un côté, les filles de l'autre, tous portant un cierge dans la main droite, leur missel dans la gauche. Solange serait à l'harmonium et jouerait un chant liturgique approprié pour ce jour où l'Esprit saint avait été révélé à Marie et aux apôtres. Tous les paroissiens les regarderaient avec attendrissement, et certains – les parents – avec admiration, comme lors d'un mariage.

Aussi tout devait-il être scrupuleusement réglé. Rien ne devait être laissé au hasard. Chaque communiant devait connaître les moindres détails de cette messe particulière et répondre à chaque invite de l'abbé lorsque ce dernier s'adresserait aux nouveaux petits élus de Dieu. Pendant les deux jours précédant la communion, tous effectueraient une retraite destinée à préparer la cérémonie. Pour la circonstance, ils échapperaient à l'école, avec le consentement tacite de leurs instituteurs, ce qui n'était pas pour déplaire aux cancres de la classe !

Clara prenait son rôle très au sérieux. Si elle n'était pas particulièrement attachée à la religion, elle mettait un point d'honneur à satisfaire ses grands-parents, dont la fidélité à l'Église était sans faille. Mélanie, quant à elle, ne s'était jamais opposée à ce que sa fille fasse sa communion. Elle avait accepté de la faire baptiser par respect envers ses parents et pour les remercier de l'éducation qu'ils lui avaient donnée. Elle n'était pas très proche des membres de sa paroisse. Au reste, elle n'assistait pas tous les dimanches à la messe et n'y poussait pas sa fille. Celle-ci accompagnait ses grands-parents sans se poser de questions, mais avait toujours affirmé que, plus tard, elle déciderait elle-même si elle continuait ou non dans cette voie. Ruben et Jeanne ne l'avaient jamais contrainte, préférant laisser leur petite-fille libre de son choix.

Lorsqu'elle parlait de sa religion avec Amaury, Clara ne cessait de l'interroger sur la sienne. Son ami, en effet, était protestant et appartenait à l'Église réformée. Sa mère fréquentait le temple et l'emmenait au culte tous les dimanches matin. Les habitants de Saint-Jean-du-Gard se partageaient entre les deux communautés chrétiennes et s'entendaient parfaitement, après des siècles d'hostilité, de méfiance et de rejet. En ce milieu de vingtième siècle, les luttes religieuses paraissaient bien lointaines et l'œcuménisme avait depuis longtemps triomphé de l'intolérance.

Amaury, lui, ne ferait pas sa communion avant ses quinze ans, comme c'était la coutume chez les protestants. Aussi était-il curieux de savoir comment ce sacrement de l'Eucharistie se préparait chez les catholiques.

Il lui avait expliqué que, chez les réformés, l'âge de quinze ans était considéré comme une sorte d'âge de raison et que les adolescents étaient alors capables de décider en toute conscience d'accomplir cette profession de foi.

— À douze ans, nous ne sommes pas assez avertis, nous sommes trop jeunes pour choisir librement. Or la communion solennelle est un engagement envers la communauté à laquelle nous appartenons et envers Dieu.

Clara n'avait jamais vraiment réfléchi au sens profond de cet acte religieux. Comme pour de nombreux enfants de son âge, « la grande communion », comme on la désignait encore, était avant tout une belle fête au cours de laquelle les principaux intéressés espéraient des cadeaux de leurs proches. C'était l'occasion de se réunir en famille autour d'une bonne table, à l'image d'un mariage. Pour les enfants, c'était un peu comme un Noël supplémentaire.

Amaury n'était pas de son avis mais évitait de la contredire pour ne pas gâcher sa joie.

— Tu viendras manger à la maison ? lui demanda-t-elle quelques jours avant la Pentecôte. Ma mère est d'accord. Elle invite aussi la tienne.

— Je le lui proposerai, mais je ne pense pas qu'elle vienne. Moi, oui, j'accepte volontiers.

Clara ne vivait plus que dans l'attente du grand jour. Dans la cour de récréation de l'école, il n'était question que de la communion solennelle. Certes, les enseignants ne parlaient pas de cette fête religieuse avec leurs élèves, même si certains d'entre eux ne cachaient pas leur appartenance à la communauté catholique ou protestante. Selon le règlement, il leur était formellement interdit de déroger à la loi laïque en vigueur dans l'Éducation nationale.

Clara ne pouvait pas s'empêcher de se confier à Marie, son institutrice. Celle-ci taisait son athéisme devant ses élèves, mais ne refusait pas d'évoquer en classe, dans ses leçons d'histoire, les temps forts des guerres de Religion et d'expliquer les différences qui opposaient catholiques et protestants. C'était toujours pour Clara des moments de grande écoute. Elle s'intéressait d'autant plus à ce sujet qu'elle ne comprenait pas, à son âge, comment des hommes qui croyaient en un même dieu en étaient arrivés à se haïr au point de se massacrer.

« Si nous avions vécu à l'époque de ces guerres fratricides, avait-elle un jour demandé à Amaury, penses-tu que nous aurions été ennemis et que nous nous serions détestés ? »

Le jeune garçon, un peu désarçonné, avait d'abord hésité à répondre, puis avait éludé la question en lui déclarant que ceux qui s'aiment ne peuvent pas se détester.

Le jeudi précédant le dimanche de Pentecôte, alors que sa retraite commençait le lendemain, Clara passa toute la matinée à l'église afin de prêter main-forte à Solange et au vicaire Berthelot. Elle décora le chœur à l'aide de gros bouquets colorés de fleurs des champs, elle aida à disposer chandelles et candélabres sur le maître-autel, à bien aligner les bancs dans la nef centrale pour la venue des fidèles...

Le vendredi, premier jour de leur retraite, sous la direction de Solange, tous répétèrent les cantiques qu'ils chanteraient pendant la cérémonie, et révisèrent les différentes parties de la messe que l'abbé Bonnal devait célébrer.

Très attentive au moindre détail, Clara sentit son cœur palpiter quand le vicaire, dans ses ultimes recommandations, indiqua à ses ouailles l'importance du sacrement de l'Eucharistie dans la communion solennelle :

— C'est un engagement personnel que vous prendrez, en votre âme et conscience. Vous vous apprêtez à renouveler en toute liberté les promesses que vos parents ont tenues pour vous à votre naissance. En cela, vous confirmerez votre profession de foi devant Dieu. Ne la trahissez jamais...

Très concentrée, Clara fixait le religieux sans se laisser divertir par les va-et-vient des quelques femmes dévotes de la paroisse venues aider aux préparatifs.

Tout à coup, sa vue se brouilla. Le vicaire disparut dans un halo de lumière, telle une auréole de plus en plus floue et aux contours mal définis.

Elle se frotta les yeux. Cligna les paupières, comme lorsqu'elle était éblouie par le soleil.

Elle perdit l'équilibre, se retint au dossier d'une chaise placée à côté d'elle. Annie, son amie de catéchisme, la voyant vaciller, s'inquiéta :

— Ça ne va pas ? Qu'est-ce qui se passe ?

Ne voulant pas avouer son malaise, Clara la tranquillisa :

— Ce n'est rien. Je n'ai pas pris le temps de déjeuner ce matin.

Le vicaire Berthelot ne s'était aperçu de rien. Il continuait à discourir, heureux de stimuler ses jeunes paroissiens.

Quand il eut terminé, il les convia à se rendre à la cure. Solange leur avait préparé une collation pour les remercier de leur aide.

Clara fut bien en peine de suivre ses camarades. Même si elle connaissait le chemin par cœur, cette étrange sensation de ne plus voir qu'un écran opaque devant ses yeux et des ombres qui se déplaçaient autour d'elle la paralysa.

Elle temporisa. Prétexta vouloir attendre que son malaise soit complètement dissipé. S'assit sur une chaise.

Elle resta seule dans l'église, tandis qu'autour d'elle les dernières fidèles terminaient leur travail et s'apprêtaient à leur tour à se rendre à la cure.

S'apercevant que Clara n'avait pas suivi les autres catéchumènes, Solange s'approcha d'elle.

— Tu ne rejoins pas tes camarades pour la collation que je vous ai préparée ? s'étonna-t-elle.

— Si, bien sûr ! Je ne me sentais pas très bien. Mais ça va mieux, à présent.

La vision de Clara était redevenue normale.

— Explique-moi.

— Ma vue s'est brouillée tout à coup…

— Cela t'arrive souvent ?

— C'est la deuxième fois en quinze jours.

— Un peu de fatigue, sans doute. Une baisse de tension. Cela entraîne parfois des troubles de la vision. J'ai connu cela à la suite d'un vaccin un peu fort qu'on m'a injecté. Ma tension était basse à ce moment-là. Je n'ai pas supporté. Je suis restée dans le noir pendant une demi-heure. Heureusement, j'étais chez le médecin. Il m'a gardée en observation. Puis tout est rentré dans l'ordre. Tu devrais demander à ta maman de t'emmener consulter un médecin. Par précaution.

Clara rassura Solange, mais, une fois revenue chez elle, elle se garda d'annoncer à sa mère ce qu'elle avait ressenti à l'église.

26 mai. Le grand jour était enfin arrivé. Clara ne pensait plus qu'à l'événement au centre duquel elle serait regardée comme une petite princesse.

Levée tôt le matin, elle trépignait d'impatience d'enfiler sa belle robe blanche de communiante, cette aube de coton soyeux aux manches longues et au drapé irréprochable. Elle l'avait choisie elle-même en présence de sa mère et de sa grand-mère. Celle-ci avait tenu à la lui offrir et avait même ajouté une paire de gants de satin et une croix en bois d'olivier incrustée d'un calice en argent avec grappe de raisin, hostie et pain, les symboles eucharistiques. Très croyante, Jeanne ne voulait pas d'une communion au rabais pour sa petite-fille. Ruben, comme c'était l'usage, lui avait promis sa première montre, une Lip, fabriquée à Besançon. Mélanie, quant à elle, en l'absence du parrain et de la marraine de sa fille, tous deux décédés tragiquement dans un accident de voiture quelques années plus tôt, lui offrirait une chaînette en plaqué or munie d'une médaille représentant la Vierge Marie et l'Enfant Jésus, ainsi qu'un chapelet et son missel tout relié de cuir, le livre saint qui l'accompagnerait toute sa vie si elle décidait de suivre le chemin sur lequel elle s'engageait.

Mais, plus que ces présents religieux, c'était ceux qu'allaient lui apporter les autres membres de sa famille et les quelques amis invités au repas qui attisaient l'impatience de Clara. Elle se doutait qu'elle recevrait de leurs mains des cadeaux plus attrayants et n'ayant pas vocation à lui rappeler la religion : livres, stylo à plume, écritoire, trousse de toilette...

Pour avoir questionné ses camarades de classe qui avaient déjà fait leur communion, elle savait ce qui était généralement offert aux communiants dans une telle occasion. Si ces présents n'étaient pas sa première préoccupation, elle reconnaissait volontiers qu'elle n'y était pas indifférente.

La grand-messe commença à l'heure habituelle, au milieu de la matinée. L'église était déjà bondée lorsque les communiants, préalablement réunis sur le parvis de l'édifice, s'engagèrent dans l'allée centrale. Comme prévu, tout en chantant l'*Ave Maria*, ils défilèrent lentement sur deux rangs, le cœur serré, cherchant d'un petit coup d'œil le banc où se trouvait leur famille. Robe immaculée pour les filles, costume classique pour les garçons. Ces derniers arboraient, pour quelques-uns – et pour la première fois –, un « costume de grand », et pour la majorité d'entre eux, dont les parents n'avaient pas tenu à trop encourager l'émancipation, un veston sombre sur une chemise blanche et cravate, porté sur un pantalon court. Autour du bras gauche, ils affichaient un brassard blanc richement brodé, signe de la pureté au même titre que la robe blanche des filles. Tous parfaitement coiffés, ils avaient fière allure et gardaient leur sérieux sous les regards émerveillés des paroissiens. Quand ils se furent placés au-devant de l'assemblée, dans un ordre maintes fois répété pendant les jours de retraite, la messe débuta.

Un frisson parcourut les fidèles lorsque Solange entama le premier cantique. L'abbé Bonnal prit la parole et rappela que les enfants assis devant lui, face au Christ en croix, allaient confirmer les vœux engagés en leur nom par leurs parents, parrains et marraines lors de leur baptême.

Clara était tout ouïe, n'observant que le prêtre qui officiait sous ses yeux.

La messe, minutieusement réglée, se déroulait comme prévu. Les communiants répondaient à chaque sollicitation de l'abbé assisté de deux enfants de chœur.

Puis vint le temps de l'Eucharistie. Pour beaucoup, c'était une première fois, peu d'entre eux ayant fait leur petite communion à l'âge de sept ans. C'était le cas de Clara. La jeune fille se demandait ce qui se passait au moment de recevoir dans sa bouche l'hostie sainte, censée représenter le pain donné par

Jésus aux apôtres au cours de la Cène, mais aussi le corps céleste du Christ.

« Surtout, il ne faut pas la mâcher, lui avait affirmé Annie. Tu l'avaleras en la roulant avec ta langue au fond de ton palais. Ce n'est pas un morceau de pain que tu manges, mais le corps de Jésus que tu accueilles en toi ! »

Les leçons de catéchisme étaient parfois obscures pour elle et heurtaient son entendement d'enfant. Si l'Eucharistie avait été plusieurs fois répétée pendant la retraite, elle restait donc angoissante dans son esprit par sa solennité.

Les uns après les autres, les enfants se levèrent et défilèrent dans l'ordre établi devant le prêtre pour recevoir le corps du Christ. Tout se déroulait dans un silence absolu, propice au recueillement.

Clara se leva à son tour et s'approcha de la sainte Cène. Tout à coup, elle vacilla. À nouveau, sa vision s'était brouillée. Un voile s'abattit devant ses yeux. Elle s'arrêta net. Annie, juste derrière elle, dut en faire autant. Lui chuchota :

— Ne traîne pas ! C'est ton tour !

L'abbé Bonnal attendait la communiante suivante, le calice à la main gauche, l'hostie à la main droite. Il jeta un coup d'œil étonné en direction de Clara. Fronça les sourcils pour lui signifier de se dépêcher.

Mais Clara demeurait immobile, comme pétrifiée.

— Qu'est-ce qui te prend ? s'inquiéta Annie.

Clara se força à avancer, se prosterna devant le prêtre, ouvrit la bouche, accueillit le corps du Christ comme si de rien n'était.

Le plus difficile restait à faire. Rejoindre sa place sans attirer davantage l'attention sur elle.

Annie se glissa devant elle et lui souffla discrètement de la suivre au plus près.

Clara s'empressa de lui obéir.

Dans l'assemblée, personne, pas même sa mère ni ses grands-parents, ne s'était rendu compte de quoi que ce soit.

Seul, au fond de l'église, Amaury, venu à l'invitation de Clara, s'était aperçu du trouble de son amie.

Une fois son malaise dissipé, tout rentra dans l'ordre. La messe se termina dans la joie insufflée par les cantiques joués à l'harmonium par Solange et repris en chœur par tous les fidèles. L'abbé Bonnal était ravi d'avoir procédé à la confirmation de quinze nouveaux membres dans l'Église du Christ.

Clara retrouva les siens avec bonheur. Elle ne divulgua à personne ce qui l'avait à nouveau perturbée. Mais, quand Amaury la questionna, elle ne put lui cacher longtemps la vérité.

— J'ai encore perdu la vue pendant quelques minutes, reconnut-elle.

3

Inquiétude

L'année scolaire touchait à sa fin. Les enfants de l'école ne pensaient plus qu'aux prochaines grandes vacances qui, à leurs yeux, tardaient toujours à arriver. Clara se réjouissait déjà à l'idée de retrouver Amaury pour de nombreuses semaines ininterrompues.

Il lui avait offert le plus beau cadeau de tous pour sa communion, celui qu'elle avait de loin préféré aux autres : un cœur en bois de châtaignier qu'il avait lui-même découpé dans une planche, sculpté et décoré d'un magnifique cerf aux ramures majestueuses. De part et d'autre du cervidé, il avait gravé ses initiales et celles de son amie en les reliant par une arabesque en forme de liane entrelacée.

« Pour sceller à jamais notre amitié », lui avait-il déclaré.

Ce présent avait beaucoup touché Clara qui, pendant tout le repas de fête, n'eut d'attention que pour son chevalier servant. En fin d'après-midi, alors qu'il prenait congé, Clara lui demanda pourquoi sa mère ne l'avait pas accompagné. Amaury, le premier, avait été déçu par son refus. Il n'avait osé lui avouer la raison qu'elle lui avait donnée : « Je ne tiens pas à me retrouver en présence de Mélanie Lacoste. »

Amaury s'en était étonné, car il la voyait parfois saluer la mère de Clara à la sortie des élèves, lorsqu'il fréquentait encore l'école primaire de la commune. En bon garçon respectueux, il n'avait pas insisté et avait oublié cette remarque. Clara venait soudain de la lui rappeler.

Il lui avait caché la vérité, de peur de la froisser : « Ma mère n'aime pas beaucoup les grands repas qui s'éternisent. Mais tous ses vœux t'accompagnent. »

Clara, si elle avait déploré son absence, ne s'en était pas offusquée.

Le cœur tout bouleversé par les sentiments nouveaux qui naissaient en elle, elle en avait presque oublié le trouble oculaire qui l'avait perturbée déjà à plusieurs reprises. Le bonheur qu'elle éprouvait en pensant à Amaury, au bon temps qu'ils passeraient ensemble pendant les vacances, effaçait tous ses motifs d'inquiétude. Ils s'évaderaient dans les vignes en se racontant des histoires – Amaury était un merveilleux conteur et témoignait d'une imagination intarissable pour inventer des récits chevaleresques qu'il extrapolait de ses lectures. Ils se perdraient dans les bois à la recherche de traces de sangliers ou de blaireaux. Ils s'approcheraient prudemment des ruches posées aux abords des prairies fleuries pour étudier le comportement des abeilles. Ils exploreraient les rives sauvages de la rivière. Ils se baigneraient dans ses eaux cristallines, construiraient des cabanes en roseau pour épier les oiseaux ou les castors, nombreux là où les arbres formaient une barrière végétale naturelle. Amaury lui avait promis de l'emmener au pont des Abarines, sur la route de Mialet.

« Ce n'est pas très loin de Saint-Jean. On pourrait y aller à pied par la montagne. C'est un pont gigantesque, de plus de trente mètres de haut, au-dessus de la rivière. Quand on descend sous son arche centrale, on se sent tout petit.

— On peut s'y baigner ?

— Il y a plusieurs gours où l'eau est limpide. Et des plages très tranquilles. »

Alors que certains de leurs camarades partaient en vacances avec leurs parents, pour découvrir d'autres régions ou rendre visite à des parents éloignés, Clara et Amaury se contentaient de ce qu'ils avaient à portée de main et ne rêvaient pas d'horizons lointains. Les Cévennes qui les entouraient leur suffisaient. Ils n'avaient aucune envie de quitter leur vallée et les montagnes qui la dominaient. Pour eux, le plus important était d'être ensemble et de ne jamais se séparer.

Un mois s'était écoulé depuis la communion de Clara. À l'école, on préparait la fête qui marquerait la fin de l'année scolaire. Sous l'égide des instituteurs et des institutrices, tous les élèves mettaient un point d'honneur à apprendre chansons, saynètes, danses folkloriques… en vue du spectacle offert aux parents.

Avec Marie, Clara répétait une petite pièce de théâtre d'un auteur local du siècle précédent qui avait eu son heure de gloire dans la région. Elle y jouait le rôle d'une princesse qui se désespérait d'attendre son beau chevalier parti aux croisades. Elle se rappelait par cœur toutes les répliques de son texte et n'éprouvait aucune difficulté à évoluer sur scène.

« On dirait que tu as joué la comédie toute ta vie ! » l'avait complimentée Marie, fière de son élève.

La veille de la dernière répétition, elle enfila chez elle ses habits de scène pour un ultime essayage, une robe de satin aux manches amples, bouffantes et coquettes, toute brodée et ornée de rubans. Mélanie se réjouissait d'accommoder sur elle chaque pièce du costume et, telle une habilleuse de théâtre, défroissait ici un pli, piquait là une épingle, ajustait les pans du vêtement qui ne trouvaient pas naturellement leur place.

Toutes les deux étaient très affairées. Et, pendant que sa mère mettait une dernière main à sa robe, Clara déclamait son rôle en respectant quelques instants de silence pour chaque réplique de son partenaire.

Sous le feu de l'action, au moment où elle devait annoncer dans une lettre à son prince charmant qu'elle n'avait plus le courage de patienter, elle s'arrêta brutalement de réciter son texte.

— Tu as un trou de mémoire ? s'étonna sa mère.

Clara ne répondit pas, se raidit.

— Tu ne te souviens plus de ta tirade ? insista Mélanie. Ce n'est pas grave, ça te reviendra.

Clara avait fermé les yeux et demeurait perchée sur le tabouret où elle était montée pour faciliter la tâche de sa mère.

— Allez, ne reste pas plantée là comme un poireau au milieu du jardin ! Va plutôt réviser tes répliques. Ne t'affole pas. C'est le trac ! Tous les artistes connaissent ça, même les plus grands !

Clara amorça un pas pour descendre du tabouret. Trébucha. Tomba.

Mélanie, apeurée, l'aida aussitôt à se relever.

— Mais qu'est-ce qui se passe, ma chérie ? Tu es toute pâle !

Les yeux de Clara se remplirent de larmes.

— Maman... maman... je ne vois plus !

Mélanie caressa son visage. Essuya ses joues. Tenta de la tranquilliser :

— Voyons, ce n'est rien qu'un peu d'anxiété. Tu prends ton rôle trop au sérieux. Viens t'asseoir.

Elle entraîna Clara vers un fauteuil, lui tendit un verre d'eau.

— Bois et détends-toi.

Clara ne bougeait pas. Autour d'elle, tout s'était recouvert d'un épais brouillard blanchâtre.

Sur ces entrefaites, Jeanne entra dans la pièce et s'étonna.

— Clara a eu un petit malaise, s'empressa de rassurer Mélanie.

— Maman, l'interrompit Clara, ce n'est pas la première fois que cela m'arrive. La première fois, c'était au bord du Gardon, j'étais sur la falaise avec Amaury. Puis cela m'est encore arrivé à l'église, pendant ma communion...

— Pourquoi tu ne m'as rien dit ?

— Pour ne pas t'affoler inutilement. Moi aussi, j'ai cru que c'était l'appréhension qui me causait ce trouble. D'ailleurs, il ne dure jamais très longtemps.

Jeanne, dans son coin, se taisait, ne souhaitant pas accroître l'angoisse de sa petite-fille. Elle se souvenait parfaitement que sa grand-mère avait fini ses jours aveugle. Au reste, elle ne l'avait jamais connue voyante. Elle n'en avait jamais parlé devant sa fille pour ne pas l'effrayer. À l'époque, on prétextait la fatalité, un mauvais coup du sort ou les conséquences de la vieillesse. Et puis… tout cela était si loin !

Elle s'approcha de sa petite-fille. Examina ses yeux en lui ouvrant les paupières qu'elle maintenait fermées depuis le début de son malaise. Elle grimaça. Ne dit mot.

Cette fois, Clara ne retrouvait pas la vue.

Prostrée dans son fauteuil, elle s'effondra de chagrin :

— Je ne pourrai pas jouer à la fête de l'école ! C'est fichu pour moi !

Elle tenta de se redresser. Hésita. Puis, lentement, regagna sa chambre.

Quelques minutes plus tard, tout était rentré dans l'ordre.

Mélanie, à moitié tranquillisée, lui conseilla de se reposer.

— Si tu ne participes pas à la fête, ta maîtresse ne t'en voudra pas. Il ne faut pas te faire du souci pour cela. Je lui expliquerai.

Clara tint son rôle à la fête de l'école, mais elle était tenaillée par la crainte que son malaise ne revînt au beau milieu de la pièce de théâtre.

Amaury s'était glissé parmi les spectateurs – parents, amis, frères et sœurs des participants. Il ne quittait pas Clara des yeux et s'extasiait de la voir évoluer avec autant de grâce et de facilité sur la scène, déclamer son texte avec autant d'aisance. Il en éprouvait une grande fierté.

Quand Marie l'aperçut dans le public, elle s'approcha de lui pour s'enquérir de ses nouvelles.

— J'ai appris que tu avais brillé au lycée, lui dit-elle pour engager la conversation.

— Oui, j'ai fait une bonne année. J'ai obtenu trois fois les félicitations du conseil de classe.

— Tu fais honneur à notre école, Amaury. Et cela me fait plaisir que tu sois venu nous revoir.

— Je voulais encourager Clara. Je savais qu'elle participait à la pièce de théâtre sous votre direction.

— Elle se change derrière la scène, pour la chorale. Accompagne-moi, je vais te mener à elle.

Amaury suivit Marie dans les coulisses. Quand Clara l'aperçut, son cœur cogna dans sa poitrine.

— Tu m'as regardée jouer ? lui demanda-t-elle sans lui laisser le temps de l'embrasser.

— Je suis venu pour cela.

— J'étais comment ?

— Parfaite ! Une vraie pro.

Marie souriait. Elle avait deviné depuis longtemps qu'un lien particulier unissait ses deux élèves.

— Je vous abandonne. Vos camarades m'attendent… Ne traîne pas trop, Clara, j'ai encore besoin de toi !

— Au revoir, mademoiselle Jeanson, ajouta Amaury. J'ai été heureux de vous revoir.

Il prit Clara par la main, l'entraîna à l'écart.

— Je suis en vacances, je n'ai plus cours, à cause du bac. Le lycée ferme avant l'heure. Le soir, après la classe, je viendrai te chercher. Si tu veux, je te raccompagnerai jusque chez toi.

Clara se réjouit. Puis elle dévisagea Amaury comme si c'était la première fois qu'elle le voyait.

Tout à coup, il la trouva bizarre.

— Qu'as-tu à me regarder comme ça ?

— La lumière m'éblouit. Et tu disparais petit à petit de mon champ de vision.

Elle se frotta les yeux.

— Encore ce foutu malaise ! Ça n'en finira donc jamais !

Amaury lui proposa de s'asseoir à l'écart.

— Je vais prévenir Mlle Jeanson. Elle t'excusera pour la chorale. Puis je te ramènerai vers ta mère et tes grands-parents. Ils pourraient se demander pourquoi tu ne chantes pas avec les autres.

Cette fois, Clara accepta. Elle attendit qu'Amaury revienne et le suivit en le tenant par la main jusqu'à Mélanie.

— Clara ne se sent pas très bien, lui annonça-t-il sans tarder.

— J'ai eu comme des éclairs dans les yeux, expliqua Clara. Puis tout s'est brouillé. Mais ça n'a pas duré.

— Demain matin, nous descendrons à Alès consulter un oculiste. Il faut savoir ce que tu as.

À six heures, elles montèrent dans le car qui assurait la liaison entre Saint-Jean-du-Gard et Alès par Anduze. La veille, Mélanie avait téléphoné au docteur Gamblin afin d'obtenir un rendez-vous.

« Dans quinze jours, lui avait-il proposé. C'est compliqué, en ce moment ! À croire que toute la ville est malade ! »

Mélanie insista, arguant de l'urgence.

« Dans ce cas, venez tôt demain matin, à sept heures trente. Vous passerez en priorité. »

Trop heureuse d'avoir obtenu satisfaction, Mélanie se leva à l'aube et réveilla Clara sans tarder.

Quand elles atteignirent la sous-préfecture du Gard, les avenues de la ville étaient encombrées par un flot de véhicules. Il régnait déjà une ambiance estivale. Les premiers touristes se mêlaient aux ouvriers qui se rendaient à leur travail.

Le car les déposa à la gare routière située à proximité de la gare ferroviaire. Il leur fallait encore rejoindre à pied le centre-ville, où se trouvait le cabinet du docteur Gamblin. Elles y parvinrent une minute seulement avant l'heure fixée.

L'ophtalmologue les accueillit immédiatement, non sans prévenir Mélanie qu'il ne disposait que d'une demi-heure avant son premier rendez-vous de la journée.

— Alors, commença-t-il en s'adressant à Mélanie, que lui arrive-t-il, à cette jeune fille ?

— Raconte, Clara. Tu sauras mieux t'exprimer que moi.

Et Clara de narrer ses pertes temporaires de vision.

— Nous allons d'abord vérifier ton acuité visuelle, fit le médecin.

Il alluma un tableau fixé au mur derrière lui, sur lequel des lettres apparurent, de plus en plus petites au fil de la lecture, que Clara n'eut aucune difficulté à déchiffrer jusqu'à la dernière ligne.

— Dix dixièmes à chaque œil ! Voilà qui est parfait. Tu as une excellente vision de loin.

Ensuite il installa Clara sur un siège devant lequel il approcha un appareil d'examen oculaire. Sans attendre, il lui instilla dans les yeux des gouttes pour lui dilater les pupilles et plaça son appareil devant son œil droit, puis devant le gauche. Clara en fut tout éblouie tant le rai de lumière qu'il lui envoyait dans les yeux était intense. Elle ne cessait de cligner les paupières. Les larmes lui coulaient sur les joues.

« Tâche de garder l'œil grand ouvert, lui avait-il recommandé. Ce n'est pas très agréable, mais ça ne durera pas longtemps... »

Quand il eut examiné les deux yeux, il écarta son appareil et se rapprocha d'elle. Il appliqua une sorte de grosse bille de verre à même la paroi de l'œil en maintenant sa paupière ouverte et, à l'aide d'une petite lampe très lumineuse, scruta attentivement le fond de son œil.

— Je ne décèle rien d'inquiétant, releva-t-il au grand soulagement de Mélanie. La rétine me paraît saine, pas de suspicion de décollement. Le vitré est homogène et très clair. Je ne perçois aucune anomalie…

— Alors, comment expliquez-vous les malaises qu'elle a ressentis ? s'étonna Mélanie.

— Je ne me les explique pas, reconnut le médecin. Tu me dis que cela t'est arrivé plusieurs fois en peu de temps ? ajouta-t-il à l'adresse de Clara.

— Oui, depuis un mois. Cela n'a jamais duré très longtemps.

— La fatigue ou l'angoisse pourraient en être la cause ? suggéra Mélanie. Ma fille est très anxieuse quand elle est devant de grosses responsabilités.

— Je ne pense pas. Une baisse de tension, peut-être, mais pas simplement de l'anxiété. Pas à son âge !

Devant le manque d'explications, Mélanie recommençait à s'alarmer, mais ne le montra pas pour ne pas apeurer Clara.

Constatant son impuissance devant un tel cas, l'ophtalmologue proposa à Mélanie de consulter un confrère à Montpellier.

— Le professeur Lafitte dirige un service spécialisé à l'hôpital Saint-Charles. Il proposera un examen plus approfondi, notamment celui du cerveau…

— Du cerveau ! s'effraya Mélanie.

— Oui, un encéphalogramme. La vision dépend également du cerveau, comme tous nos sens. C'est le cerveau qui analyse et enregistre toutes les données fournies par les yeux, les oreilles, le toucher, la langue, le nez… Toutes nos sensations sont centralisées dans notre cerveau. Si ce dernier est déficient pour une raison ou pour une autre, nos sens peuvent s'en trouver altérés. Ici, au cabinet, je n'ai pas les moyens de contrôler les parties cachées du système oculaire... Mais tranquillisez-vous, personnellement je ne soupçonne rien de grave, ni au niveau de la rétine ni au niveau du nerf optique.

Mélanie et Clara s'en retournèrent à Saint-Jean-du-Gard, au final peu rassurées.

— Tu crois que je vais devenir aveugle ? s'inquiéta Clara, une fois assise dans le car.

— Mais non, voyons ! Tu as bien entendu l'oculiste. Tu n'as rien d'anormal à tes yeux.

— Alors pourquoi m'envoie-t-il à Montpellier ?

— Pour la forme. Pour confirmer son diagnostic.

Le jour même, Mélanie prit un rendez-vous avec le professeur Lafitte dans le service ophtalmologie de l'hôpital Saint-Charles.

Clara dut encore patienter un mois, au cours duquel elle ne ressentit plus de malaise.

L'été était bien installé. Les vacances se déroulaient à merveille. Tous les jours, elle retrouvait Amaury, qui l'emmenait dans des escapades toujours avec prudence. Il craignait en effet que Clara ne subisse à nouveau des troubles de la vision. Aussi restait-il vigilant. Et, lorsqu'ils quittaient leurs maisons, il prévenait sa mère en lui indiquant l'endroit où ils partaient se promener.

Mélanie, de son côté, sans trop le montrer, ne pouvait s'empêcher de redouter le pire.

« Soyez prudents, les enfants, leur répétait-elle chaque fois qu'ils s'éloignaient. Ne rentrez pas trop tard ! »

À la fin du mois de juillet, elles se rendirent à Montpellier. Clara était insouciante, toute à sa joie d'être en vacances en compagnie de son meilleur ami. Elle semblait avoir oublié ses problèmes.

Elle passa une longue journée à l'hôpital, dut subir de multiples examens, pas toujours très agréables, dont une radio du cerveau. On l'ausculta sous toutes les coutures pour vérifier qu'elle ne souffrait pas d'un traumatisme caché. Quand elle mentionna avoir fait une chute quelques mois auparavant, peu avant sa première perte de vision, le professeur Lafitte révisa son diagnostic et exigea un nouvel examen du cerveau, plus précis que le premier.

Il était plus de dix-sept heures quand, enfin, il appela Mélanie dans son bureau.

— Attends ta maman dans le couloir, dit le professeur à Clara sans lui signifier pourquoi.

Troublée, Mélanie le suivit, seule.

— Je ne vais pas y aller par quatre chemins, madame Lacoste.

Mélanie commença à penser au pire.

— Votre fille souffre d'une déficience visuelle d'origine corticale.

— Une déficience visuelle… C'est grave ?

— Je vous mentirais si je vous affirmais le contraire. Votre fille va progressivement perdre la vue. Tôt ou tard, elle va devenir aveugle.

Mélanie fut terrassée sur place.

— Aveugle ! Mais... mais il n'y a rien à faire ?

— Hélas, non ! Le problème se situe au niveau des aires visuelles du cerveau. Probablement à la suite de lésions neurologiques. Je pense que la chute de Clara peut en être la cause si elle a provoqué un œdème lequel, par compression, aurait nui à l'oxygénation de la partie du cerveau mise en question. À moins que cela ne soit d'origine héréditaire... Connaissez-vous des cas de cécité parmi vos ascendants ?

Ignorant que son aïeule avait fini sa vie aveugle, Mélanie réfléchit quelques instants et répondit :

— Non, pas que je sache.

— Au niveau où nous en sommes dans la connaissance de ce trouble, on pourrait espérer que la perte de vision ne soit que temporaire et qu'elle devienne de plus en plus espacée...

— Clara ne deviendrait donc pas aveugle ?

— Je ne veux pas vous donner une fausse joie, madame. Les troubles de votre fille se sont répétés au moins cinq fois en quelques semaines. Ce n'est pas bon signe. Dans un premier temps, je vais lui prescrire un traitement pour tenter de résorber l'œdème qui a pu se produire au niveau de l'aire corticale. Mais si les nerfs optiques ont été trop endommagés, ou si le cerveau a été touché, cela ne suffira pas à stopper le processus de dégradation de la vue de votre fille.

Mélanie était bouleversée. Quand elle sortit du bureau du professeur, elle feignit devant Clara que tout allait bien.

— Ne sois pas inquiète, ma chérie, lui mentit-elle. Tu n'as rien de grave.

4

Différente

Le retour à Saint-Jean se déroula dans un silence pesant. Mélanie avait beau se taire, sa fille sentait qu'elle lui cachait la vérité. Pour autant, elle n'insista pas. Clara feignit de ne pas se tracasser et demanda même l'autorisation d'aller voir Amaury, une fois arrivée.

— Il sera trop tard, ma chérie, lui objecta Mélanie. Il ne faut pas déranger sa maman à cette heure-ci. Cela attendra demain matin.

Le lendemain, à peine levée, Clara se précipita chez Amaury. Elle l'avait informé de sa visite chez le professeur Lafitte à Montpellier.

— Alors ? s'enquit immédiatement le jeune garçon. Que t'ont-ils trouvé ?

— Rien de grave. Mais le médecin ne s'est pas étendu devant moi.

Amaury fut soulagé.

Ils reprirent leurs jeux d'adolescents sans plus penser au pire qui aurait pu ternir leurs jours heureux.

L'été s'imposait dans toute sa splendeur. Un peu partout, les touristes affluaient et créaient beaucoup d'animation dans la petite commune et dans la vallée. Le mardi, jour du marché, ils remplissaient les terrasses des cafés et des restaurants, se pressaient devant les étals des marchands des quatre-saisons, dans la petite librairie, qui profitait de leur venue pour inviter des écrivains de la région à dédicacer leurs derniers romans.

Les grands-parents de Clara ne manquaient jamais de se rendre au marché. Mélanie dirigeait maintenant la vente de leurs produits de la ferme et proposait parfois à Clara de l'accompagner. Amaury s'arrangeait pour passer la voir et offrait ses services. Ensemble ils haranguaient les clients comme de véritables camelots et riaient de bon cœur quand ceux-ci, amusés de les entendre, se laissaient convaincre par leurs arguments. Mélanie les tempérait mais reconnaissait qu'ils vantaient très bien sa marchandise.

Toutefois, avec le temps, Clara peinait à contenir l'inquiétude qui la gagnait. Ses gênes oculaires étaient de plus en plus fréquentes. Elle éprouvait de la difficulté à identifier la forme des objets. Ceux-ci lui apparaissaient avec des contours flous. À table, elle était incapable de distinguer une fourchette d'une cuillère. À plusieurs reprises, au moment de manger la soupe que sa grand-mère lui servait dans son assiette, elle se trompa de couvert.

— Clara, sois donc attentive à ce que tu fais ! la reprit Jeanne la première fois qu'elle confondit sa fourchette avec sa cuillère. Tu es bien distraite, aujourd'hui !

Refusant de reconnaître qu'elle y voyait mal, Clara rit de sa bêtise et rassura immédiatement sa grand-mère :

— Je l'ai fait exprès, pour voir ta réaction.

Affairée devant la gazinière, Mélanie ne releva pas mais comprit que sa fille mentait.

Lorsque l'incident se reproduisit, Jeanne s'approcha de sa petite-fille, éloigna ses couverts de son assiette.

— Prends ta cuillère pour manger ta soupe, lui ordonna-t-elle sans élever le ton.

Clara hésita. S'affola. Se leva précipitamment et disparut dans sa chambre, en pleurs.

Mélanie la rejoignit et s'assit à côté d'elle sur son lit.

— Pourquoi ne nous as-tu rien dit, ma chérie ? Tes yeux te jouent encore de mauvais tours ? Ça recommence ?

Clara ne put dissimuler davantage que ses malaises se multipliaient.

— Tout devient flou devant moi. D'un seul coup, je vois trouble. Je ne reconnais plus les objets. Même quand je lis, le soir, ici dans mon lit, je ne distingue plus les lignes. Tout s'embrouille. Je ne perçois même plus les couleurs.

Mélanie ne savait comment rassurer sa fille.

— Ça dure longtemps ?

— Ça dépend. Parfois une bonne minute. Parfois plus. Le matin, quand je me réveille, les troubles ont disparu.

— Ce n'est sans doute que de la fatigue oculaire, mentit Mélanie, qui se refusait toujours à révéler à sa fille la terrible vérité annoncée par le professeur Lafitte. Petit à petit, tout rentrera dans l'ordre. Sois patiente.

Clara ne se faisait pas d'illusions. Elle imaginait très bien ce qui lui arrivait.

Elle s'en était ouverte à Amaury, qui, lui aussi, commençait à s'inquiéter sérieusement.

— Je crois que je suis en train de devenir aveugle, admit-elle un soir, alors qu'ils revenaient de la rivière où elle avait renoncé à se baigner à cause d'une perte de vision temporaire. Les crises sont de plus en plus fréquentes.

— Tu devrais insister pour que ta mère te ramène chez l'oculiste, lui suggéra-t-il, ignorant tout du verdict du professeur de Montpellier. Il te donnerait un autre médicament.

Clara entendait les paroles apaisantes de son ami avec soulagement. En sa présence, ses craintes se dissipaient. Elle retrouvait sa joie de vivre et oubliait la source de ses soucis.

— Promis, je le lui demanderai.

Parce qu'elle n'acceptait pas l'irrémédiable, Mélanie écouta sa fille et l'emmena une nouvelle fois consulter le docteur Gamblin à Alès. Celui-ci téléphona devant elles au professeur Lafitte et, sur ses conseils, prescrivit à Clara un nouveau traitement.

Celle-ci était maintenant certaine qu'on lui cachait la gravité de son état. Elle n'en dit mot devant le médecin, lequel se voulut rassurant :

— Si ce dernier ne fonctionne pas mieux que le premier, on en essaiera un autre. Rien n'est joué d'avance. Restons optimistes.

Mélanie était désemparée. Le professeur de l'hôpital Saint-Charles ne lui avait pas donné beaucoup d'espoir. Or le médecin d'Alès semblait d'un avis contraire. Voulait-il ainsi les préserver le plus longtemps possible de la terrible réalité qui se profilait à l'horizon ?

Devant Clara, une fois encore, elle ne trahit pas ses craintes et lui affirma que tout s'arrangerait avec le temps. Mais Clara n'était pas dupe.

— Inutile de continuer à me mentir, lui dit-elle sur le chemin du retour. Je suis consciente de ce qui m'attend. Je dois m'habituer à cette vérité.

Clara faisait preuve d'un courage exemplaire. Mélanie en était bouleversée. Elle ne parvenait pas, en tant que mère, à accepter que sa fille soit bientôt handicapée. Car il s'agissait bien de cela : quand Clara aurait cessé de voir, elle serait handicapée pour le restant de sa vie !

— Je garde confiance. Ne te résigne pas aussi vite ! Tu as bien entendu l'oculiste ? Il y a d'autres traitements qui pourraient te guérir. Et s'il le faut, nous monterons à Paris consulter d'éminents spécialistes…

— Pourquoi pas Lourdes ! osa plaisanter Clara. Grand-mère m'y encouragera sans doute, quand il n'y aura plus rien à espérer !

— Ne te moque pas de ta grand-mère. Elle est très croyante. Ses prières pourraient être exaucées. Et pourquoi pas… oui, je t'emmènerais à Lourdes s'il le fallait. Qui ne tente rien n'a rien ! Il ne faut pas rire de ces choses-là.

— Je ne me moquais pas de grand-mère. Mais, moi, je n'irai pas à Lourdes ! Ça, non !

Clara semblait déterminée à accepter son destin, à affronter dignement l'adversité. Elle ne réalisait pas ce que serait sa vie dans le cas où elle perdrait définitivement la vue.

— Comment agiras-tu avec moi quand je serai aveugle ? questionna-t-elle Amaury, le lendemain de sa consultation chez le docteur Gamblin.

Amaury parut surpris. Il lui demanda de préciser sa pensée :

— Tu crois que tout sera différent entre nous ?

— Je ne serai plus la même. La Clara que tu auras connue n'existera plus ! Tu auras dès lors une amie... pas comme avant... pas comme les autres !

Amaury fut à la fois chagriné par la réflexion de son amie et bouleversé à l'idée qu'elle puisse imaginer que ses sentiments pour elle seraient modifiés, amoindris...

— D'abord, lui affirma-t-il, je refuse d'envisager une telle échéance. Ensuite, quoi qu'il t'arrive, rien ne changera jamais entre nous. Je serai toujours auprès de toi.

Clara en fut réconfortée. Mais, au fond d'elle-même, quelque chose s'était fissuré. Déjà, alors que rien n'était totalement avéré, elle se sentait devenir différente.

Mélanie ne lui avait pas encore expliqué ce qu'elle avait entendu de la bouche du professeur de Montpellier. Or, ne pas savoir ce qu'elle avait vraiment ni si son état s'améliorerait ou s'aggraverait était un vrai calvaire pour Clara. Elle n'envisageait pas de sombrer définitivement dans les ténèbres. Elle voulait croire que ses troubles n'étaient que passagers et finiraient par s'estomper.

Mais force lui fut bientôt de constater et d'admettre que son mal empirait petit à petit, sournoisement, sans qu'il lui fût possible de lutter. Ses crises duraient plus longtemps et s'invitaient toujours quand elle ne s'y attendait pas. En présence de sa mère ou de ses grands-parents, Clara se résolvait à patienter, le temps que sa vision revienne à la normale.

Lorsque cela la prenait à l'extérieur de chez elle, avec Amaury ou d'autres camarades, elle contrôlait sa réaction et les prévenait qu'elle se sentait fatiguée et souhaitait se reposer quelques instants avant de rentrer à la ferme. Amaury devinait ce qui se passait et lui proposait de la raccompagner. Alors, déterminée à masquer son malaise, Clara mettait ses pas dans les siens et regagnait le Charmy sans plus s'attarder, tenant son ami par la main.

Quand le rideau de brouillard s'abattait devant ses yeux, elle distinguait encore la lumière et des ombres informes évoluant lentement. Amaury lui affirmait qu'elle n'était donc pas aveugle, et que sa vue ne faisait que s'estomper avant de revenir, comme lorsqu'on est ébloui par le soleil. Il l'encourageait à ne pas désespérer.

— Il faut que ton traitement agisse. Quelque chose gêne probablement ta vision. J'ai cherché dans une encyclopédie. Derrière l'œil, il y a le nerf optique, qui envoie les images au cerveau. Si ton nerf est obstrué, rien ne passe. Les médicaments finiront par dissoudre le bouchon et tu retrouveras alors ta perception d'avant.

Amaury tentait d'expliquer à sa manière simpliste ce qu'il pensait avoir compris. Mais il était loin de la réalité. Il ignorait ce qu'était un œdème et le rôle de la zone corticale du cerveau, siège de la vision.

Clara l'écoutait sans trop le croire. Au fond d'elle-même, elle ressentait que son mal était beaucoup plus profond.

Ses périodes de crise s'allongeaient au fur et à mesure qu'elles se multipliaient. Clara commençait à s'y habituer.

Un jour, alors que la rentrée des classes approchait, elle avoua à Amaury :

— C'est certain, ma maladie va s'aggraver. Pour le moment, je perçois la lumière lors de mes troubles. Mais il est fort probable qu'un jour ou l'autre je perde complètement la vue. Les médicaments ne me guériront pas. Il faudra que je parvienne à me débrouiller seule si je tiens à ne pas dépendre des autres.

Cette remarque choqua Amaury. Le jeune garçon devinait beaucoup de résignation dans l'attitude de son amie. Il avait l'impression que Clara dressait une barrière entre elle et lui. Elle lui semblait plus distante.

— Tu peux compter sur ta mère et tes grands-parents ! Ils seront à tes côtés en cas de coup dur ! objecta-t-il. Et moi aussi ! Je ne t'abandonnerai jamais.

— Lorsqu'on est handicapé, on ne doit pas se reposer sur les autres. Il faut apprendre à être autonome, à se passer d'eux, sinon on devient une charge !

— Comment peux-tu penser une chose pareille ? Au contraire, lorsqu'on a un handicap, on doit pouvoir s'appuyer sur son entourage. En revanche, on reçoit de manière plus forte l'amitié qui nous est témoignée. La mienne ne faiblira jamais, je te le jure !

Clara ne doutait pas des sentiments d'Amaury, mais elle craignait qu'il ne s'apitoie devant elle.

— Le jour de l'échéance, ajouta-t-elle, je veux être prête. Pour continuer à vivre comme avant, sans être un boulet pour les miens. Je devrai savoir couper ma viande seule, manger ma soupe sans en renverser, me déplacer sans me heurter aux meubles, m'habiller sans quémander l'aide de ma mère. Et même me promener dans la rue sans me perdre. J'aurai tout à réapprendre. Comme un petit enfant qui a tout à découvrir au commencement de sa vie. La différence, c'est que moi, je ne discernerai plus rien. Toutefois, contrairement à un aveugle de naissance, j'aurai un avantage : mon cerveau, lui, connaîtra ce que je toucherai avec mes mains, sentirai avec mon nez, entendrai avec mes oreilles. Je verrai de l'intérieur ce que je ne percevrai plus avec mes yeux. Mes autres sens se développeront davantage. Tu comprends, si devenir aveugle est une terrible épreuve, cela ne doit pas anéantir ma vie ni mes rêves !

Amaury n'osait arrêter Clara quand celle-ci lui expliquait avec courage ce que serait son existence une fois aveugle. Il repoussait une telle éventualité. Cela l'attristait profondément, mais il se retenait de le lui montrer pour ne pas la mettre mal à l'aise. Clara manifestait une lucidité et une opiniâtreté qui étonnaient son entourage. Elle avait trouvé en elle une force de caractère nouvelle, comme si le simple fait de concevoir le basculement probable de sa vie faisait d'elle une autre fille, une autre Clara.

Mélanie, qui, elle, refusait de regarder en face la terrifiante réalité, restait très attentive à ce que sa fille ne sombre pas dans une sorte de déni, voire de désespoir, à force de démontrer chaque jour sa volonté farouche à affronter la fatalité.

— Son attitude m'inquiète, confia-t-elle à ses parents. Elle parle comme s'il n'y avait plus aucune autre issue. Sa résignation et sa détermination à réapprendre à vivre me paraissent anormales, pour ne pas dire maladives. J'ai peur qu'en cas de malheur elle ne s'effondre. Elle envisage son avenir sans avoir vraiment conscience des difficultés qui vont se dresser devant elle. Or sa vie en sera totalement bouleversée ! Elle n'imagine pas vraiment ce qu'elle devra endurer. Tous les soirs, je prie pour que cela n'arrive pas.

Jeanne n'avait toujours pas révélé à sa fille que son aïeule avait fini ses jours dans la nuit. Elle décida de lui en parler :

— Ma grand-mère est devenue aveugle au milieu de sa vie. À l'époque, on n'a pas su ce qu'elle avait.

On ne consultait pas les médecins comme aujourd'hui. Je ne voudrais pas te laisser à tes illusions. Je te devais la vérité. J'ai attendu jusqu'à aujourd'hui pour ne pas t'alarmer inutilement avant l'heure. Mais à présent que le mal de Clara gagne chaque jour davantage, je ne peux plus me taire.

Mélanie en fut abasourdie. Elle se souvint que le professeur Lafitte lui avait demandé si elle connaissait des cas de cécité dans sa famille.

— Pourquoi ne pas me l'avoir dit avant ?

— Qu'est-ce que cela aurait changé ?

— Pas grand-chose, hélas ! Si Clara perd la vue à cause de son hérédité, à l'heure actuelle la science ne peut rien pour elle.

— S'il y a une seule petite chance pour qu'elle échappe à cette fatalité, ne lui révèle pas ce que je viens de te raconter. C'est pour cette raison que je me suis tue jusqu'à présent.

Avec la rentrée des classes, Clara rencontra aussitôt ses premières vraies difficultés. En cours en effet, elle ne distinguait plus très bien ce que la maîtresse écrivait au tableau, alors qu'elle était assise au premier rang. Parfois, pendant les dictées, les lignes disparaissaient sous ses yeux, elle s'énervait, raturait, faisait des taches sur son cahier. À la récréation, elle s'arrêtait soudain de jouer avec ses camarades, s'écartait jusqu'à ce que son trouble se dissipe ou prétextait qu'elle en avait assez. Elle parvenait plus ou moins à se repérer grâce à sa connaissance des lieux. Mais il lui était de plus en plus difficile de dissimuler son trouble.

À la maison, son travail s'en ressentait. Elle mettait davantage de temps à terminer ses devoirs et à apprendre ses leçons. Mélanie s'en souciait, mais refusait de croire que son état empirait. Elle avait confiance dans les paroles du docteur Gamblin d'Alès : « Ne vous impatientez pas. Le traitement agit lentement. »

Il lui fallut pourtant bientôt admettre la réalité : Clara perdait la vue. Si elle ne s'en plaignait plus, elle ne pouvait plus le cacher aux siens. Mélanie avait beau affirmer que cela lui passerait et qu'elle ne devait pas s'en alarmer, elle se doutait maintenant que sa fille connaissait la vérité.

Vint le jour où Marie, l'institutrice de Clara, convoqua sa mère à l'école.

— Madame Lacoste, lui dit-elle sans prendre de précautions oratoires, je tenais à vous signaler que Clara n'est plus à son niveau habituel. Elle me cause de sérieux soucis. À maintes reprises, elle m'a expliqué avoir des troubles de la vision, mais que cela n'est que passager et que vous étiez au courant. Qu'en est-il au juste ?

Mélanie avoua ce que l'enseignante avait deviné :

— Clara est atteinte d'une déficience visuelle. Mais je garde espoir qu'elle guérisse bientôt.

— Avez-vous vu un médecin ?

— Oui, bien sûr. Clara suit un traitement. Jusqu'à présent, on n'a enregistré que peu de résultats. Nous prions tous les jours pour qu'elle ne devienne pas aveugle.

— Est-elle consciente de ce qu'elle risque ?

— Oh, oui ! Elle s'y prépare comme s'il n'y avait plus rien à espérer. C'est ce qui me désole.

Marie ne s'étendit pas davantage.

— Vous pouvez compter sur moi pour aider Clara si elle éprouve des difficultés à suivre normalement la classe. Mais j'avoue me sentir un peu désemparée devant un tel cas de figure. L'école n'est pas adaptée à accueillir des enfants…

Elle hésita à prononcer le mot qui lui restait sur le bout des lèvres.

— Handicapés, lui souffla Mélanie.

— Euh… je ne voulais pas vous blesser.

— Clara surmontera son handicap si cela doit arriver. Elle est très courageuse.

Quand Mélanie rentra au Charmy, Jeanne et Ruben étaient tout retournés.

— Clara a disparu, lui apprirent-ils.

5

Expérience hasardeuse

Mélanie se mit immédiatement à la recherche de sa fille à travers tout le village. Elle se rendit d'abord chez Lise Duteil. Même si Amaury était absent, retenu à l'internat, elle pensait que Clara aurait pu se réfugier chez lui pour une raison ou une autre.

— Je n'ai pas vu votre fille, reconnut Lise. Elle ne vient jamais seule à la maison. Et aujourd'hui, jeudi, Amaury est au lycée.

Mélanie expliqua la cause de son inquiétude sans révéler le problème de Clara.

— Elle ne doit pas être loin, supposa Lise. Si je l'aperçois, je vous avertirai sans tarder.

De son côté, Ruben avait emmené César, son épagneul, pour battre la campagne et tenter de retrouver la trace de sa petite-fille. Il lui avait donné à renifler l'un de ses vêtements et était parti en direction de la rivière. L'animal tirait sur sa laisse et fatiguait son maître, qui avait peine à le retenir. En chemin, il arrêtait tous ceux de sa connaissance qu'il rencontrait, et leur posait inlassablement la même question : « Avez-vous aperçu ma petite-fille dans les parages ? »

Après plusieurs heures de vaines recherches, Mélanie et Ruben rentrèrent bredouilles au Charmy. Jeanne était dans tous ses états.

— Pourvu qu'il ne lui soit pas arrivé malheur ! geignit-elle en se signant plusieurs fois de suite pour demander à Dieu de leur venir en aide. Elle s'est peut-être perdue et si sa vue a disparu elle ne sait plus où aller !...

— Calme-toi, maman ! l'interrompit Mélanie. Tes jérémiades ne servent à rien. Elles ne feront pas revenir Clara. Elles ne font qu'accroître notre inquiétude. Clara n'a pas l'habitude de partir seule sans nous prévenir. Si son mal est réapparu, elle attend sans doute quelque part qu'il se dissipe. Ne nous affolons pas !

Mélanie se refusait à sombrer dans la panique. Elle avait confiance en sa fille.

— Et si elle avait rencontré quelqu'un de mal intentionné ? insista Jeanne.

— Tais-toi ! Prépare-toi plutôt à l'accueillir avec gentillesse. Elle reviendra d'elle-même à la maison. Elle se doute que nous sommes dans tous nos états. Si dans une heure elle n'est pas de retour, j'avertirai la gendarmerie.

Clara avait profité de l'absence de sa mère, convoquée à l'école par son institutrice, pour tenter une expérience. Elle s'était éclipsée, à l'insu de ses grands-parents occupés chacun dans son coin, et avait rejoint le vignoble de Gaston Peyrols. Elle avait coutume de s'y réfugier en compagnie d'Amaury quand ils souhaitaient être tranquilles pour deviser sur leur avenir. Les ceps étaient abandonnés et la terre recouverte d'herbes sauvages. Au milieu se dressait un vieux cabanon, envahi par le lierre et la salsepareille, où le paysan remisait son matériel. Il y avait oublié une antique charrue, un harnais et des outils pour la taille. Le toit était effondré par endroits et laissait la pluie s'infiltrer à l'intérieur. Elle connaissait le vignoble mieux que le fond de sa poche. Rien ne lui était étranger : le nombre de souches, de rangées de vigne, la longueur des alignements, la distance qui les séparait...

C'était leur royaume.

Implanté sur un coteau exposé au sud, sur une pente argilo-calcaire bien drainée, le vignoble de Gaston Peyrols avait donné jadis un vin de qualité. Mais l'homme avait sombré dans l'alcoolisme à la mort de sa femme et avait petit à petit délaissé son précieux bien. Ruben lui avait proposé à plusieurs reprises de lui racheter sa vigne. En vain. Gaston Peyrols jurait que, de son vivant, personne ne lui volerait ses terres.

Les deux enfants redoublaient de précautions lorsqu'ils y pénétraient. Par chance, son mas, situé à bonne distance de sa vigne, en contrebas du coteau, lui tournait le dos, de sorte qu'ils avaient le champ libre pour s'y amuser sans éveiller son attention.

Ce jeudi-là, Clara avait donc décidé de tenter une expérience qui, s'était-elle mis dans la tête, lui servirait bientôt si son état s'aggravait encore.

Elle s'enferma dans le cabanon dans l'espoir de ne pas être dérangée. Elle voulait d'abord s'habituer à l'obscurité. Une fois plongée dans le noir absolu, elle alluma une bougie, examina la pièce dans tous ses détails, posa les mains sur les objets qu'elle contenait, les palpa, prenant conscience de leur forme, de leur aspérité, de leur dureté, les mémorisant. Le fond de la pièce était aménagé succinctement et comportait une table, une chaise, un évier doté d'une pompe pour l'eau, une étagère garnie de quelques assiettes, de verres et de couverts en étain, et même un lit avec un matelas poussiéreux. Le vieux Gaston Peyrols y séjournait quand il s'occupait de sa vigne, s'évitant de rentrer au mas chaque soir.

Elle s'allongea sur le lit pendant quelques minutes, pour se concentrer et s'imprégner du lieu, puis disposa le couvert sur la table, s'assit sur la chaise, comme pour s'apprêter à manger.

Elle effectuait chaque geste avec délicatesse, calculant chacun de ses déplacements avec précision, reposait chaque objet avec minutie quand elle le touchait. Elle mémorisait ainsi son environnement pour mieux s'en souvenir.

Quand elle se sentit prête, elle éteignit la bougie, la glissa dans une de ses poches avec la boîte d'allumettes et demeura dans l'obscurité plusieurs minutes sans bouger. Puis elle se leva. Se dirigea vers la porte à tâtons.

Cette fois, se dit-elle, c'est comme si j'étais aveugle ! Je n'y vois plus rien.

Elle se retourna et commença à poser la main sur chaque objet qu'elle avait mémorisé, en devinant sa distance par rapport au précédent. Elle trébucha souvent, renversa la chaise, faillit faire tomber l'assiette et les verres. En essayant de rejoindre le lit, elle se dirigea dans le sens opposé et se heurta au mur.

— Ce n'est pas gagné ! souffla-t-elle de déception en rallumant sa bougie tant bien que mal.

Elle réitéra l'exercice plusieurs fois d'affilée.

Quand elle pensa être enfin parvenue à retrouver ses repères sans trop s'être trompée, elle ralluma une dernière fois la bougie, observa autour d'elle. La plupart des choses qu'elle avait touchées ou manipulées étaient légèrement déplacées.

— Bon... j'ai encore des progrès à faire ! rit-elle d'elle-même. Mais j'y arriverai !

Elle se dirigea vers la porte.

— Maintenant, passons dehors.

Elle se banda les yeux à l'aide d'un foulard qu'elle avait pris soin d'apporter. Ouvrit la porte. Le soleil illuminait la vigne de tous ses rayons. Clara perçut sa lumière à travers le tissu mais ne discernait pas les éléments du paysage.

— C'est bon, c'est comme lorsque j'ai mes troubles ! Je ne distingue rien.

Elle amorça un premier pas. Puis un deuxième. Les mains en avant comme pour se protéger d'un éventuel danger.

Connaissant parfaitement les lieux, elle se mit au défi de parcourir les rangées de vignes de long en large, puis, une fois parvenue en bas du coteau, de regagner le cabanon sans se fourvoyer.

Elle saisit un bâton, qu'elle avait laissé près de la porte d'entrée, pour se guider et assurer son équilibre. Elle commença sa progression, un pas après l'autre, ne se repérant qu'au toucher chaque fois qu'elle sentait sous ses doigts les sarments qui, telles des lianes hirsutes, s'entremêlaient les uns aux autres faute d'avoir été taillés. Ses pieds se heurtaient aux mottes de terre que l'eau de ruissellement avait façonnées. Elle comptait chaque pied de vigne dans chaque rangée qu'elle parcourait, se fiant à son ressenti pour imaginer où elle se trouvait. Il ne lui fut pas très difficile de deviner où son instinct la guidait. Elle connaissait parfaitement, imprimée dans son esprit, la topographie des lieux.

Une fois la pente du coteau descendue, une rangée après l'autre, elle tenta de rejoindre le cabanon. Elle hésita soudain, quelque chose dans sa tête ne semblait plus répondre à ses sollicitations.

Elle sentit qu'elle était perdue. Renonça.

Elle ôta son foulard, aspirant à découvrir où elle était. Elle ne distingua devant elle qu'un halo de lumière. Elle se frotta les paupières, croyant être éblouie par le soleil après être restée trop longtemps les yeux bandés. Rien ! Elle ne discernait rien de ce qui l'entourait.

Elle comprit alors que son mal était revenu, peut-être plus fort qu'avant, et la privait de sa vision.

Elle s'affola, ne sachant quelle direction prendre pour rejoindre le cabanon.

Elle se dirigea dans le sens de la montée du terrain. Elle compta à nouveau chaque cep qu'elle touchait de la main. Quand elle pensait avoir atteint l'extrémité d'une rangée, elle passait à la suivante. Mais plus elle calculait, plus son esprit s'embrouillait. De désespoir, elle s'assit entre deux pieds de vigne.

— Je n'y arriverai jamais ! sanglota-t-elle.

Elle demeura ainsi prostrée, à mi-pente, sans avoir conscience du temps qui filait.

La luminosité s'affaiblissait. Clara s'en rendait compte, car devant ses yeux le rideau opaque s'assombrissait.

— Je ne serai jamais de retour avant la nuit ! se lamenta-t-elle. Et maman qui doit s'inquiéter !

Désorientée, elle n'osait plus bouger, de peur de s'égarer. La rivière n'était pas loin. De là où elle était, elle l'entendait cascader sur les rochers. Si elle redescendait trop bas en direction du mas de Gaston Peyrols, elle risquait de s'embourber dans une zone marécageuse et de ne pas pouvoir en sortir.

Le mas ! pensa-t-elle. Il était en bordure d'un chemin, bien avant d'atteindre le lit de la rivière !

Elle se redressa et avança à l'aveuglette, dans l'espoir de croiser ce chemin qui la conduirait au mas Peyrols. Elle y demanderait de l'aide. Le vieil homme ne la lui refuserait pas.

Elle dévala à nouveau le coteau, redoublant de prudence. Ses pieds trébuchaient sur les pierres et les touffes d'herbe. Maintes fois, elle faillit s'affaler sur le sol caillouteux. Elle ne se rattrapait que grâce à son bâton dont elle se servait comme d'une canne.

La nuit était tombée depuis une demi-heure. Clara était plongée dans l'obscurité totale.

Quand elle parvint sur le chemin, elle retrouva un peu d'espoir. Frappant le sol de son bâton, à l'ouïe, elle reconnut qu'elle avait atteint une voie de circulation.

Au hasard, elle bifurqua sur sa gauche. Elle se souvenait que la bâtisse du père Peyrols se situait à plusieurs centaines de mètres de sa vigne.

Après un quart d'heure de marche hésitante, elle entendit un chien aboyer.

Elle se sentit soulagée.

De son portail grand ouvert, l'air sombre et dans un état d'ébriété avancé, Gaston Peyrols la regardait s'approcher, tel un fantôme flottant dans la clarté blafarde de la lune.

Pendant ce temps, Mélanie s'était précipitée à la gendarmerie pour signaler la disparition de sa fille. Dans tous ses états, elle expliqua que Clara avait parfois des périodes de cécité partielle.

— Et vous la laissez partir seule, sans surveillance ? s'étonna le gendarme de faction qui la reçut.

— Je ne peux quand même pas la tenir attachée à la maison… Ma fille n'est pas aveugle. D'ailleurs, elle va à l'école, comme toutes les filles et tous les garçons de son âge.

Le gendarme enregistra sa déposition et le signalement de Clara, et promit d'entreprendre des recherches le plus vite possible.

— Si ce soir, elle n'est pas revenue chez vous, nous lancerons un avis de recherche.

Mélanie s'affola :

— Vous ne décidez rien maintenant ? Elle court peut-être un grave danger !

— C'est la procédure, madame. Rentrez chez vous. On vous tiendra au courant.

Désemparée, Mélanie ne put s'opposer à la volonté du gendarme.

De retour au Charmy, elle s'effondra dans un fauteuil et prévint ses parents :

— Pour l'instant, il faut attendre.

— Attendre ! Sans rien faire ! s'insurgea Ruben. Eh bien, moi, je ne vais pas rester là sans bouger !

Il prit à nouveau son chien en laisse et se mit en quête de sa petite-fille.

Il parcourut tous les endroits où Clara avait l'habitude de se promener, s'égosilla à crier son nom à tue-tête, fouilla tous les recoins des bâtiments agricoles construits au milieu des terres. Son épagneul avait beau renifler avec acharnement la moindre odeur suspecte, il ne détectait pas trace de l'adolescente.

Pourvu qu'elle ne se soit pas approchée du Gardon, se dit Ruben lorsque son chien le tira en direction de la rivière. Si elle a marché dans l'eau, il perdra sa trace.

À la tombée de la nuit, épuisé, il se rendit à la raison.

Clara a disparu ! se dit-il, les larmes au bord des yeux.

Il décida de regagner le Charmy en longeant la rive gauche du cours d'eau. Certains endroits n'étaient pas commodes à franchir, des arbres gisaient au sol, arrachés lors des crues précédentes, et obstruaient le passage. Il dut les contourner en remontant plus haut sur le versant, s'écartant de l'eau. Il découvrit un chemin qu'il reconnut sans hésitation, malgré le peu de visibilité qu'offrait le clair de lune :

— Le chemin du mas Peyrols, dit-il tout haut.

Il l'emprunta en se souvenant que le vieux Gaston lui avait toujours refusé de lui vendre sa vigne.

— Quel bougre d'âne, celui-là ! ronchonna-t-il. Dire que je lui avais proposé une belle somme d'argent à l'époque ! Jamais plus il n'aura eu l'occasion de la céder à ce prix-là. Il mourra avec sa vigne en friche. Quelle pitié ! Et quelle imbécillité de s'entêter à ce point !

Ruben regrettait depuis longtemps de ne pas avoir pu acquérir la vigne de Gaston Peyrols. Jouxtant ses terres sur leurs limites occidentales, elle lui aurait permis non seulement de détenir la meilleure vigne de toute la commune, mais encore d'avoir accès à la rivière et d'y pomper l'eau sans restriction pour irriguer ses champs cultivés. À présent, il était trop tard. Il n'avait plus l'âge des grands projets. Et ce n'était pas Mélanie qui réaliserait ses ambitions manquées.

Plus ils approchaient du mas Peyrols, plus César s'excitait et aboyait sans discontinuer. Il avait flairé la présence d'un autre chien, celui de Gaston.

Ruben songea d'abord à éviter la demeure de son rival, ne souhaitant pas rencontrer ce dernier ni raviver de vieux souvenirs et une mauvaise querelle. Mais César ne l'entendait pas ainsi. Il tirait si fort sur sa laisse qu'il fut obligé de le suivre.

Parvenu devant la grosse porte en bois du mas, il fit taire son chien. Celui-ci se débattait comme s'il avait trouvé un indice.

— Reste tranquille, César ! Tu finiras par alerter le Gaston !

Il écouta attentivement. La nuit était profonde. Le calme régnait autour de l'antique bâtisse. Seul le bruit de l'eau qui coulait dans le lit de la rivière était perceptible.

Tout à coup, un aboiement rompit le silence, provenant de l'intérieur.

— Ça y est, tu les as réveillés ! bougonna Ruben en rudoyant son chien.

Il s'empressa de s'écarter mais n'eut pas le temps de s'éclipser, la porte s'ouvrit brutalement derrière lui.

— Qui va là ? s'informa une voix grave. Y a quelqu'un ?

Les deux chiens ne cessaient d'aboyer.

Ruben s'en retourna et vint à la rencontre de Gaston. Ce dernier, à moitié débraillé et l'air passablement aviné, ne le reconnut pas sur-le-champ.

— Qu'est-ce… que vous voulez, à… cette heure de la nuit ? s'enquit-il en bredouillant, la bouche pâteuse.

— Gaston, tu ne me remets pas ? Je suis Ruben... du Charmy.

Surpris, l'homme fit un geste brusque et tourna les talons.

Ruben avait lâché la laisse de son chien. César en profita pour se ruer dans le mas d'où provenaient les aboiements du chien de Gaston.

— Rappelle ton chien, nom de Dieu ! s'écria Gaston. Il n'a rien à foutre chez moi. Et toi non plus d'ailleurs ! Que me veux-tu à une heure pareille ?

César avait cessé d'aboyer et émettait maintenant des jappements plaintifs.

Ruben le rappela mais l'animal refusa d'obéir.

Tout à coup, Ruben perçut des cris étouffés venant de l'intérieur.

Sans réfléchir, il poussa Gaston sans ménagement pour qu'il lui cède le passage. Pénétra dans le mas. Découvrit Clara, allongée sur un vieux canapé, ligotée, bâillonnée, les vêtements défaits, l'air terrorisée.

— Clara ! s'écria-t-il. C'est moi, papy, ne crains rien, je suis là à présent !

Il dénoua aussitôt les liens qui la maintenaient prisonnière, tandis que César faisait fête à sa jeune maîtresse sous l'œil glauque et hébété du paysan.

— Que lui as-tu fait, salopard ? explosa Ruben en étreignant sa petite-fille.

Clara était en larmes et hoquetait. Elle ne parvenait pas à s'exprimer. César lui léchait le visage, fou de joie de la retrouver.

Gaston se détourna et disparut dans la nuit, emportant avec lui son fusil de chasse, son chien dans ses pas, qui croyait sans doute partir à la battue.

Quand Clara fut remise de sa frayeur, elle avoua :

— J'ai encore perdu la vue. Mais j'y vois à présent. Pardon, papy…

— Le Gaston, il t'a fait du mal ? Dis-le-moi. Je dois savoir.

Clara s'assombrit. Se réfugia dans le silence.

— Serre-toi contre moi, ma chérie, la consola Ruben. Il va le payer cher, ce vaurien. Si je le croise sur mon chemin, je ne le raterai pas. Je lui réglerai son compte…

— Non, papy ! Il n'a pas eu le temps de me faire du mal. J'ai eu très peur, car je crois qu'il avait un peu trop bu…

— Comme d'habitude ! Il est saoul tous les jours, du matin au soir ! T'a-t-il touchée ?

— Il en avait l'intention. Mais tu es arrivé juste à temps, heureusement !

Ruben était sidéré. Sa colère débordait. Il n'avait qu'une envie : poursuivre Gaston et le rouer de coups jusqu'à le tuer.

— Je veux rentrer à la maison, le pria Clara. Maman doit se faire un sang d'encre…

Ruben se calma, mais se jura d'aller porter plainte à la gendarmerie dès le lendemain matin.

Mélanie et Jeanne l'accueillirent avec le plus intense soulagement.

Clara se confondit aussitôt en excuses et leur expliqua l'expérience qu'elle avait entreprise pour s'habituer à sa vie future.

Mélanie ne la gronda pas. Au contraire, elle eut pitié de sa fille mais ne le montra pas. Elle lui conseilla seulement de ne plus recommencer.

Comme promis, Ruben se leva de bon matin et se précipita à la gendarmerie. À peine entré dans le bureau du commandant, on lui signifia que Gaston Peyrols s'était donné la mort d'un coup de fusil de chasse en pleine tête, dans les bois bordant le Gardon en aval de la commune.

— Il a même réglé son sort à son chien. La pauvre bête ! Elle y est passée aussi, victime de son ivrogne de maître.

6

Résilience

1958

Avec le temps, Clara finit par accepter son destin. Elle n'ignorait plus ce qu'il adviendrait d'elle à plus ou moins brève échéance. Mélanie l'avait plusieurs fois emmenée à Montpellier pour contrôler l'évolution de sa maladie. Les médecins ne lui avaient laissé aucun espoir. Ils lui avaient annoncé sans détour qu'elle deviendrait aveugle petit à petit. Ils ne lui avaient pas précisé vers quel âge, mais elle sentait au plus profond d'elle-même que l'épée de Damoclès s'abattrait bientôt sur sa tête. Le mal était irrémédiable et irréversible. Son cerveau ne traitait plus convenablement les images que ses yeux lui transmettaient. Depuis deux ans, Clara vivait une intermittence de périodes où tout semblait normal et de périodes où elle perdait la vue.

« Quand ça arrive, avait-elle expliqué à Amaury, je ne suis pas dans le noir absolu. Je perçois la lumière, mais pas les objets ni les personnes… »

Elle reconnaissait que, malgré ses efforts, elle ne parvenait pas toujours à atteindre ses repères.

« Quand je suis privée de ma vision, je m'exerce chaque jour à entreprendre les gestes de ma vie ordinaire, comme si de rien n'était. Je pense à ce que je faisais avant et j'essaie de retrouver mes habitudes, sans l'aide de mes yeux. Je marche à l'instinct. Je crois que la plupart de nos comportements sont ancrés dans notre cerveau. On n'a pas besoin de ses yeux pour les mettre en pratique. En ce qui me concerne, ma mémoire me permet de me déplacer sans y voir. J'ai un énorme avantage sur un aveugle de naissance. »

Clara montrait l'exemple. Elle ne se plaignait jamais, gardait le moral alors même qu'elle s'attendait au pire. À la maison, elle s'évertuait à se débrouiller seule, refusait qu'on l'aide à couper sa viande, à remplir son verre, à se laver ou à s'habiller...

« Je ne supporte pas qu'on me considère comme une handicapée ! » objectait-elle quand sa mère ou sa grand-mère s'acharnaient à lui proposer leurs services.

Mélanie ne pouvait s'empêcher de verser une larme quand sa fille hésitait, les bras légèrement en avant afin de se prémunir d'un obstacle, battant le sol du pied pour mieux se situer dans la pièce. Elle veillait à ne rien laisser traîner, à ce que chaque chose soit à sa place, pour que Clara ait le champ libre devant elle. Quand celle-ci renversait un objet elle ne lui en faisait pas reproche. Elle balayait vite derrière elle les morceaux brisés pour qu'elle ne trébuche pas en marchant dessus.

Ses périodes de cécité se multipliaient et s'allongeaient. Elle en avait pris l'habitude. Elle pressentait même quand elles se produiraient. Elle avait remarqué, en effet, qu'elles se déclaraient souvent après un moment de forte tension ou de fatigue. Par exemple, au retour de l'école après avoir fourni un gros effort. Ne discernant plus très bien les détails – même quand elle y voyait un peu –, elle redoublait d'attention pour distinguer ce que la maîtresse écrivait au tableau noir. De même, lorsqu'elle rédigeait un texte dans son cahier, elle devait se concentrer pour suivre les lignes et s'appliquer beaucoup plus qu'auparavant. Sa fatigue intellectuelle lui déclenchait de grosses migraines et des périodes de cécité qui duraient parfois des heures entières.

Marie, qui la surveillait de près, regrettait que rien ne fût prévu dans son école pour les malvoyants. Elle avait beau lui faciliter la tâche, elle se trouvait souvent dépourvue lorsque Clara était plongée dans le noir. En classe, vis-à-vis de ses camarades, elle s'efforçait de minimiser ses troubles, rassurait ses autres élèves pour qu'ils ne pressent pas Clara de questions ou simplement de marques de gentillesse. Marie avait deviné depuis longtemps qu'elle ne supportait pas d'être considérée comme une jeune fille à part. Aussi ne lui accordait-elle pas de faveurs particulières. Au moment de ses malaises, elle évitait de l'interroger, attendait qu'elle retrouve son calme en même temps que sa vision – ce qui parfois prenait toute la matinée ou toute l'après-midi –, puis, une fois les cours terminés, alors seulement elle s'inquiétait auprès d'elle pour savoir si elle pouvait se rendre utile avant de la renvoyer chez elle.

À la rentrée d'octobre, elle lui avait proposé de demeurer une année supplémentaire dans sa classe de fin d'études. À cause d'une succession de crises qui s'étaient répétées pendant plusieurs jours, Clara n'avait pas passé, en juin, les épreuves du certificat d'études primaires auquel elle l'avait préparée avec beaucoup d'attention. Pendant toute l'année scolaire, Marie n'avait pas compté ses heures pour aider sa jeune élève. Elle la gardait souvent le soir après l'étude, Clara mettant plus de temps que ses camarades à achever son travail. Mais elle n'avait rien pu faire de plus pour sa petite protégée, qui, de ce fait, avait dû renoncer à passer son diplôme.

« Tu l'obtiendras l'année prochaine, l'avait réconfortée Marie. Je n'ai aucun souci pour toi.

— L'année prochaine, je serai complètement aveugle, c'est une certitude ! »

Marie n'avait su quoi répondre. Mélanie l'avait prévenue : l'état de Clara se dégradait de jour en jour.

Amaury, de son côté, était entré en classe de troisième au lycée. Il témoignait toujours à Clara un soutien et une amitié sans failles. Certes, il était aussi perturbé par ce qui lui arrivait mais évitait de le lui montrer. Il l'aimait maintenant comme on aime à l'adolescence, avec beaucoup de retenue et de pudeur. Il ne le lui avait jamais avoué directement. Pourtant, il en avait envie. Les mots qu'il cherchait parfois à lui adresser – et qu'il répétait au fond de lui – ne sortaient pas de sa bouche quand il s'apprêtait à se livrer. Amaury était un grand sentimental et un grand timide.

La situation dans laquelle se trouvait Clara depuis maintenant deux ans ne le poussait pas à la pitié. Il chassait de lui ce sentiment de faiblesse qui, il en était persuadé, aurait éloigné Clara. Il tenait à être là, auprès d'elle, tout simplement. Non pour la consoler, encore moins pour la plaindre, mais pour la soutenir, l'aider à tenir bon dans les moments difficiles. Aveugle ou voyante, elle gardait à ses yeux les mêmes qualités, les mêmes attraits. Elle était celle avec qui il rêvait sa vie. Cela ne lui avait jamais quitté l'esprit. Depuis leur plus jeune âge, Clara ne lui avait-elle pas laissé percevoir le même dessein, les mêmes sentiments à son égard ?

Aussi, quand il se précipitait chez elle une fois rentré du lycée, si Clara lui paraissait distante ou chagrinée, il s'assombrissait, ne comprenant pas ce qui se passait. Certes, il devinait qu'elle devait être terrifiée à l'idée de ce qui l'attendait. Mais pourquoi manifestait-elle à présent de la froideur alors qu'il évoquait en sa présence les moments de bonheur vécus ensemble : les baignades dans la rivière, les escapades dans les vignes, leurs jeux d'enfants, leur complicité quand ils s'adonnaient à quelques bêtises à l'insu de leurs parents... ? Clara montrait de moins en moins d'enthousiasme à se remémorer leurs souvenirs communs, le réveil de la nature au printemps, l'explosion des fragrances en été, l'embrasement des couleurs en automne et même le doux endormissement de la terre en hiver sous la couverture neigeuse. Amaury pensait lui faire plaisir en la distrayant, en l'écartant de son quotidien, en lui prouvant que rien ne changeait pour lui et que la vie continuait comme avant.

— Rien ne sera plus jamais comme avant ! lui opposa-t-elle un jour, alors qu'il tentait de lui confier ses sentiments. Je serai bientôt une charge pour ceux qui vivront avec moi. Malgré mes efforts, je ne serai plus indépendante. J'en suis consciente... Plus tard, quand je serai grande, je ne pourrai même pas m'occuper d'un enfant, ajouta-t-elle après un moment d'hésitation. Je ne serai jamais comme tout le monde. On me regardera comme une bête curieuse !

Amaury était sur le point de lui avouer son amour. Clara, malgré elle, l'empêcha de s'épancher. Avait-elle deviné ce qu'il cherchait éperdument à lui révéler ? Éprouvait-elle pour lui des sentiments aussi forts ?

Il en était persuadé.

Alors, pourquoi cette distance qu'elle mettait entre eux à présent ?

Ce jour-là non plus, il ne lui dit rien de ce qu'il ressentait pour elle, de peur de la heurter, de rompre ce qui, jusqu'à maintenant, avait modelé heure après heure leur amitié, comme un maître céramiste qui craint de briser un objet de porcelaine qu'il a façonné de ses mains habiles.

Elle n'est pas encore prête, jugea-t-il.

Il ignorait, Amaury, ce qui emportait et attristait aussi le cœur de Clara. Il ignorait qu'elle l'aimait autant qu'il l'aimait, mais qu'elle ne souhaitait pas nourrir chez lui un quelconque sentiment de compassion.

De jour en jour, d'épreuve en épreuve, Clara avait conscience que sa vie était en train de basculer. Elle tâchait cependant de ne pas trahir ses craintes, de se comporter comme si rien n'allait venir bouleverser son existence. Elle n'envisageait pas vraiment son avenir. Elle avait beau parfois jouer à la fanfaronne, agir au quotidien comme à l'ordinaire, affirmer qu'elle acceptait son sort sereinement, en son for intérieur elle était terrifiée. Elle imaginait des situations cauchemardesques dont elle ne parvenait pas à sortir sans l'aide des autres : la nuit permanente... des zones sombres et profondes... un milieu autour d'elle auquel elle n'appartiendrait plus... le danger de rencontrer des êtres malfaisants... se retrouver sans défense... Elle appréhendait de plus en plus ce qui, bientôt, deviendrait son nouvel univers.

Mélanie, connaissant parfaitement le caractère de sa fille, n'était pas dupe. Elle se rendait compte que Clara feignait une quiétude anormale. Elle s'en émouvait et redoutait le jour où elle ne recouvrerait plus du tout la vue. Ce jour-là, comment réagirait-elle ?

« Le jour où je serai aveugle, répétait Clara pour rassurer les siens, surtout, ne vous affolez pas ! Ne modifiez pas vos habitudes ni votre comportement à mon égard. Je ne souhaite pas que vous me preniez pour une grande malade ou une infirme. Je parviens déjà à me débrouiller sans mes yeux. Avec le temps, je deviendrai complètement autonome. »

Jeanne était la plus émue quand sa petite-fille s'exprimait ainsi.

« Quel courage montre cette enfant ! » ne cessait-elle de proclamer, quand Mélanie lui dévoilait ses craintes et lui rapportait les propos de sa fille.

Combien de fois l'avait-elle surprise en effet à évoluer dans la maison, les yeux bandés, comme pour une partie de colin-maillard ? Clara n'attendait pas l'apparition d'un malaise pour s'habituer à l'obscurité. Elle semblait même s'amuser à passer d'une pièce à l'autre sans se tromper, à poser les couverts sur la table au moment du repas, à ranger chaque chose à sa place, à se rendre dans la cour de la ferme ou dans l'étable pour rejoindre sa mère à la traite. Elle parvenait de mieux en mieux à se déplacer sans aucune aide, seulement en usant de sa mémoire des lieux. Ses autres sens se développaient à la moindre sollicitation. Son attention était en constant éveil.

« Je refuse de me laisser anéantir par la fatalité, expliquait-elle à Amaury. C'est l'unique façon de combattre le mal et de rester digne. »

— J'admire ton courage, lui avoua-t-il, un jour où, en pleine crise, il voulut la ramener au Charmy en la prenant par le bras.

— Je préfère rentrer seule ! l'interrompit-elle en relevant la tête. Je ne me perdrai pas. Je connais le chemin.

Décontenancé, Amaury lui prit la main, la plaça sur sa poitrine pour lui signifier ce qu'il ressentait au plus profond de son cœur.

— Je n'avais pas l'intention de te guider comme si tu étais aveugle. Seulement de te faire comprendre que je...

— Je ne veux pas de ta pitié, Amaury, se trompa Clara en lui coupant la parole, ne lui permettant pas d'aller jusqu'au bout de sa confession. Je souhaite demeurer comme avant à tes yeux. Jure-moi que tu ne me perçois pas comme une handicapée !

Amaury s'insurgea :

— Crois-tu vraiment que je te considère ainsi ? Mes sentiments pour toi n'ont pas changé… Je t'aime, Clara… voilà, c'est dit ! Je ne pense qu'à toi. Je suis malheureux quand on est séparés. Je désire rester près de toi pour toujours, oui, pour toujours.

Le jeune garçon s'était enfin déclaré sans détour. Ce jour-là, il n'avait pas prémédité ce qu'il avouerait ouvertement à son amie. Les mots lui étaient venus d'eux-mêmes, avec sincérité, naturellement.

Il se sentit soulagé. Il étouffait de ne pouvoir clamer son amour, de ne pas oser s'exprimer alors que son cœur battait la chamade dans sa poitrine à chacune de leurs rencontres. Malgré le calvaire de Clara, il envisageait leur avenir sans obstacle, dans la lumière des petits matins qu'ils découvriraient ensemble dans quelques années. Car, il n'y avait aucun doute pour lui, Clara serait un jour la femme qui partagerait sa vie.

Clara tendit les mains, lui caressa le visage, les yeux grands ouverts, plongés dans les siens.

— Je ne te vois pas avec mes yeux, lui dit-elle, je te vois avec mes mains. Je te crois, Amaury. Mais jure-moi que ce n'est pas la compassion qui t'anime.

Amaury s'approcha de Clara, posa délicatement ses lèvres sur les siennes. Attendit sa réaction.

Clara répondit timidement à son avance. Une larme coula sur sa joue.

— Moi aussi, je t'aime, Amaury. Mais je te demande d'être patient, le temps de trouver mes repères dans ma nouvelle existence. Restons amis… les meilleurs amis du monde. Je ne veux pas que tu te méprennes sur tes propres sentiments. Tu es affecté par ce qui m'arrive. J'ai besoin de comprendre, dès à présent, ce qui changera dans nos relations. Ce qui est devant moi représente tellement d'inconnu ! Je ne peux te garantir que ma vie n'en sera pas totalement bouleversée. Si je m'efforce de ne pas redouter le pire, j'ai peur néanmoins que mon caractère s'aigrisse et que je devienne insupportable à mon entourage…

— Je n'y crois pas ! s'insurgea Amaury. Pour moi, tu seras toujours ma Clara. Je t'accepterai comme tu seras. Rien ne sera différent pour moi.

Clara rassura son ami, mais ne revint pas sur sa décision de patienter pour voir comment elle réagirait une fois plongée définitivement dans les ténèbres.

Elle n'attendit pas longtemps. Après cette discussion, Clara ne recouvra plus la vue. Elle rentra chez elle sans l'aide d'Amaury, qui, néanmoins, à son insu, la suivit à distance, de crainte qu'elle ne se perde. Il se fit discret, prêt à intervenir en cas de chute de sa bien-aimée. Clara ne montra guère d'hésitation. Elle marcha le long des trottoirs comme si elle y voyait clairement. Aux carrefours, elle s'arrêtait, attentive aux bruits des voitures. Elle tournait la tête à gauche, puis à droite, comme pour vérifier qu'elle pouvait traverser en toute sécurité. En réalité, elle écoutait d'où provenait le danger. Personne ne remarqua qu'elle courait le risque de se faire renverser. Elle était sûre d'elle. Amaury ne fut tranquillisé que lorsqu'elle fut sur le chemin menant au Charmy. Il la regarda une dernière fois franchir le porche de la ferme, puis retourna chez lui dans l'espoir de la revoir le lendemain.

Clara ne vint pas au rendez-vous qu'ils s'étaient fixé avant de se séparer. Tracassé, il fila au Charmy pour avoir des nouvelles.

— Clara ne va pas bien, lui annonça Mélanie. Quand elle est rentrée hier soir, elle était en pleine crise. Depuis, elle n'a pas retrouvé la vue. D'habitude, cela ne dure jamais plus de trois ou quatre heures...

— Quand nous nous sommes quittés, elle m'a donné l'impression de pressentir ce qui adviendrait. Elle m'a paru résignée, comme si tout était perdu.

— Les médecins ne lui ont pas caché la vérité. Toutefois nous gardions encore un infime espoir. Et, comme on dit, tant qu'il y a de l'espoir... Malheureusement, cette fois, il est à craindre que l'échéance n'ait atteint son terme !

— Elle... elle ne verra plus jamais ! s'émut Amaury, qui prenait maintenant conscience de la terrible réalité.

— Le professeur de Montpellier m'a expliqué que dans le cas où sa vue disparaîtrait pendant plus de douze heures consécutivement, cela serait irréversible. Il fallait s'y attendre.

Amaury était terrassé. Il ne retint pas ses larmes, transi de désarroi et de tristesse. Il repensa à ce que Clara lui avait confié la veille. Elle ne voulait pas de sa pitié ni de celle des autres. Elle avait manifesté une sérénité et une forme de résilience qui l'avaient bouleversé.

— Puis-je la voir ? demanda-t-il.

— Elle s'est enfermée dans sa chambre. Elle ne désire voir personne. Je suis désolée, Amaury. Il faut la comprendre. Pour elle, c'est une nouvelle vie qui commence. Nous ne devons pas la brusquer ni lui montrer trop de sollicitude. Elle le prendrait mal. Reviens plus tard. C'est préférable.

Amaury s'en retourna chez lui, éploré et terrifié.

Comment réagirait Clara dans les jours suivants ? s'interrogeait-il. Affronterait-elle courageusement son destin, comme elle le lui avait laissé supposer, ou sombrerait-elle dans le désespoir ?

DEUXIÈME PARTIE

7

Un autre monde

1959

Clara n'avait pas recouvré la vue depuis sa dernière crise. Elle n'était pas dans le noir total, elle percevait encore la lumière comme un voyant à travers ses paupières closes. Cela la confortait. Non qu'elle entretînt l'espoir d'une rémission mais parce qu'elle ne se sentait pas tout à fait aveugle.

« Mon cerveau est toujours baigné par la clarté du jour, expliquait-elle aux siens pour les rassurer. Ce qui signifie que la zone dont dépend la vision n'est pas morte. »

Mélanie renchérissait. Elle s'efforçait de se montrer positive. Le docteur Gamblin lui avait laissé une infime perspective de guérison.

« Tant qu'elle distingue de la lumière, il n'y a pas de raison de penser au pire », lui avait-il confirmé lors de leur dernière visite dans son cabinet.

Il s'avançait davantage que le professeur Lafitte, pourtant bardé de diplômes obtenus dans les plus grandes universités de France et des États-Unis.

Toutefois, Clara ne discernait que ce halo de lumière qui, chaque matin à son réveil, lui rappelait que sa vie avait basculé.

À la maison, elle avait enregistré tous ses repères. Certes, elle se heurtait parfois aux meubles quand, trop sûre d'elle, elle se précipitait d'un endroit à l'autre sans se méfier. Elle ronchonnait, s'en prenait à elle-même, se traitait de « gourde » pour se punir de se montrer si maladroite.

« C'est normal, ma chérie ! l'excusait Jeanne, l'œil sans cesse rivé sur sa petite-fille, de crainte qu'elle ne se blesse. Avec le temps, tu y arriveras.

— Je n'ai pas le temps, mamie. Je dois être autonome le plus vite possible afin de ne pas être une charge pour vous tous. »

Clara se doutait que chacun de ses gestes était épié par sa grand-mère ou par sa mère. Même lorsqu'elles prétendaient s'absenter, elle ne les sentait pas très loin, prêtes à intervenir en cas de problème. Cet assujettissement l'agaçait.

Perdre la vue était une terrible épreuve, mais il n'était pas question pour elle de quémander l'assistance des siens.

« Je suis capable d'encaisser le choc et de vivre normalement, affirmait-elle à sa mère. Je ne suis pas une créature délicate et fragile ! J'aimerais que tu agisses avec moi comme si j'y voyais encore. »

Mélanie s'efforçait de montrer à sa fille que la vie au Charmy demeurait la même qu'auparavant. Elle ne se précipitait plus quand Clara ne réussissait pas à accomplir un geste habituel ou à trouver un objet déplacé. Elle la laissait se débrouiller, ne lui proposait son aide qu'en dernier recours.

Pendant de longues semaines, avec acharnement, Clara mit au point des stratagèmes pour se mouvoir sans devoir tendre les mains en avant, tâtonner du pied pour contourner un meuble ou quitter une pièce. Elle connaissait les dimensions de chacune d'elles et l'agencement du mobilier. Dans sa tête, elle comptait ses pas en marchant. Elle se guidait aussi à l'odeur et aux sons. La cuisine exhalait des relents de plats mijotés sur le fourneau, le salon des senteurs de vieux cuir et de livres anciens que son grand-père, grand lecteur, gardait depuis son plus jeune âge dans une bibliothèque ouverte. Quand les flammes crépitaient dans la cheminée, elle s'approchait à l'ouïe de la source de chaleur, se collait contre l'âtre pour se réchauffer. Jeanne craignait qu'elle ne se brûle. Elle se souvenait que, petite, Mélanie s'était brûlé la paume de la main droite en tentant de récupérer un jouet qui lui avait échappé et était tombé dans les braises.

« Mes mains, mes pieds, mon nez et mes oreilles sont devenus mes yeux », déclarait Clara, de plus en plus fière de se mouvoir maintenant à l'intérieur presque aussi bien que si elle y voyait.

S'il lui arrivait encore de se tromper, de se retrouver dangereusement au bord de l'escalier, à l'étage, alors qu'elle croyait entrer dans sa chambre, elle pressentait toujours le danger et s'arrêtait avant le drame.

« J'ai acquis une sorte de sixième sens ! se plaisait-elle à affirmer. Je ne risque rien. J'utilise tout ce que je ressens en moi. Je me sers de mon intuition. Mon cerveau est mon meilleur allié. »

Au fil des jours, Clara évoluait dans son nouveau monde comme si elle y était née.

Sa mère s'en réjouissait. Dans son malheur, sa fille réapprenait à vivre autrement et y parvenait avec beaucoup d'abnégation et de persévérance.

Perdre la vue la rendait très combative, mieux armée pour lutter contre l'adversité.

Les plus gros obstacles se trouvaient à l'extérieur.

Pendant plusieurs semaines, Clara hésita à s'aventurer seule hors de la ferme. Une impression de grand vide la paralysait quand elle sortait. La lumière qu'elle percevait encore l'éblouissait, l'obligeait à fermer les yeux, le temps de s'y habituer. L'espace qu'elle devinait autour d'elle, pourtant coutumier, lui semblait hostile, parsemé de pièges cachés. Elle devait apprendre à se le réapproprier.

La première fois qu'elle s'approcha de l'escalier donnant dans la cour, elle fut prise de panique. Elle était restée trop longtemps enfermée à l'intérieur. L'air vif lui cingla le visage et lui tourna la tête. Les yeux grands ouverts, elle éprouva une sensation de vertige. Elle se retint à la main courante, chancela, respira profondément.

L'une derrière elle, l'autre plus bas dans l'escalier, Mélanie et Jeanne la surveillaient, prêtes à intervenir.

Clara se reprit. Elle descendit les marches une par une, puis, une fois parvenue au pied de l'escalier, lâcha la rampe et amorça quelques pas prudents, maintenant ses mains le long de son corps. Elle avait renoncé à se munir d'une canne.

« Je ne suis pas encore aveugle ! avait-elle reproché à sa mère lorsqu'elle la lui avait proposée. Je perçois la lumière ! »

Mélanie n'avait pas insisté.

Clara s'avança à travers la cour de la ferme. Elle se dirigea vers le porche, franchit le portail à petits pas et s'engagea sur le chemin. Aucun obstacle prévisible n'était à craindre. Pourtant Ruben s'était posté avec César non loin de là, dans la prairie mitoyenne, dissimulé derrière un gros tilleul. Le chien, apercevant sa jeune maîtresse, tira sur sa laisse pour la rejoindre.

— Couché, César ! lui ordonna Ruben. Calme-toi !

Obéissant, le chien ne bougea pas, mais émit des jappements de joie.

— Bougre d'âne ! fulmina Ruben. Je t'ai dit de te taire...

Clara perçut la présence de César. Quand elle s'approcha de son grand-père, le sourire aux lèvres, elle s'écria :

— Je vous ai vus, tous les deux ! Inutile de vous cacher. Je sais que vous m'épiez.

Clara employait toujours le verbe « voir » quand elle s'adressait à ses proches, pour leur signifier qu'elle les entendait ou les sentait près d'elle. « Je vois bien que vous me regardez... » « Je vois très bien dans votre jeu... » « Je vois que vous vous faites du souci pour moi... » C'était plus fort qu'elle, elle se refusait à chasser ce terme de sa bouche. Elle finissait même par en abuser, comme pour prouver qu'elle n'était pas différente de la Clara d'avant. Rien dans son langage n'avait changé. Elle y mettait un point d'honneur, une pointe de fierté.

« Je vois les choses autrement, insistait-elle, mais je les vois. »

Ruben ne put cacher longtemps sa présence. Il lâcha César, qui se précipita au-devant de la jeune fille, et proposa à celle-ci de l'accompagner dans sa promenade.

— À une condition, objecta Clara, que tu ne me serves pas de guide. Je vais chez Amaury. Il est rentré du lycée. J'y arriverai sans l'aide de personne et sans me tromper.

— Je marcherai derrière toi, si tu préfères, et je me tairai.

Le chemin tirait droit jusqu'à la maison de Lise Duteil. Clara en connaissait chaque aspérité, chaque irrégularité. Il ne présentait aucun obstacle. Seul, de part et d'autre, un fossé pour l'écoulement des eaux pluviales pouvait être dangereux pour un non-voyant. Aussi, à l'instinct, se tenait-elle bien au centre.

Quand elle parvint à une centaine de mètres de la maison, elle demanda à son grand-père de la laisser.

— Je n'ai plus besoin de chaperon. Je vais poursuivre seule, maintenant.

— Tu es sûre ? insista Ruben. Comment feras-tu pour revenir ?

— Comme à l'aller ! En marchant prudemment et en regardant où je mets les pieds !

Clara s'esclaffa.

— Ma réponse te convient, papy ? Tu es rassuré ?

Ruben bougonna, rappela à lui César, qui tournoyait autour de l'adolescente.

— Allez, le chien, viens ! On rentre au Charmy. Mademoiselle ne veut plus de notre présence.

Clara tint parole. Au retour de chez Amaury, elle ne commit aucun faux pas. Refusant que ce dernier la raccompagne, elle lui avait signifié qu'elle se passerait dorénavant de toute aide extérieure. Et cela sur un ton distant, comme pour se prouver à elle-même qu'elle était redevenue une fille tout à fait ordinaire.

« Je mène quasiment la même vie qu'avant. La seule chose qui diffère, c'est la lenteur avec laquelle je me déplace. Je me méfie toujours des autres, qui, eux, ne savent pas forcément que je n'y vois pas.

— Il est vrai qu'une personne non avertie ne s'aperçoit pas que tu es… »

Amaury avait buté sur le mot, qui lui restait sur le bout de la langue.

« Aveugle, lui avait soufflé Clara. Tu peux le dire, ce n'est pas une insulte ! À cela aussi, il faudra tous vous habituer. Chez moi, d'ailleurs, maman me traite comme si je n'avais aucun problème. Elle a raison. C'est moi qui le lui ai demandé. »

Les yeux de Clara, en effet, paraissaient normaux. Son infirmité ne se remarquait pas. Quand une amie de sa mère venait au Charmy, elle s'adressait à elle, le visage tourné dans sa direction, les yeux grands ouverts. Elle lui parlait en la fixant, la suivait dans ses déplacements. Ses yeux demeuraient vivants, mobiles et expressifs, et donnaient l'illusion qu'elle y voyait parfaitement.

Dans le village, Mélanie n'avait pas divulgué le mal de sa fille. Personne n'était au courant du drame de Clara depuis que celui-ci s'était aggravé.

Elle marchait sans canne ni bâton, se remémorant parfaitement toutes les rues, les ruelles, les placettes. Elle avançait sans trahir qu'elle ne s'orientait qu'à l'instinct, en utilisant ses autres sens. Quand elle rencontrait quelqu'un qui la saluait, le reconnaissant au son de sa voix, elle faisait mine de le regarder et échangeait avec lui quelques mots, sans jamais le quitter des yeux.

Elle s'adonnait plus que jamais à ses activités préférées comme si de rien n'était, sauf qu'elle ne pouvait plus ni lire ni écrire, ce qui la chagrinait le plus. Sur le chemin devant le porche de la ferme, elle courait même parfois, pour ne pas perdre l'habitude de fournir des efforts physiques. Quand elle avait effectué une certaine distance, qu'elle estimait au jugé, elle s'en retournait, toujours en comptant ses pas. Elle devinait avec justesse l'endroit où sa course l'avait amenée.

Sa mémoire et ses autres sens enregistraient progressivement tout son environnement.

Petit à petit, elle retrouva avec plaisir ses lieux de prédilection, ceux où elle aimait se promener en compagnie d'Amaury : les vignes de Gaston Peyrols, les coteaux en pente douce qui glissaient lentement vers le Gardon, le cabanon, son refuge des jours heureux. Elle ne se méfiait que de la rivière, consciente que ses rives lui seraient fatales en cas d'imprudence. Elle ne s'y aventurait jamais. En repensant aux merveilleux moments passés là avec Amaury, elle s'attristait. Son cœur s'accélérait.

Au fond d'elle-même, elle regrettait de se comporter avec tant de distance avec son ami. Maintenant qu'ils s'étaient avoué leurs sentiments réciproques, elle souffrait de ne pas être prête à accepter son amour sans détour. C'était plus fort qu'elle : elle repoussait la pitié des autres.

Cette pitié était ce qu'elle craignait le plus, maintenant que son mal était bien établi.

Après quelques mois d'absence, elle retrouva le chemin de l'école. La directrice, informée par Mélanie, avait accepté de la reprendre malgré le manque de moyens adaptés à sa situation.

Elle s'y rendit seule, à pied, son cartable sur le dos.

Marie avait prévenu ses élèves :

« Clara est de retour. Elle a eu un souci de santé. Je vous demande de lui faire bon accueil et de ne pas l'assommer de questions. Laissez-la vous expliquer elle-même ce qui lui arrive, et comportez-vous avec elle comme avant. »

Intrigués, ses camarades de classe obéirent à leur maîtresse et, quand Clara reparut parmi eux, aucun ne perçut son problème.

Elle s'assit à sa place habituelle à côté d'Annie, sa meilleure amie, la seule dans la confidence, et, sans se départir de son calme, sortit ses cahiers et ses livres de dessous son pupitre. Marie évita de l'interroger, elle se doutait que Clara n'avait pas été en mesure de rattraper à la maison tout le retard accumulé.

Quand vint le temps de l'orthographe, Clara ne put cacher plus longtemps son handicap. Incapable d'écrire, elle garda les bras croisés, tandis que ses camarades peinaient à la tâche. Très vite, l'un d'eux s'aperçut que Clara ne participait pas à l'exercice et osa interpeller Marie :

— Madame, pourquoi Clara ne fait pas la dictée avec nous ?

Alors Marie pria Clara de s'expliquer.

Tous demeurèrent bouche bée.

— Elle ne pourra pas rester à l'école ! releva finalement l'un d'eux. L'école, ce n'est pas pour ceux qui ne voient rien !

Clara se leva, se tourna dans sa direction, le fixa droit dans les yeux.

— Pierre, si je n'y vois plus avec mes yeux, j'y vois très bien avec ma tête. De plus, mes yeux ne sont pas morts, je distingue encore de la lumière.

— C'est pour ça qu'on n'imagine pas qu'elle est aveugle, crut bon de préciser Annie, prenant la défense de son amie. Ne vous moquez pas d'elle, ce serait vraiment méchant de votre part.

Marie calma sa classe et expliqua à sa manière ce qu'il en serait dorénavant pour faciliter le travail de Clara.

Depuis son retour à l'école, celle-ci ne souffrait pas des réflexions de ses camarades. Les recommandations de Marie portaient leurs fruits. Tous se comportaient avec elle comme avec n'importe quel autre élève. Quand elle était en peine, ils évitaient de se précipiter vers elle et, par un moyen détourné, tâchaient de l'aider sans le lui montrer.

Toutefois, malgré les efforts de Marie, Clara éprouvait de grosses difficultés à suivre. Dans l'impossibilité d'écrire et de lire, elle écoutait attentivement, enregistrait les explications de son enseignante dans sa mémoire, imaginait des situations pour mieux retenir, trouvait des astuces mnémotechniques bien à elle.

Chaque soir, chez elle, elle reprenait tout ce qu'elle avait entendu en classe. Mélanie avait promis de seconder l'institutrice à la maison. Armée de patience, elle faisait réciter à sa fille ses poésies, ses leçons d'histoire et de géographie, de grammaire et de conjugaison. Elle lui lisait les textes d'auteur abordés en cours de français, les problèmes d'arithmétique et de géométrie, grâce à un cahier fourni par Marie.

« C'est la seule chose dont je dispose pour l'aider, avait-elle reconnu. Tous les jours, Clara emportera un cahier que je rédigerai afin qu'elle y retrouve tout ce que nous aurons fait en classe. »

Clara comptait obtenir en juin son certificat d'études. Elle s'y préparait avec acharnement. Elle voulait réussir pour prouver à Amaury et aux autres qu'elle était comme tout le monde.

Elle espérait même réaliser son rêve : être admise au lycée dans une section spéciale ouverte aux élèves qui n'avaient pas pu entrer en sixième. Marie lui avait promis, quand elle avait onze ans, de la soutenir dans son objectif.

— Elle m'a confirmé que j'ai acquis le niveau pour pouvoir y prétendre, affirma-t-elle à Amaury. À la rentrée prochaine, je te rejoindrai à Alès.

Amaury n'osa pas la décevoir. Il se doutait que cela n'était guère envisageable. Rien n'était prévu dans son lycée pour l'accueil des malvoyants, et encore moins pour les aveugles. Il aurait fallu des structures appropriées, des salles de classe et un internat adaptés, un personnel formé pour ce type d'élèves. Cela relevait des écoles spécialisées comme il devait sans doute en exister dans les grandes villes, à Montpellier ou à Marseille.

Dans ce genre d'école, Clara se sentirait vraiment mise à l'écart, elle serait coupée de la vraie vie, elle évoluerait dans un autre monde où tous ceux de son entourage seraient eux aussi plongés dans l'obscurité et où tout leur rappellerait leur différence.

Non, un tel lieu n'est pas pour Clara ! pensait Amaury.

Il se garda de lui faire part de ses réflexions. Il l'encouragea au contraire à persévérer, à envisager l'avenir comme si tout allait s'arranger.

En juin, Clara passa les épreuves du certificat d'études avec succès, toutes à l'oral spécialement pour elle. Elle obtint même les félicitations du jury eu égard à son handicap, qu'il évita de mentionner devant elle à la demande de Marie.

Aussitôt après, celle-ci déposa son dossier d'admission au lycée pour entrer dans une classe de CAP.

Il lui fut refusé au prétexte que l'établissement n'était pas adapté à l'accueil des non-voyants et que l'enseignement du braille ne faisait pas partie des options proposées aux élèves.

Clara reçut la réponse au milieu du mois de juillet. Elle guettait tous les jours le facteur et courait au-devant de lui avec beaucoup d'espoir. Quand il lui remit le pli provenant de l'inspection académique, elle demanda sans tarder à Mélanie de lui en faire la lecture.

Mélanie parcourut la feuille des yeux, blêmit, ne dit mot.

Clara s'en rendit compte.

— C'est non ? releva-t-elle avant que sa mère ait eu le temps de s'exprimer. Je vois bien que tu es tout attristée ! Ce n'est pas grave, maman. Jusqu'à présent, j'ai été très chanceuse. Vivre sans y voir ne sera pas une partie de plaisir, je le conçois, mais je vais continuer à vivre. Là est l'essentiel.

Une fois de plus, Clara remontait le moral de sa mère, qui s'était effondrée. Courageusement elle redressa la tête, prête à affronter sa nouvelle vie.

— Tu sais, ajouta-t-elle, l'avantage de ma cécité, c'est que je ne te verrai jamais vieillir. À mes yeux, tu seras toujours belle comme aujourd'hui. Je percevrai le monde comme un printemps éternel. Le jour ne s'effacera plus devant la nuit.

8

Dans les ténèbres

Nullement découragée par le refus de l'inspection académique de lui accorder une place au lycée d'Alès, Clara décida de réagir. Elle ne connaissait personne dans son cas et ne voulait pas contacter une association de malvoyants. Sur les conseils du docteur Gamblin, Mélanie pourtant le lui avait suggéré pour qu'elle ne se sente pas isolée et apprenne à vivre autrement. Clara s'y était farouchement opposée :

« Me retrouver avec d'autres aveugles qui ne feront que parler de leurs problèmes ou de leurs difficultés ? Non, jamais ! s'était-elle écriée. Je ne suis pas devenue une autre Clara. C'est ma vie qui a changé, pas moi ! »

En septembre, elle éprouva cependant un profond ressentiment. C'était la première année que les élèves rentraient en classe si tôt, le 15 septembre. De plus, le gouvernement avait porté la scolarité obligatoire à seize ans et prévu d'ouvrir dans les petites et moyennes communes urbaines des CEG[1] afin d'alléger la situation des lycées et collèges.

— C'est trop tard pour moi, déplora Clara. J'aurais pu bénéficier d'une année supplémentaire. Je n'ai que quinze ans. Ils auraient été obligés de m'accorder une place dans une école pas trop éloignée.

Ces décisions, en effet, ne s'appliqueraient pas immédiatement. Seuls les jeunes de moins de quatorze ans étaient concernés. Quant aux nouvelles structures d'accueil des élèves, elles n'avaient pas été créées dans tous les établissements.

— Peu importe ! affirma Clara. L'année prochaine, je referai ma demande pour entrer au lycée. Je n'abdiquerai pas.

Sa force de caractère se confirmait à chaque écueil qu'elle rencontrait sur son chemin.

Très attachée à César, dont la fougue n'avait d'égale que sa jeunesse, elle se mit en tête l'idée de le dresser pour en faire son compagnon de tous les instants.

Elle craignait le refus de son grand-père. César était surtout destiné à la chasse. Il n'était pas de la race des chiens d'aveugles.

Discrètement, elle se renseigna en téléphonant en cachette à une société de dressage de chiens, à Montpellier, affiliée aux Cannes blanches et spécialisée dans l'accompagnement des non-voyants.

— Nous vous conseillons de venir nous rencontrer la semaine prochaine, si cela vous convient, lui

1. Collèges d'enseignement général.

répondit-on. Avec votre chien. Mais nous ne vous garantissons pas que ce dernier soit apte à la tâche que vous souhaitez lui confier. À quelle race appartient-il ?

— C'est un épagneul.

— Ce n'est pas la race idéale ! Il aurait mieux valu un labrador ou un berger allemand. Quel âge a-t-il ?

— Un peu plus de deux ans. Le précédent est mort l'année dernière. Mon grand-père n'a pas pu rester sans chien. Il est allé chercher César au chenil dès le lendemain.

— Deux ans ! C'est un peu vieux pour commencer. Le dressage de nos chiens débute à deux mois. En général, à l'âge du vôtre, après six à huit mois de formation, ils sont fin prêts pour assister une personne malvoyante ou non voyante. De plus, avant de les éduquer, nos chiens passent dans une famille d'accueil près de douze mois afin d'être préformés. C'est un long parcours… Je vous engage plutôt à opter pour une autre espèce, un labrador si possible. Cette race est la plus appropriée à cette fonction d'accompagnement. Ce sont des animaux affectueux, obéissants et très intelligents. Ils retiennent parfaitement tout ce qu'ils sont amenés à faire pour faciliter l'existence de leurs maîtres… Venez quand même avec votre chien, nous constaterons sur place comment il réagit… Avez-vous pensé au braille ? poursuivit l'interlocutrice. Vous êtes jeune, cela vous permettrait de ne pas perdre pied dans votre future vie professionnelle. À votre âge, vous apprendrez vite.

Clara fut prise de court. Elle n'avait pas abordé cet autre problème avec les siens. Elle souffrait de ne plus ouvrir un livre, mais elle ne songeait pas pour autant à réapprendre à lire.

— Non, pas encore, répondit-elle. Je suis un peu isolée, là où j'habite. Je ne sais pas à qui m'adresser. Je n'ai plus ma place à l'école, faute de structures adaptées.

— C'est normal, mademoiselle ! Injuste mais normal. Les écoles n'ont pas été prévues pour accueillir les jeunes déficients visuels. Venez nous voir. Nous vous guiderons dans vos démarches.

Sur le moment, Clara fut un peu démoralisée. Montpellier lui paraissait si loin !

Heureuse toutefois d'avoir obtenu une réponse à sa requête concernant César, il lui fallait maintenant convaincre Ruben.

Au Charmy, elle n'en avait discuté avec personne, mais depuis qu'elle songeait à ce projet son comportement vis-à-vis de César trahissait son intention. Elle ne cessait de le flatter, de l'encourager à l'accompagner, de le commander pour qu'il réagisse au doigt et à l'œil. Si bien que Ruben commençait à s'interroger sur l'attitude de sa petite-fille.

— Que lui veux-tu, à César ? finit-il par lui demander. Je pensais que tu ne désirais l'aide de personne !

— César est mon plus fidèle compagnon. Et lui, il ne pose pas de questions quand je lui parle ! Il se contente de m'obéir.

Mélanie avait deviné le dessein de sa fille, mais elle ignorait sa démarche auprès de la société montpelliéraine.

— Je crois que Clara aimerait avoir un chien bien à elle, qui lui serait tout dévoué. Elle souffre de solitude. Sa vie n'est plus comme avant, bien qu'elle affirme le contraire.

— Tu voudrais que je lui cède César ? Ce chien est à tout le monde sous ce toit !

— Pas céder. Seulement le lui confier plus souvent, pour qu'elle s'en occupe à son gré.

— César n'est pas un chien d'aveugle. Il ne lui sera d'aucun secours en cas de problème à l'extérieur. Il ne sait que chasser.

Mélanie n'insista pas.

Clara toutefois s'entêta. Elle avait renoncé à l'idée d'aller à Montpellier, mais pas à dresser César.

Un matin, elle l'entraîna dans les vignes et, bien à l'abri des regards, elle se mit à lui donner des ordres inhabituels :

— Couché, César !... Arrête !... En avant devant !... À droite... À gauche !... Traverse !...

Le brave épagneul, dérouté, n'obtempérait pas, croyant que sa maîtresse désirait jouer avec lui. Il ramassa un bâton et commença à tournoyer autour d'elle dans l'attente qu'elle s'en empare et le lui jette au loin pour qu'il le rattrape au vol, comme elle s'en amusait souvent au cours de leurs promenades.

Ne percevant pas ce qu'il tentait de lui faire comprendre, Clara le laissa papillonner, son morceau de bois dans la gueule. L'animal insista, de plus en plus excité.

— Couche-toi à mes pieds ! lui ordonna-t-elle. Obéis !

De guerre lasse, César finit par lâcher sa prise et, toujours par jeu, sauta sur sa maîtresse, insensible à ses directives. Surprise, Clara fut déséquilibrée et tomba à la renverse sur le dos. Le chien se pressa immédiatement contre elle, lui lécha le visage, fourra son museau dans son cou comme pour la réveiller.

Clara ne bougeait plus.

Une tache de sang coulait lentement de sa tempe.

César avait beau aboyer et la secouer, elle ne réagissait pas.

Au bout d'un certain temps, il rentra seul au Charmy, l'air penaud, émettant des jappements plaintifs.

— Que se passe-t-il, César ? Où est Clara ? s'inquiéta Mélanie.

Elle se précipita dehors sans tarder et, dans l'affolement, se mit à crier :

— Clara, Clara !

Ne la voyant pas aux abords de la ferme, elle ordonna à César, qui ne l'avait pas quittée d'une semelle, de la conduire vers Clara.

Elle la retrouva très vite au milieu des vignes de Gaston Peyrols. Inerte, elle n'avait pas bougé.

Apercevant une flaque de sang autour de sa tête, Mélanie crut sur le moment que sa fille était morte. Terrorisée, elle prit Clara dans ses bras, la supplia de revenir à la vie, les yeux noyés de larmes.

— Non, Clara, non, réveille-toi ! Reste avec moi !

Redoublant de force, elle la souleva et, chancelante, la porta au Charmy, César dans ses pas.

En les voyant arriver, Jeanne s'affola à son tour. Elle secoua Ruben, assoupi dans son fauteuil.

Mélanie avait déposé Clara sur le canapé.

— J'appelle le docteur Ménard, dit Ruben sans attendre.

— Ce n'est plus la peine, gémit Mélanie. Il est trop tard, elle ne bouge plus. Mon Dieu… mon Dieu… que lui est-il arrivé ?

Jeanne s'approcha de sa petite-fille, lui prit le pouls au niveau du cou, lui ouvrit une paupière, puis la deuxième.

— Elle est vivante ! Qu'est-ce que tu nous chantes ?

Elle courut chercher dans sa chambre une fiole remplie d'un élixir dont elle avait le secret, écarta les lèvres de Clara, lui versa quelques gouttes de son breuvage dans la bouche.

Clara toussota. Cligna des yeux. Balbutia quelques paroles inaudibles.

— Clara, ma chérie ! soupira Mélanie. Tu nous as effrayés !

Clara demeurait étourdie. Elle reprenait lentement connaissance et se demandait où elle se trouvait.

— J'ai mal à la tête, se plaignit-elle. Et… et… je ne perçois plus la lumière ! Que s'est-il passé ?

Ruben n'avait pas attendu. N'ayant pas obtenu le docteur Ménard au téléphone, il était parti l'avertir à bicyclette.

Mélanie avait nettoyé la tempe de Clara. Ses cheveux s'étaient coagulés et découvraient une plaie ouverte sur plusieurs centimètres.

— Ça saigne encore ! Je ne parviens pas à stopper l'hémorragie.

Le médecin ne tarda pas.

Il ausculta Clara et rassura aussitôt sa mère :

— Elle a perdu pas mal de sang, cet endroit est très irrigué. Mais elle n'a rien de grave. Rien de cassé à première vue. Le choc lui a fait perdre connaissance. Je lui prescris un examen, par mesure de précaution. Dans l'immédiat, vous irez chercher un désinfectant et un hémostatique à la pharmacie ainsi que des pansements. Ça suffira pour arrêter le saignement. Inutile de lui faire des points.

— Pourquoi je ne distingue plus la lumière ? demanda Clara, qui avait recouvré ses esprits. J'y voyais encore, jusqu'à présent !

— Elle veut dire qu'elle n'était pas dans le noir complet, précisa Mélanie.

Le docteur Ménard, qui avait suivi Clara en tant que médecin de famille, fut incapable de fournir une explication.

— Allez consulter votre ophtalmologue dès demain. Ne traînez pas. Il vous renseignera mieux que moi.

Tranquillisée par le fait que l'accident de Clara était moins grave qu'elle ne se l'était imaginé, Mélanie ne dévoila pas son inquiétude nouvelle.

Clara était-elle maintenant définitivement aveugle ?

Elle ne put la rassurer et se contenta de lui conseiller la patience.

— Nous serons fixées dès que nous aurons entendu le docteur Gamblin à Alès et après l'examen prescrit par le docteur Ménard.

Les propos apaisants de sa mère ne remontèrent pas le moral de Clara.

— Cette fois, je suis aveugle pour de bon ! releva-t-elle le lendemain, à son réveil. Le jour ne s'est plus levé.

Clara abandonna son idée de dresser César. Elle avait vite compris que le chien de son grand-père ne présentait pas les aptitudes qu'on lui avait expliquées par téléphone. L'épagneul obéissait seulement quand il en avait envie et montrait trop souvent des sautes d'humeur qui le rendaient incontrôlable. Lorsqu'il ne partait pas à la chasse avec son maître, il ne pensait qu'à jouer ou, trop fatigué, à dormir sous la table de la cuisine.

— Je n'en tirerai rien ! déplora Clara, la dernière fois qu'elle essaya de le mettre à l'œuvre.

— Qu'attendais-tu de lui ? s'étonna Mélanie. Qu'il devienne un chien guide ?

— Je l'espérais, effectivement. Je me suis renseignée, j'ai téléphoné à une société de dressage de chiens d'aveugles à Montpellier. Pour César, c'est trop tard, il est trop vieux. L'éducation des chiens commence à l'âge de deux mois. À un an, ils doivent être prêts.

— Pourquoi ne m'en as-tu pas parlé ? On aurait entrepris les formalités ensemble.

— Je voulais savoir si c'était possible avec César. Ce n'est pas le cas.

— On pourrait acquérir un chien déjà dressé, si tu le désires vraiment !

— J'ai renoncé. C'est trop compliqué et trop long. Je me passerai de chien. En réalité, je préfère ne pas donner de moi l'image d'une infirme. Ce qui ne manquerait pas d'arriver si j'étais accompagnée d'un chien.

— Tu serais quand même plus en sécurité, ne serait-ce que pour traverser les rues de la ville. Tu ne connais pas tous les recoins de Saint-Jean sur le bout des doigts. Je serais tranquillisée, si tu avais un chien.

— Je parviens à me déplacer sans trop de problèmes. Je l'ai prouvé.

— Tu n'es pas à l'abri d'un chauffard ou de quelqu'un de malveillant ! Tu as déjà eu deux accidents, souviens-toi !

— Non, un seul ! Et à cause de César, en plus ! La première fois, ce n'était pas un accident, j'avais perdu mes repères dans les vignes… Finalement j'ai changé d'avis, je n'ai vraiment plus envie d'un chien, même dressé.

Mélanie ne contredit pas davantage sa fille. Toutefois, depuis que Clara affirmait ne plus percevoir la lumière à travers ses paupières, elle ne croyait plus à une rémission du mal.

Le docteur Gamblin avait été formel, lorsqu'elles étaient allées le consulter à Alès :

« Il fallait s'y attendre. Je n'ai pas voulu me montrer pessimiste jusqu'à maintenant. Moi aussi, je gardais l'espoir d'un retour possible en arrière. Ça s'est déjà vu, quand un œdème se résorbe. Pour Clara, hélas, son cas s'est aggravé !

— Alors, ça y est, je suis aveugle ! » avait lâché Clara.

L'ophtalmologue était resté silencieux. Il avait regardé Mélanie d'un air contrit.

Celle-ci n'avait pu retenir son chagrin.

« Ne pleure pas, maman ! s'était empressée Clara, devinant sa réaction. C'est moi qui devrais verser des larmes...

— Votre fille est très courageuse, madame. Je suis persuadé qu'elle surmontera son handicap sans difficulté. »

Le plus douloureux pour Clara était d'envisager sa vie nouvelle.

Jusqu'à présent, elle pensait encore aller à l'école, rencontrer ses amies, demeurer dans « la vie normale », comme elle disait à Amaury quand ils se retrouvaient selon leurs habitudes. Or, avec le refus de l'inspection académique et depuis sa certitude de ne plus jamais appartenir au monde des voyants, elle se sentait soudain désorientée. Coincée à la ferme sans autre perspective que celle d'aider sa mère et ses grands-parents dans leurs tâches quotidiennes, elle ne parvenait plus à se projeter dans l'avenir.

Que va devenir ma vie ? se répétait-elle dans ses moments de découragement.

Malgré sa force de caractère, Clara connaissait des périodes d'abattement. Chaque fois qu'elle partait en ville, Mélanie lui proposait de l'accompagner, notamment le mardi, jour du marché, ou pour effectuer un achat, rendre visite à une amie. Une fois par quinzaine, elle l'emmenait à Alès par le car du matin et l'invitait à se promener dans les rues commerçantes. Elles rentraient au bord du soir, fatiguées mais heureuses d'avoir volé au quotidien quelques heures de bonheur entre mère et fille.

L'année s'étira dans une certaine monotonie guidée par la routine. Clara s'était décidée à apprendre le braille par correspondance. Elle recevait par la poste des disques, des livres et des fascicules qui lui permettaient de s'initier à domicile à cette difficile discipline. Ça l'occupait de nombreuses heures. Mais, seule, elle peinait à la tâche.

« Il te faudrait suivre des cours dans une école spécialisée, reconnaissait Mélanie, qui l'aidait tant bien que mal. Tu bénéficierais de professeurs...

— Ça coûterait cher, maman. Je serais une charge supplémentaire. De plus, je devrais partir loin de Saint-Jean. Je ne veux pas quitter le Charmy. »

Mélanie écouta sa fille, trop heureuse de la garder auprès d'elle. Elle réfléchit malgré tout à lui trouver une personne qui viendrait lui enseigner le braille à domicile.

— Nous verrons, lui dit-elle pour ne pas la contrarier. Il y a peut-être une autre solution.

Dans l'été, Clara reçut une réponse négative de l'inspection académique à sa seconde demande d'admission en première année de CAP. Elle ne s'en offusqua pas.

Toutefois, le jour de la rentrée des classes, elle s'enferma dans sa chambre, refusant de descendre prendre son petit déjeuner. Elle regrettait amèrement de ne pas être avec Amaury, dans la cour du lycée, dans l'attente qu'on l'appelle pour entrer dans une salle de classe. Elle ne saurait jamais ce qu'était la vie de lycéenne, elle n'apprendrait plus de leçons, n'aurait plus de devoirs à rendre, ne serait plus jamais interrogée par ses professeurs. Son parcours scolaire s'était arrêté brutalement alors qu'elle avait entretenu tant d'espoirs de rattraper son retard. Elle devait à présent se préparer à sa vie d'adulte.

Dans un mois, elle fêterait ses seize ans. Est-on adulte à seize ans ? se demandait-elle alors qu'elle s'était approchée du miroir de son armoire comme pour distinguer ce qu'elle était devenue. Une adulte ? Vraiment ? À seize ans ! Elle toucha le miroir du bout des doigts, imagina son profil dans la glace, se moqua d'elle-même.

— Tu n'es pas encore prête, ma vieille ! s'esclaffa-t-elle. Tu as un long chemin à parcourir avant d'être maîtresse de ton destin.

Dans sa solitude, Clara s'encourageait à ne jamais renoncer, à ne jamais plier devant l'adversité. Elle puisait sa force dans la lumière qu'elle percevait uniquement à l'intérieur de son être et qui était son seul guide.

Elle ne comprenait pas très bien ce qui lui arrivait, mais elle sentait que sa vie ne serait plus jamais engrisaillée, que ce qu'elle appréhendait dans son calvaire lui permettrait de rebondir vers un lendemain aux couleurs de l'arc-en-ciel.

9

Incompréhension

1960

Les mois passaient. Les saisons se succédaient, bien tranchées. Alors que tous se préparaient à un hiver rigoureux, Clara s'efforçait de se montrer optimiste à travers sa nuit permanente. Pour elle, le ciel serait toujours bleu, l'horizon toujours dégagé. Jamais elle ne se plaignait, jamais elle ne montrait le moindre signe de pessimisme.

« L'avantage que j'ai maintenant sur vous tous, se plaisait-elle à souligner, c'est que ma cécité me permet de vivre dans un univers où le soleil brille constamment, où les nuits sont toutes étoilées, où le printemps est éternel. Je m'imagine les choses comme je les aime, je ne vous verrai jamais décliner. Je ne garderai que les souvenirs agréables et ne percevrai jamais la noirceur autour de moi. »

Mélanie s'étonnait de la résilience de sa fille, de sa faculté à s'adapter avec sérénité. Elle donnait l'exemple aux autres quand ceux-ci s'attristaient ou maugréaient face aux difficultés ou au désordre général.

Le monde subissait de violents soubresauts. Après les années de vaches maigres imposées par une conjoncture d'après-guerre très fragile, les tensions entre États s'étaient à nouveau accrues. La rivalité entre les deux grandes nations victorieuses laissait planer l'ombre d'un troisième conflit mondial.

Clara commençait à s'intéresser aux informations. Elle se faisait lire le journal de son grand-père, écoutait souvent la radio sur le poste à transistors que sa mère lui avait offert à ses seize ans, ou se plantait devant la télévision quand Ruben regardait le journal télévisé.

— Tu as vu comment Khrouchtchev s'en est pris au secrétaire des Nations unies ! remarqua-t-elle. Il a osé taper sur la table avec sa chaussure pour marteler son désaccord. Quel phénomène, ce Khrouchtchev !

Tandis que la violence redoublait en Algérie, l'élection de Kennedy aux États-Unis, en novembre, encourageait tous ceux qui croyaient en un monde meilleur en dépit des menaces soviétiques sur la paix.

— Tu penses que nous pourrions connaître une autre grande guerre comme en 14 ou en 39 ?

Ruben n'aimait pas s'épancher sur ces périodes sinistres où les peuples avaient été soumis à la folie des hommes. Il gardait trop de mauvais souvenirs dont il souffrait encore. Il s'était battu dans les tranchées de Verdun, avait failli mourir plusieurs fois sous le feu de l'ennemi, avait subi la dysenterie, les poux, le scorbut. Il avait été à moitié enseveli dans un trou d'obus et n'avait dû son salut qu'à l'intervention d'un camarade qui, au péril de sa vie, l'avait dégagé in extremis avant qu'il ne s'asphyxie. Quant à la Seconde Guerre, il préférait se taire, car c'était de la honte qu'il ressentait lorsqu'il songeait à l'attitude de certains devant l'occupant.

— Tu sais, petite, se contenta-t-il de répondre à Clara, j'espère de tout mon cœur que tu ne vivras jamais ce que ta mère, ta grand-mère et moi-même avons enduré quand les Allemands se sont emparés de notre pays. À présent que la paix règne entre nos peuples, il faut penser à l'avenir de nos enfants. Ils ne doivent pas supporter les horreurs de la guerre. Pour cela, nous avons tous un devoir de mémoire à accomplir, et vous, les jeunes générations, devez être doublement vigilants à ne pas vous laisser entraîner par les sirènes de la démagogie.

— Je comprends, papy. C'est pourquoi, personnellement, je ne jugerai jamais quelqu'un sur les apparences ni sur ce qu'on raconte de lui sans preuve. Et je ne suivrai pas le premier venu qui parlera au nom de tous avant de m'être fait ma propre opinion.

Les remarques de Clara mettaient parfois son grand-père dans l'embarras. Elle abordait des sujets pour lesquels elle n'avait pas encore montré beaucoup de curiosité. Si Ruben se réjouissait de la voir mûrir de jour en jour, devenir une jeune fille de son époque, ouverte à tout ce qui attirait ceux de son âge, il craignait toutefois qu'elle ne lui pose certaines questions incommodantes.

Clara n'avait jamais sollicité ni sa mère ni ses grands-parents à propos de l'auteur de ses jours. Ce n'était pas l'envie qui lui manquait depuis quelques années, mais la pudeur la retenait. Elle se conformait au silence des siens. Si Mélanie n'avait jamais évoqué son père, c'était qu'elle ne le souhaitait pas. Si ses grands-parents se taisaient, c'était qu'ils respectaient leur fille. Il ne lui appartenait donc pas de soulever un rideau qu'ils tenaient baissé tous les trois sur un problème délicat, source probablement de douloureux souvenirs.

Un soir, elle amorça la discussion sans préméditation, presque par hasard. Alors que Ruben regardait une émission à la télévision sur une affaire d'enfant abandonné recueilli dans une famille bienfaisante, elle se permit une réflexion qui lui créa un cas de conscience.

— Il est vrai, affirma-t-elle sans arrière-pensée, qu'on peut s'interroger sur sa naissance quand on n'a pas de père !

Ruben observa sa petite-fille, l'air dubitatif. Mélanie était occupée à la cuisine avec Jeanne et n'avait pas entendu la remarque de sa fille.

— Que veux-tu dire ? lui demanda-t-il au bout de quelques secondes.

— Quand on ne connaît pas son père et quand on ne nous parle jamais de lui, on pourrait penser qu'on nous cache quelque chose !

Ruben se renfrogna, ne sachant que répondre. Avait-elle deviné le mystère de sa naissance ? se demanda-t-il. Ou était-elle en train de tâter le terrain pour obtenir la vérité ?

Il préféra ne pas louvoyer :

— Tu te poses des questions sur ton propre cas ?

Clara hésita. Prenant conscience qu'elle embarrassait son grand-père, elle regretta aussitôt son audace.

— Non. Pas sur ma naissance, se reprit-elle. C'était une simple réflexion de ma part. Je me mets à la place de tous ces orphelins qui n'ont ni père ni mère et qui sont envoyés dans des familles d'accueil, voire adoptés. Un jour ou l'autre, il est légitime qu'ils recherchent leurs racines.

Gêné, Ruben avoua :

— Jusqu'à maintenant, si nous ne t'avons pas parlé de ton père, c'est que cela n'en valait pas la peine... nous ne tenions pas à te créer un problème... comment t'expliquer ? Je ne trouve pas le bon mot...

— Vous ne vouliez pas me perturber.

— Oui, parfaitement. Mais si tu n'avais pas été... enfin, tu me comprends...

— Si je n'étais pas devenue aveugle ?

— Nous n'aurions pas tardé à le faire, en effet.

Ruben s'empêtrait dans ses justifications. Ce sujet, il l'avait sans cesse repoussé dans l'espoir qu'il n'aurait jamais à l'aborder. Sa petite-fille pouvait vivre sans savoir qui était son père. À quoi sert-il de remuer le passé ? s'était-il convaincu. Au reste, ni Jeanne ni Mélanie n'avaient désiré revenir sur cette histoire.

— Le silence est parfois préférable à la parole, conclut-il sans s'étendre.

Respectueuse de la volonté de son grand-père de se taire sur cette question comme sur ses souvenirs de guerre, Clara n'insista pas.

Noël approchait. Amaury espérait réveillonner en compagnie de Clara. Sa mère avait accepté de l'inviter pour le soir du 24 décembre. Elle avait même suggéré que Mélanie se joigne à sa fille. Les deux femmes ne se fréquentaient pas plus que par le passé. Elles se respectaient, ne manquaient pas de politesse l'une envers l'autre, mais leurs liens en restaient à ce stade. Aucune des deux, pas plus Mélanie que Lise, n'avait effectué le moindre pas vers l'autre.

Clara en était la première chagrinée, car, lorsqu'elle se rendait chez son ami, elle donnait des nouvelles de chez elle comme si les deux familles étaient en étroite relation. Elle ne comprenait pas cette distance qu'elles maintenaient entre elles.

— Nos mères ne s'apprécient pas beaucoup, déplora-t-elle un jour qu'elle se promenait au bord du Gardon en compagnie d'Amaury. Depuis le temps que nous nous connaissons tous les deux, elles devraient se parler davantage.

Amaury ne s'étonnait pas autant que Clara. Pour lui, il s'agissait simplement d'une question d'atomes crochus.

— Tous les individus ne s'entendent pas entre eux, avoua-t-il. Nos mères n'ont sans doute rien à se dire. Elles le ressentent naturellement. Je le regrette aussi, mais ce n'est pas si grave. L'essentiel n'est-il pas que nous deux soyons unis comme les doigts de la main ?

Amaury souffrait en silence de ne pas vivre son amour pour Clara au grand jour. Clara gardait ses distances et ne manquait pas une occasion de lui rappeler ce qu'elle lui avait déjà maintes fois expliqué : qu'elle refusait la moindre compassion de sa part. Au reste, chez elle, si sa mère savait qu'elle aimait Amaury, on n'en parlait jamais. Ni Ruben ni Jeanne ne se doutaient que leur petite-fille éprouvait, à son âge, des sentiments autres qu'une simple amitié pour son ami d'enfance.

« Ne sois pas impatient, lui conseillait-elle quand il doutait d'elle. Un jour viendra où tu ne me verras plus comme je suis, mais comme j'aimerais que tu me voies. Ce jour-là, je serai prête à partager ma vie avec toi.

— Je te vois comme tu es et ça ne me dérange pas !

— C'est bien ce que je dis : tu me vois comme une aveugle... Que tu le veuilles ou non, que tu le reconnaisses ou que tu le nies, tu éprouves pour moi un sentiment différent de celui que tu aurais si je n'avais pas cette infirmité.

— Je t'aime comme tu es, Clara !

— Et moi je veux que tu m'aimes comme je voudrais que tu me voies, c'est-à-dire comme une fille sans handicap. Comme si j'y voyais. »

Amaury commençait à ne plus saisir l'entêtement de Clara. Il ne parvenait plus à lui faire admettre que rien en lui n'avait changé. Ils en arrivaient de plus en plus souvent à se disputer, à rester en froid pendant plusieurs semaines, à pâtir chacun dans son coin de l'incompréhension de l'autre.

Aussi lui fit-il une proposition :

— Si nous faisions l'effort de nous considérer l'un l'autre comme nous sommes vraiment : toi comme une fille qui a perdu la vue et qui l'accepte ; moi, comme un garçon amoureux de cette fille et qui n'éprouve aucune pitié pour elle ? Car c'est ça la vérité ! Il faut la reconnaître sans subterfuges, sans se poser de questions existentielles. Tu te compliques trop la vie, Clara !

Il lui prit la main.

Elle voulut la retirer.

Il la serra dans ses bras.

Elle sentit son souffle dans son cou, lui passa une main sur le visage, s'attarda sur ses yeux, son nez, sa bouche, lentement, en une caresse délicate, comme pour en saisir les contours.

— Je pourrais te dessiner tel que je te devine au bout de mes doigts. Tel que tu es en vrai.

Il posa ses lèvres sur les siennes.

Elle ne résista pas. Ferma les paupières pour mieux percevoir la lumière qui nimbait leur amour.

Puis le repoussa gentiment.

— Non ! Tu t'apitoies ! C'est trop tôt.

Surpris et déçu par sa réaction, Amaury ne put se contenir :

— Tu joues avec mes sentiments, Clara. Tu n'as pas le droit d'agir ainsi.

Elle ne dit mot, regrettant déjà d'avoir blessé son ami.

Amaury s'était écarté, hésitant.

— Puisque c'est comme ça, je m'en vais. Tu es capable de rentrer seule au Charmy ? Tu n'as pas besoin de guide, je suppose ? Quant à ma proposition pour le réveillon, elle tient toujours. Réfléchis-y et donne-moi une réponse, que tu viennes seule, avec ta mère, ou que tu ne viennes pas ! Tu sais où me trouver.

La colère avait remplacé sa déception. Amaury ne se reconnaissait plus. Il s'en voulut presque immédiatement d'avoir ainsi laissé éclater son humeur. Mais son amour-propre l'empêcha de se retourner et de revenir vers Clara pour s'excuser.

Quand il fut rentré chez lui, il s'enferma dans sa chambre. Sa mère vint le questionner aussitôt :

— Tu as invité Clara et sa maman pour le réveillon ?

— Oui, répondit-il d'un ton qui trahissait sa déconvenue. Elles ne viendront pas.

Les jours passèrent sans que Clara revienne vers Amaury, sans que celui-ci fasse le premier pas.

Les vacances de Noël commencèrent sous un ciel ennuagé. La neige s'annonçait, elle tapissait déjà les sommets du mont Aigoual et du mont Lozère. Le vent du nord apportait un froid sec et cassant qui délestait les gros chênes rouvres de leurs dernières feuilles mortes. Aux abords de la rivière, le givre emprisonnait les prairies et saupoudrait les vignes de cristaux de nacre qui ne s'évanouissait que sous le soleil de midi.

Clara avait le cœur en peine. Elle se reprochait d'avoir froissé la susceptibilité d'Amaury. Elle l'attendait au Charmy dans l'espoir qu'il lui demande pardon de l'avoir abandonnée dans un moment de colère et d'incompréhension. Elle souhaitait le convaincre qu'elle n'avait pas changé. Elle demandait seulement du temps et de la patience afin qu'ils soient tous les deux dans le même état d'esprit avant de s'engager. Certes, ils étaient très jeunes, mais elle aussi ressentait au plus profond de son âme qu'Amaury était l'homme de sa vie.

Amaury ne vint pas. Lorsqu'il quitta l'internat pour rentrer chez lui, il fut tenté de se rendre chez Clara. Au dernier moment, il se reprit et tourna les talons. Il courut se réfugier dans sa chambre, fou de rage contre lui-même de s'être montré aussi intransigeant.

Quand sa mère l'entendit claquer la porte derrière lui, elle alla le rejoindre sans attendre :

— Peux-tu m'expliquer ? s'étonna-t-elle. Tu arrives ici comme un voleur, tu ne me dis même pas bonjour ! Ça ne te ressemble pas ! Que se passe-t-il ?

Amaury demeurait muet, son dépit n'avait d'égal que sa tristesse.

— Tu as eu de mauvaises notes au lycée pour terminer ton trimestre ? supposa Lise. Tu as peur de m'en parler ?

— J'ai obtenu les encouragements du conseil de classe…

— Alors pourquoi fais-tu la tête ? Tu devrais te réjouir, tu es en vacances, tu vas revoir Clara…

— Non, je ne la reverrai pas ! C'est fini entre nous.

— C'est parce qu'elle ne viendra pas réveillonner que vous êtes fâchés ? Si ce n'est que ça, ce n'est pas si grave !

— Elle ne m'a pas dit qu'elle ne viendrait pas. Elle ne m'a pas répondu.

Lise fronça les sourcils, s'approcha de son fils.

— Tu... tu ne l'aimes plus ?

Les yeux rougis, Amaury se retourna vers sa mère.

— Tu ne piges rien, maman ! C'est elle qui ne veut plus rien entendre. Elle prétexte sans cesse qu'il faut attendre. Elle pense que je reste avec elle uniquement par compassion. J'ai beau lui affirmer le contraire, elle ne me croit pas. Elle me repousse et je n'en peux plus.

Lise ne trouvait pas les mots pour consoler son fils. Elle comprenait l'attitude de Clara. Elle-même n'aurait pas admis qu'on l'aime par pitié et n'aurait jamais accepté d'épouser un homme uniquement pour donner un père à son enfant. L'amour de l'autre devait, à ses yeux, être sans aucune tache, sans aucune restriction, sans l'ombre d'un doute.

— Clara n'a pas tort. Ce n'est pas toi le problème, c'est elle. Elle se met à l'épreuve, pour être certaine de ne pas susciter ton amour par défaut. Ce qui lui arrive est tout sauf évident. Toute sa vie a été bouleversée. Quand elle sera prête, tu la retrouveras comme avant. Vous vous aimerez encore plus fort, j'en suis persuadée.

Amaury finit par se laisser convaincre. Les arguments de sa mère mirent fin à ses doutes. Il se rapprocha d'elle, la prit dans ses bras.

— Et toi, maman, pourquoi n'as-tu jamais refait ta vie après ma naissance ? Tu aurais pu rendre un homme heureux. Toi aussi, tu as refusé la pitié des autres ? Ma présence était un obstacle ?

Lise n'abordait jamais cette question sensible avec son fils. Pas plus que Mélanie avec Clara, elle n'avait estimé utile ou opportun d'expliquer à son enfant pourquoi il n'avait pas de père. Amaury savait seulement que ce dernier était mort à la fin de la guerre, en se battant contre les Allemands. Jusqu'à présent, il n'avait pas éprouvé le besoin d'en apprendre davantage. Comme Clara, il s'était contenté du peu qu'on lui avait révélé.

— Tu ne dis rien ! insista-t-il.

— C'est une trop longue histoire.

10

Derrière la porte

Clara décida de décliner l'invitation d'Amaury. Elle se rendit chez lui pour l'en avertir mais ne rencontra que Lise. Amaury était parti chez un ami à Anduze. Elle prit prétexte que sa mère ne souhaitait pas laisser ses grands-parents seuls un soir de Noël. Lise eut beau insister et lui proposer de venir accompagnée également de Ruben et de Jeanne, elle ne changea pas d'avis.

En réalité, Lise connaissait la vraie raison de son refus, mais évita d'évoquer le différend qui l'opposait à son fils.

— Ce sera pour une autre fois, lui suggéra-t-elle pour ne pas lui donner l'impression qu'elle lui reprochait son attitude.

Quand Clara s'apprêta à prendre congé, elle osa toutefois lui parler sans détour :

— Amaury m'a confié ce qui vous sépare depuis un certain temps. Tu veux qu'on en discute, toutes les deux ?

Clara hésita. Elle n'aimait pas s'épancher. Même chez elle, elle éprouvait beaucoup de pudeur à extérioriser ses sentiments. Elle devina qu'Amaury devait être très affecté pour s'être confessé à sa mère.

Elle baissa les yeux. Malgré leur maladie, ceux-ci exprimaient son malaise. Elle ne clignait plus les paupières, semblait fixer un point sur l'horizon comme si elle se perdait dans l'infini. Les larmes coulèrent sur ses joues. D'un revers de main, elle les essuya pour ne pas laisser percevoir son chagrin.

— L'incompréhension ne doit pas tuer l'amour que vous avez l'un pour l'autre, poursuivit Lise. Ni l'incompréhension ni le doute. Ne restez pas campés sur vos positions, faites un pas l'un vers l'autre. Vous vous connaissez trop pour agir ainsi.

— Vous me trouvez trop fière ?

— Non, pas du tout. Amaury a sa part de responsabilité dans ce qui vous arrive. Il ne comprend pas toujours ce que tu ressens. Il s'entête, car il ne parvient pas à se mettre à ta place. Nous en avons parlé. En revanche, écoute-le quand il t'affirme t'aimer comme tu es, sans une once de pitié. Au reste, ce n'est pas son genre de s'apitoyer sur les autres. Il estime comme toi, et à juste titre, que la pitié dessert celui à qui elle est adressée, en faisant de lui quelqu'un de différent. C'est précisément ce qu'il réprouve.

Clara ne demandait qu'à croire Lise. Elle se serait jetée dans les bras d'Amaury s'il avait été présent pendant sa conversation avec sa mère.

Elle se tut, comme si les paroles de Lise l'avaient placée devant ses propres contradictions. Elle s'attendrissait, prête à capituler, à reconnaître qu'elle se trompait, qu'elle mettait Amaury injustement à l'épreuve.

Lise s'en aperçut. Elle en profita pour tenter de la convaincre de changer d'avis :

— Alors, Clara, tu ne veux pas réveillonner à la maison ? Pour vous réconcilier.

Clara se reprit. Elle ne revint pas sur sa décision.

— Il vaut mieux pour tous les deux ne plus se voir pendant quelque temps, déclara-t-elle dans la douleur. C'est préférable pour recommencer d'un bon pied. Je n'apprécie pas les compromis. Pour repartir de zéro, il faudrait que ce soit comme si c'était nouveau entre nous... oui, comme si notre amour venait de naître. Nous nous connaissons depuis si longtemps ! Ce qui nous unit est une amitié d'enfance qui s'est transformée petit à petit en un sentiment plus fort, plus...

— Adulte, lui souffla Lise.

— Oui c'est cela, plus adulte. J'aimerais aimer Amaury comme si nous venions de nous rencontrer.

— Comme après un coup de foudre ?

— Je ne sais pas ce que c'est, le coup de foudre, mais je l'imagine. Oui... comme si nous nous découvrions l'un l'autre pour la première fois.

Lise n'osa contredire Clara. L'amie de son fils était décidément trop romantique. Elle évita de lui affirmer qu'après tant d'années il était impossible que tous les deux aient un coup de foudre l'un pour l'autre.

— Le coup de foudre, c'est quand on ne s'y attend pas, quand on ne se connaît pas, ajouta-t-elle seulement pour ne pas la décevoir.

— Eh bien, alors, ça peut nous arriver ! La Clara que je suis aujourd'hui n'est pas la Clara qu'Amaury a connue dans le passé. C'est ce que j'essaie de lui faire admettre. Je désire qu'il me voie telle que je suis devenue et non telle que j'étais avant, qu'il tombe amoureux de la fille nouvelle, de l'aveugle que je suis à présent !

Lise renonça à tenter de convaincre Clara de simplifier ses relations avec son fils.

Quand Clara s'éloigna, elle éprouva beaucoup de tristesse, craignant que leur différend ne s'arrange pas avec le temps.

La veille de Noël, Clara se leva tôt le matin dans l'intention d'aider sa mère à préparer le réveillon. Sa cécité ne l'empêchait pas de donner la main à qui la sollicitait. Elle trouvait toujours les choses rangées à leur place et se trompait rarement quand elle fouillait dans un tiroir, une armoire ou un buffet, ou se juchait sur un tabouret en s'étirant pour atteindre une étagère, à la grande frayeur de Mélanie.

Elle avait promis de confectionner elle-même le dessert préféré de sa grand-mère : un moelleux à la châtaigne dressé sur une crème anglaise, ainsi que l'entrée la plus appréciée de son grand-père : un croustillant de pélardons chauds panés présenté sur un lit de feuilles d'endive et accompagné d'une compotée d'oignons doux du Vigan.

La veille, elle avait commandé à sa mère tous les ingrédients nécessaires à ses préparations culinaires. Mélanie s'occuperait de la classique dinde de Noël, qu'elle servirait accompagnée de marrons d'Ardèche et d'une purée de céleri, ainsi que de la traditionnelle bûche, qu'elle fourrerait à la confiture de châtaigne maison.

Toutes les deux souhaitaient faire la surprise à Jeanne et à Ruben, qui fêtaient en plus, ce jour-là, leurs cinquante ans de mariage. Aussi ne leur avaient-elles pas dévoilé ce qu'elles avaient concocté en secret pour honorer doublement ce jour tant attendu.

Clara se mit à la tâche vers neuf heures dans le but de préparer sa crème anglaise. Au moment où le lait commençait à bouillir sur le feu, elle s'aperçut qu'il lui manquait de la vanille. Pas question de remplacer cette épice par du sucre vanillé acheté à l'épicerie de Saint-Jean. La vanille fraîche importée de la Réunion donnait à sa crème un goût subtil inimitable auquel nul autre produit de substitution ne pouvait prétendre.

— Maman, s'écria-t-elle, on a oublié la vanille !

Mélanie, qui veillait derrière elle à ce que le lait ne déborde pas, lui conseilla de mettre sa casserole de côté et d'arrêter le gaz.

Clara s'exécuta et décida de se rendre sans tarder à l'épicerie pour se procurer l'ingrédient manquant.

— Non, reste à la maison, coupa Mélanie. J'y vais. J'ai encore quelques bricoles à acheter pour ce soir.

Clara n'insista pas, devinant que sa mère avait l'intention de s'occuper des cadeaux qu'elle offrirait à tous.

Mélanie effectivement la pria de ne pas dire à ses grands-parents qu'elle était partie en ville.

— Mamie va rendre visite à son amie Fernande Chapon en fin de matinée. Quant à papy, comme d'habitude, il sortira promener César jusqu'au déjeuner. Tu seras tranquille pour préparer l'entrée avant que je revienne. Surtout, n'utilise pas la gazinière en mon absence.

— Je n'en ai pas besoin. Les fromages de chèvre, je ne les panerai qu'au dernier moment, avant de les gratiner au four. Je commencerai plutôt le gâteau à la châtaigne, mais je ne le cuirai pas avant ton retour.

Ses grands-parents partis à leur tour, Clara se retrouva seule au Charmy.

Peu avant onze heures, quelqu'un sonna, en bas de l'escalier. Elle n'attendait personne. Ruben et Jeanne ne rentreraient pas avant l'heure du repas. Quant à Mélanie, elle avait prévenu qu'elle serait certainement en retard étant donné le monde qu'elle pressentait dans les magasins en cette veille de Noël.

Sur le moment, elle pensa à Amaury. Se pouvait-il qu'il vienne la relancer ?

Elle s'avança sur le perron, persuadée que c'était lui, et, tenant d'une main la rambarde de l'escalier, se pencha légèrement par-dessus, comme pour observer le visiteur.

— C'est toi, Amaury ? Monte. Tu n'as pas besoin que je te le dise.

Sans perdre un instant, elle retourna à son travail, repoussant derrière elle la porte de la cuisine pour empêcher le froid de s'immiscer à l'intérieur. Quelques secondes plus tard, quelqu'un frappa à la porte. Une voix étrangère l'interpella.

— Pardonnez mon intrusion, mademoiselle, je me suis permis de monter… Je crois que ce n'est pas moi que vous attendez.

Surprise, Clara tourna les talons, dirigea instinctivement son visage vers l'inconnu, fit mine de le regarder.

— Qui êtes-vous ? s'enquit-elle, contrôlant la peur qui, soudain, l'avait envahie.

— Ne craignez rien, je n'ai aucune mauvaise intention. Je désire seulement parler avec vous ou avec les membres de votre famille… si cela ne les dérange pas, bien sûr. Je comprendrais que vous exigiez que je m'éloigne. J'ai l'habitude. Dans ce cas, je n'insisterai pas.

L'homme avait une voix douce et chaleureuse, sans agressivité, dotée d'un léger accent de l'Est. En l'écoutant, Clara fut rapidement rassurée. Il émanait de sa personne une impression de bienfaisance, de gentillesse, de compréhension. Pourtant l'individu n'avait pas remarqué le handicap de Clara. Il la regardait sans étonnement, sans témoigner un quelconque sentiment de gêne ou de compassion. Clara se sentit en confiance. Il était rare qu'elle éprouvât une telle sensation d'empathie immédiate devant un inconnu. Quelque chose d'étrange s'éclairait en elle, qu'elle ne parvenait pas à définir. Plus farouche que jadis depuis qu'elle était aveugle, elle ne se laissait pas facilement aborder et maintenait une certaine distance avec les étrangers qui lui adressaient la parole.

Devant son visiteur, elle abandonna toute méfiance et l'invita à s'avancer.

— Je ne vais pas m'attarder, précisa-t-il. Je passe de porte en porte pour rencontrer ceux et celles qui ont besoin de réconfort. C'est Noël, certains sont seuls ou se sentent seuls.

À ces mots, Clara crut qu'il avait deviné son état. Elle se rembrunit et s'apprêta à lui signifier de partir.

Mais l'homme la fit changer d'avis dans l'instant :

— Je vois dans votre regard que vous appréciez la vie, mademoiselle. Vos yeux reflètent votre belle personne et me disent que vous n'attendez pas mes bonnes paroles. Alors, je ne vous ennuie pas plus longtemps. Je n'ai pas l'habitude d'imposer ma présence.

Clara comprit qu'elle se trompait. Il ne s'était aperçu de rien.

Elle poursuivit, tout en maintenant son visage orienté dans sa direction :

— Ne partez pas, s'il vous plaît. Je vous écoute. Mais patientez une minute, le temps que je termine mon gâteau. Ce ne sera pas long.

Elle tourna le dos à son visiteur et reprit sa préparation.

— Ça sent bon ! releva l'inconnu. Vous êtes une bonne pâtissière ! À votre âge, c'est rare !

— J'aime faire la cuisine, surtout les gâteaux. Je suis gourmande, je n'ai pas de mérite. Et avec ma grand-mère, je suis à bonne école.

— Vous vivez avec vos grands-parents ?

— Oui, avec ma grand-mère et mon grand-père. Ma mère et moi, on s'occupe d'eux. Ils sont âgés et ont besoin de notre présence. De plus, la ferme leur appartient.

L'homme se garda de se montrer indiscret.

Clara s'attendait à une question sur son père. Elle le devança :

— Je ne sais pas qui est mon père. Ma mère ne m'en a jamais parlé.

Quand elle eut terminé son moelleux à la châtaigne, elle l'enfourna sans allumer le gaz, obéissant ainsi à sa mère. Puis elle proposa à son interlocuteur de prendre une chaise et s'assit à la table en face de lui.

— Je vous offre un café ? À cette heure-ci, il n'est pas encore trop tard.

Il refusa.

— Je vous écoute, poursuivit Clara. Vous m'expliquiez que vous apportez le réconfort aux gens malheureux ?

— Pas seulement aux malheureux. À ceux qui, avant tout, ont besoin d'une oreille bienveillante. Ce n'est pas ce que j'ai à leur dire le plus important, mais ce qu'ils ont eux-mêmes à raconter. Se confier quand on est seul ou incompris est souvent salutaire. C'est dans ce but que je me consacre aux autres.

— Vous êtes Témoin de Jéhovah ?

— Non, pas du tout. Je ne prêche pour aucune paroisse.

Clara discutait sans trahir son secret. L'homme lui souriait, déviait parfois le regard pour observer quelque chose dans la pièce qui attirait son attention.

La conversation se déroulait tout à fait normalement, comme si Clara n'était atteinte d'aucun mal. Elle donnait parfaitement l'illusion de voir.

Au bout d'une demi-heure, l'individu se leva pour prendre congé.

— J'ai été très heureux de faire votre connaissance et de discuter avec vous. Je comprends que vous n'avez pas besoin de mes bonnes paroles.

Clara se leva à son tour, prête à accompagner son visiteur vers la porte. Par inadvertance, elle renversa sa chaise. Pendant quelques secondes, elle fut prise de panique, tâtonna pour la redresser. Sans se contrôler, elle eut des gestes hésitants qui la trahirent.

L'homme se douta alors qu'elle n'y voyait pas. Il ne montra aucune surprise, laissant Clara penser qu'il n'avait rien décelé.

Elle remit sa chaise à sa place, toute retournée par sa maladresse. Il a compris, songea-t-elle, en colère contre elle-même.

Ne souhaitant pas accroître son malaise, l'inconnu s'excusa encore de l'avoir dérangée et, sans lui signifier qu'effectivement il avait deviné son infirmité, il lui proposa de revenir si elle le désirait.

— Sans arrière-pensée de ma part, précisa-t-il. Simplement pour poursuivre notre conversation.

Clara acquiesça timidement.

Il ajouta néanmoins :

— Votre vie ne doit pas être facile tous les jours ! Vous êtes très courageuse et admirable. Vos parents peuvent être fiers de vous… J'habite au mas de Terre

Neuve, à L'Estréchure, la petite commune voisine de Saint-Jean. J'y réside en compagnie de trois amis. Nous nous occupons des terres du domaine, qui appartient à un riche propriétaire. Il est absent une grande partie de l'année. Je suis en quelque sorte son régisseur.

L'homme s'en alla comme il était arrivé, très discrètement, plongeant Clara dans l'expectative.

Elle l'accompagna de son regard aveugle jusqu'à ce qu'il franchisse le portail sous le porche, au seul bruit de ses pas qui martelaient le sol dallé de la cour.

Quand elle rentra dans la cuisine, elle réalisa qu'elle avait oublié de lui demander son nom.

Au début de l'après-midi, au retour de Mélanie, Clara lui raconta sa rencontre du matin. Elle n'avait pas mis ses grands-parents au courant pour ne pas les embarrasser. Jeanne, surtout, s'effrayait facilement pour sa petite-fille, sur qui elle veillait comme le lait sur le feu depuis qu'elle avait perdu la vue, et craignait toujours les mauvaises visites quand elle restait seule à la maison.

— Tu as ouvert à un inconnu ? s'étonna Mélanie. Tu as été très imprudente ! Je t'ai déjà recommandé maintes fois de ne pas répondre quand tu ignores qui sonne à la porte en notre absence…

— J'ai cru qu'il s'agissait d'Amaury, je ne me suis pas méfiée. Et puis… je ne suis plus une petite fille !

— Peut-être, mais dans ta situation tu ne devrais pas. On ne sait jamais sur qui tu peux tomber…

— Maman ! s'insurgea Clara. Si je ne veux pas de la pitié des autres, je ne veux pas non plus que tu me considères comme une fille en danger permanent du fait que je n'y vois pas. Tu ne m'aides pas en te préoccupant sans cesse de moi. Laisse-moi vivre comme tout le monde !

Mélanie réalisa son erreur et se rattrapa aussitôt en priant sa fille de lui raconter plus en détail ce que lui avait proposé son visiteur.

— Tu ne lui as pas demandé son nom ? s'étonna-t-elle quand elle eut terminé.

— Je n'y ai pas pensé. Mais je te rassure, il n'a pas essayé de me convaincre de quoi que ce soit. D'ailleurs, il m'a affirmé n'appartenir à aucune église.

— Il a deviné que tu étais aveugle ?

Clara hésita.

— Non, mentit-elle.

Mélanie feignit de ne plus s'inquiéter, mais se promit de s'informer sur l'inconnu de Terre Neuve.

11

Un homme bien mystérieux

L'aveu de Clara ne satisfaisait pas Mélanie. D'un naturel soupçonneux, elle craignait que sa fille ne se laisse influencer, voire séduire, par des personnes mal intentionnées qui tireraient parti de son handicap. Ce n'était pas la première fois dans la région que des inconnus, se présentant au nom d'une marque de produits et même d'une communauté d'obédience plus ou moins chrétienne, frappaient aux portes et profitaient de la crédulité des plus faibles pour leur extorquer de l'argent ou une adhésion. Si elle n'avait rien contre les Témoins de Jéhovah, dont le prosélytisme n'était guère agressif, elle réprouvait tous ceux qui tentaient d'abuser de la naïveté des gens par le mensonge ou la duperie.

Les explications de Clara soulevèrent sa curiosité. Un homme aux bonnes intentions, qui apporte son écoute à ceux qui désirent s'épancher et sont prêts à se confier au premier venu, et qui n'insiste pas ! Cela lui paraissait louche.

Elle s'interdit d'en parler à ses parents. Ruben et Jeanne étaient de fervents catholiques. Ils n'auraient pas compris que leur petite-fille ait accordé aussi facilement sa confiance à un inconnu. Ils se méfiaient beaucoup des prédicants des confréries protestantes très minoritaires, tels les adventistes, l'Église du septième jour ou encore les mormons, qui tenaient plus des sectes que de véritables églises.

Seules l'Église réformée de France, de sensibilité calviniste, et l'Église évangélique luthérienne avaient toute leur considération. À Saint-Jean-du-Gard comme dans bon nombre de communes cévenoles, les membres de ces communautés religieuses vivaient en parfaite entente avec les catholiques depuis longtemps. Elle était loin l'époque où les guerres fratricides engendraient des massacres sanglants dans toutes les Cévennes. Chaque année, au lieu-dit le musée du Désert à Mialet, une petite commune très proche de Saint-Jean, une assemblée protestante regroupait plusieurs milliers de fidèles sous les grands chênes au pied de la maison natale du héros camisard Rolland. Ruben et Jeanne y avaient assisté deux ou trois fois, plus par curiosité que par conviction. Ils en étaient revenus étonnés, presque émerveillés par la ferveur de ces chrétiens réunis autour d'un aréopage de pasteurs et d'universitaires invités à discourir de leur histoire et de leurs combats à travers les siècles pour la liberté de conscience.

Néanmoins, ils demeuraient fermement attachés à leur curé de paroisse et ne manquaient jamais la messe du dimanche matin.

Une fois la fête de Noël passée, Mélanie se renseigna très discrètement auprès de ses amies pour découvrir qui était le mystérieux visiteur venu au Charmy en son absence. Mais elle eut beau multiplier ses démarches, se montrer insistante, elle n'obtint aucune réponse.

Elle ne pouvait fournir aucun signalement de cet homme, Clara n'ayant entendu que le son de sa voix. Si celle-ci avait reconnu qu'il l'avait immédiatement mise en confiance, si elle avait soutenu qu'une grande douceur émanait de sa personne, cela ne permettait pas à Mélanie de décrire l'individu avec précision à ceux et celles à qui elle s'adressait.

Un peu dépitée, incidemment, elle discuta de ce qui la préoccupait avec la jeune fille qui, une fois par semaine, enseignait le braille à Clara.

Lucie Fabre venait au Charmy depuis Saint-André-de-Valborgne tous les mercredis pour s'occuper de Clara. Mélanie avait fini par convaincre sa fille de suivre des cours afin de faciliter son apprentissage. Seule, en effet, Clara ne progresserait pas rapidement. Lucie, âgée d'à peine vingt ans, avait vite sympathisé avec elle. Atteinte d'une maladie dégénérative qui l'avait rendue malvoyante, elle maîtrisait parfaitement la méthode de lecture des aveugles. Elle parvenait à se déplacer sans problème et, pour gagner un peu d'argent, donnait des cours de braille à quelques élèves de la vallée entre son village et Anduze.

« Heureusement qu'il y a la ligne d'autocar, reconnaissait-elle. Sinon, je serais clouée sur place. Je n'obtiendrai jamais mon permis de conduire. Je n'y vois pas assez. »

Quand Mélanie apprit ce qu'elle proposait aux non-voyants, elle n'hésita pas à la contacter avec l'accord de sa fille, qui, au final, ne regretta pas d'avoir accepté.

— Clara vous a-t-elle parlé d'un homme qui est passé au Charmy la veille de Noël ? lui demanda-t-elle, profitant de l'absence de Clara partie répondre au téléphone à son amie Annie.

— Oui, tout à l'heure. Elle a été très impressionnée par son charisme ! Elle n'en a dit que du bien. Pourtant, ai-je relevé, elle ignorait qui il était ! Elle lui a fait confiance uniquement au son de sa voix. Votre fille a un don pour distinguer les personnes bienveillantes !

— J'ai toujours peur qu'elle ne se laisse tromper par le premier venu. Je n'aime pas les démarcheurs qui sonnent aux portes. On ne sait jamais sur qui l'on tombe.

— Oh, vous ne risquez rien avec cet homme-là !

— Vous le connaissez ?

— Un peu. Tel que me l'a décrit Clara, du moins tel qu'elle l'a perçu, j'ai tout de suite deviné de qui elle parlait. Je l'ai croisé à Saint-André, par hasard. Il était accompagné d'une jeune femme. Tous deux déambulaient dans les rues comme des prédicateurs. J'y vois mal, mais je les ai aperçus s'adressant à des gens comme s'ils leur apportaient la bonne parole. Je ne me suis pas attardée. Peu de temps après, ils m'ont abordée, alors que je rentrais chez moi. Ils étaient là, sur le seuil de ma porte. Je ne les ai pas invités à entrer, mais je les ai laissés discourir. Oh, ils ne m'ont pas embêtée du tout ! Ils ont été très aimables et m'ont proposé leur écoute si je le désirais. Je n'ai pas donné suite. Ils n'ont pas insisté. Avant de s'éloigner, la femme m'a dit qu'ils habitaient le mas de Terre Neuve à L'Estréchure. Voilà pourquoi, quand Clara m'a aussi fourni ce détail, j'ai été certaine de qui il s'agissait. Lui a ajouté qu'il s'appelait Alexandre Honegger. Un nom pas bien de chez nous !

— Alexandre Honegger ! s'étonna Mélanie. D'où sortent ces gens ?

— Je l'ignore. Depuis ce jour-là, je n'en ai plus entendu parler. Jusqu'à aujourd'hui, quand votre fille m'a raconté sa belle rencontre, comme elle l'a elle-même qualifiée. Je crois que, sans le vouloir, elle a été conquise par les propos de cet homme.

— Hum… je n'aime pas ça ! répliqua Mélanie, contrariée.

Mélanie ne souffla mot à Clara de son entretien avec Lucie. Elle ne souhaitait pas lui transmettre son appréhension. Elle lui conseilla seulement de se montrer prudente à l'avenir et de ne plus ouvrir aux inconnus en son absence. Clara le lui promit non sans se moquer gentiment d'elle, lui signifiant qu'elle voyait le mal partout et qu'il n'était pas dans l'esprit d'une bonne chrétienne de refuser d'écouter les autres.

— D'abord je ne suis pas une grenouille de bénitier, lui rétorqua Mélanie en plaisantant, et ce n'est pas une question d'être une bonne ou une mauvaise chrétienne. Ensuite, si je me soucie de ta sécurité, c'est que j'ai mes raisons.

Elle n'en dit pas davantage.

Clara rebondit à la déclaration pleine de sous-entendus de sa mère :

— Des raisons ! Lesquelles ? Me cacherais-tu quelque chose ?

Mélanie se troubla. Elle n'avait jamais pu oublier ce qui lui était arrivé pendant la guerre. Sous le toit du Charmy, on ne l'évoquait jamais. Mélanie s'était toujours préservée en se taisant. Pour elle, le sujet était tabou. Pour autant, sa souffrance demeurait intacte, même si elle était parvenue à la surmonter. Cette période de sa vie était, dans sa mémoire, comme une parenthèse qu'elle parvenait à tenir à distance sans toutefois réussir à l'effacer complètement. Trop de douloureux souvenirs y étaient rattachés.

— Je ne te cache rien, ma chérie, comment peux-tu penser cela ?

Clara détourna la conversation. Elle avait souvent envie de lui demander des renseignements sur son père. Plus elle y songeait, plus elle éprouvait le besoin de connaître ses origines, des deux côtés de son arbre généalogique. Petite, elle n'y avait jamais accordé d'importance. Or, depuis qu'elle était dans l'âge de l'adolescence, elle se posait de plus en plus de questions.

— Je te crois, maman. Mais crois-moi aussi quand je t'affirme que je suis prudente et que je n'écoute pas le premier venu. Je ressens la sincérité des gens à leur voix, à leur présence, à leur manière de me considérer. J'ai développé une sorte de sixième sens qui a remplacé ma vue.

Mélanie cessa la conversation sans abandonner l'idée d'aller aux renseignements concernant le mystérieux personnage qui avait si bien conquis la confiance de sa fille.

Elle se promena longuement dans les rues de Saint-Jean dans l'espoir de l'apercevoir. Au Charmy il était seul, à Saint-André ils étaient deux. Cela ne lui facilita pas la tâche. Toutefois, comme elle connaissait la plupart de ses concitoyens, son regard était vite attiré quand elle croisait un étranger à la commune. Elle l'observait quelques instants, s'en approchait, osait parfois l'aborder sous prétexte d'être perdue :

« Je cherche la filature Maison Rouge[1]. J'espère y trouver de l'embauche. C'est dans quelle direction ? »

Selon la réponse qu'elle obtenait, Mélanie passait son chemin ou persévérait :

« Vous n'êtes pas d'ici non plus ? » avançait-elle alors, dans l'espoir d'avoir ferré la bonne prise.

Elle dut se résigner. L'homme avait changé de secteur. S'il apportait effectivement la bonne parole, il prêchait probablement d'une commune à l'autre. Elle ne pouvait quand même pas visiter chacune d'elles. La vallée comportait de nombreux villages depuis Saint-André-de-Valborgne jusqu'à Anduze, sans compter les vallées adjacentes.

1. Cette célèbre filature de soie, construite en 1838, a cessé ses activités en 1966 et est devenue le musée des Vallées cévenoles en 2018.

Elle décida néanmoins de se rendre à L'Estréchure et de chercher le domaine de Terre Neuve.

Sans avertir ni Clara ni ses parents, elle prit un matin le car de Florac et descendit au centre du village, limitrophe de Saint-Jean. Elle y avait une amie d'enfance, Adeline Chabert, qui avait épousé un bûcheron de la commune et s'y était établie après son mariage. Elle s'enquit aussitôt auprès d'elle de la présence d'un dénommé Alexandre Honegger.

— C'est un habitant de la commune, lui confia Adeline. Personnellement, je ne l'ai jamais croisé. Paraît-il que c'est un Allemand, mais personne n'en est certain. Il s'est installé à L'Estréchure après la guerre. Il n'en est jamais reparti. Il vit à Terre Neuve, à la sortie du village en direction des Plantiers. Ils sont quatre à s'occuper du domaine. Celui-ci appartient à un riche Canadien, Paul Tremblay. Quand il est arrivé à L'Estréchure, lui aussi peu après la guerre, il a racheté le vieux mas tout délabré qui s'y trouvait. Il l'a restauré et a remis le domaine en état, puis il l'a rebaptisé Terre Neuve, probablement en raison de la région dont il est originaire au Canada. Il séjourne rarement à L'Estréchure. Il a placé un régisseur à la direction de sa propriété, cet Alexandre Honegger. C'est tout ce que je sais.

— Ce Honegger et ses amis ne sont jamais venus te démarcher ?

— Non, jamais. Remarque, si ce sont des Témoins de Jéhovah, ce n'est pas étonnant. Ils ne prêchent pas dans le quartier ou dans le village où ils résident, toujours ailleurs.

— Ils n'en font pas partie, d'après ce que m'a affirmé Clara.

— Ils se sont donc arrêtés chez toi ?

Mélanie raconta l'entrevue de sa fille avec Alexandre Honegger.

Adeline lui proposa de l'accompagner jusqu'au domaine de Terre Neuve pour se rendre compte sur place.

— Nous y découvrirons peut-être quelque chose qui te renseignera davantage. Et pourquoi ne pas aborder notre homme franchement ? D'après ce que ta fille a ressenti, il paraît plutôt sympathique et bienveillant !

— Je veux bien m'approcher du mas, mais pas question d'accoster cet individu ! objecta Mélanie. Je ne tiens pas à le rencontrer.

Adeline ne releva pas.

— Je suis libre. Allons-y maintenant.

Elles se mirent en route sans plus tarder, munies chacune d'un sac à dos pour donner le change. Quand elles arrivèrent à proximité du domaine, Mélanie s'assura que personne ne les avait aperçues. Quelque chose en elle la poussait à se méfier.

La belle et grande bâtisse se dressait majestueusement au milieu des terres. Adossée à une paroi rocheuse, elle était entourée de prairies où paissaient des brebis et quelques chèvres malgré le froid, de surfaces emblavées dénudées qui attendaient le printemps pour verdir, d'un verger planté de pommiers aux branches dépouillées, et de friches embroussaillées – les exploitants des lieux pratiquaient une jachère annuelle pour ne pas épuiser les sols. Un peu à l'écart, des dépendances témoignaient de leur activité du moment : un hangar protégeait un tracteur et une moissonneuse, diverses remorques et des ustensiles agricoles ; une grange débordait du foin ramassé l'été précédent ; enfin, d'une étable aux portes grandes ouvertes émanait une forte odeur de bétail.

Le mas, aux murs épais, était une construction typiquement cévenole, tout en pierre grise du pays. Ses toits multiples, en lauze de schiste, traduisaient les ajouts que les générations successives avaient édifiés au fur et à mesure de leurs besoins et de l'extension de la famille. D'aspect cossu, constitué de trois corps de bâtiment, dont les deux premiers séparés du troisième par un porche monumental donnant sur une cour intérieure, il dénotait une certaine opulence avec, au premier étage, celui des habitations, ses fenêtres à meneaux et ses lourds volets rustiques que les nouveaux occupants avaient décapés et repeints. À l'entrée du corps de maison principal, une porte à double vantail, taillée dans du bois de châtaignier de la plus belle facture, surmontée d'une imposte sculptée de main de maître, prouvait l'aisance des anciens propriétaires. La magnanerie[1] située à l'étage supérieur, ainsi que la présence de nombreux mûriers

1. Ensemble des pièces d'un mas où l'on élevait les vers à soie.

sur les plus basses terrasses l'attestaient : le domaine avait enrichi ses maîtres grâce à l'éducation[1] des vers à soie à l'époque de l'âge d'or de la sériciculture cévenole. Au rez-de-chaussée s'ouvraient une écurie, une bergerie, une chèvrerie et la soue à cochons. Enfin, à gauche du porche, un magnifique cadran solaire, taillé dans la pierre de la façade, portait l'inscription *Carpe diem,* preuve que les anciens appréciaient le temps et la vie à leur juste valeur.

Les deux femmes espéraient trouver Alexandre Honegger dans ses terres en train de travailler. Elles l'observeraient sans se découvrir. Mélanie voulait appréhender l'homme qu'il était, se forger sa propre opinion sans avoir besoin de l'accoster.

Telles des randonneuses, elles adoptèrent un pas soutenu pour ne pas dévoiler qu'elles agissaient par curiosité. Elles contournèrent le mas, s'enfoncèrent dans un chemin bordé de haies d'aubépines, franchirent un petit pont enjambant un ruisseau et arrivèrent à l'orée d'un bois qui délimitait la propriété du côté montagne.

Elles n'avaient vu âme qui vive.

Elles allaient s'en retourner quand elles entendirent un bruit sourd de cognée provenant du bois.

— Quelqu'un abat un arbre ! releva Adeline.

Elle invita Mélanie à la suivre discrètement.

1. Terme utilisé dans les Cévennes pour désigner l'élevage des vers à soie.

— Si l'on tombe sur notre homme, pas de panique ! On dit qu'on cherche le sentier du col de l'Asclier par les Plantiers. Avec nos sacs à dos, on passera pour des marcheuses.

Elle ramassa deux bouts de bois en guise de bâtons de marche au bord du chemin, en tendit un à Mélanie.

— Tiens, prends ça. Tu auras meilleure allure.

Elles s'approchèrent à pas de loup, l'œil et l'oreille aux aguets, se postèrent derrière une capitelle[1] de pierre sèche en parfait état et observèrent.

Sous les premiers arbres de la forêt, un homme de haute stature, à la chevelure blonde comme les blés et au teint clair, manipulait une grande hache avec dextérité. Sa silhouette athlétique se découpait en contre-jour dans l'azur du ciel comme une ombre chinoise, dans des postures qui éberluaient les deux curieuses. L'homme était torse nu malgré le froid glacial qui sévissait depuis plusieurs jours. Taillé dans le roc, sans une once de graisse, il incisait le tronc d'un gros chêne avec une puissance herculéenne, poussant des « Han ! Han ! » à chaque cognée.

— Tu crois que c'est lui ? interrogea Adeline, sous l'effet de la surprise. Il est plutôt bel homme. Une vraie force de la nature ! En plus, il a tout le physique d'un Allemand...

— Comment veux-tu que je le sache ? Je ne l'ai jamais vu. Pas plus que toi !

Elles continuèrent à l'observer sans bouger. L'homme fit une pause, saisit une bouteille d'eau,

1. Petit abri de berger.

but longuement. Il se massa les muscles des bras et reprit son labeur.

— Ce n'est peut-être qu'un bûcheron ! souffla Adeline, autant intriguée qu'émerveillée. En tout cas, moi, s'il frappe à ma porte, je ne le chasserai pas !

Mélanie lui décocha un regard réprobateur.

— Tu es mariée, je te rappelle !

— Oh, je plaisante. Reconnais quand même qu'il a tout pour rendre une femme heureuse.

— Il n'y a pas que le physique qui compte.

— Sans doute, mais entre ses bras de colosse on doit se sentir en sécurité.

Elles restèrent tapies derrière la capitelle jusqu'au moment où l'individu cessa son travail, une fois le chêne abattu. Alors il déposa sa hache, revêtit son chandail abandonné sur le tronc d'un autre arbre juché au sol, fit quelques pas.

Elles s'affolèrent.

— Il vient vers nous ! murmura Mélanie, prête à déguerpir. Regarde, il y a des outils dans cet abri... Ça lui sert de rangement. On aurait dû se méfier...

Il était trop tard pour s'éclipser. L'homme allait les découvrir.

Plus qu'une dizaine de mètres les séparaient de lui.

Elles retenaient leur souffle.

— N'oublie pas, répéta Adeline, on est des randonneuses. On fait une petite halte pour se reposer.

Mélanie regrettait déjà d'avoir suivi son amie. Elle ne tenait vraiment pas à se retrouver face à face avec cet inconnu.

Ses craintes s'estompèrent au dernier moment. L'homme contourna la capitelle sans s'y arrêter. Sifflotant un air guilleret, il prit la direction du mas et, la hache sur l'épaule, disparut du champ de vision des deux curieuses.

— On a eu chaud ! soupira Mélanie. Un peu plus, il aurait fallu se justifier.

— On ne faisait rien de mal !

— À part l'espionner, non, effectivement on n'avait rien à se reprocher !

— On ne l'espionnait pas ! On le regardait travailler, ce n'est pas interdit.

Elles attendirent quelques minutes pour sortir de leur cachette et, à leur tour, poursuivirent leur route, à l'opposé du mas.

— Tu es satisfaite ? s'enquit Adeline d'une moue moqueuse. Tu penses qu'il s'agit de ton mystérieux visiteur ?

Mélanie semblait déçue.

— Cette tentative n'a servi à rien. Moi, je n'ai vu que le physique d'un homme...

— Et quel homme !

— ... Clara n'a ressenti que son charisme, sans pouvoir le décrire. Je ne suis pas plus avancée. C'était stupide de ma part. Filons d'ici.

Mélanie rentra au Charmy désabusée et en colère contre elle-même.

— Où étais-tu ? la questionna Clara. Pourquoi ne m'as-tu pas avertie que tu partais ?

— Je suis allée chez une amie à Saint-Jean, mentit Mélanie.

— Pendant ton absence, j'ai reçu une nouvelle visite de l'homme qui est venu la veille de Noël.

12

Réminiscences

1961

L'hiver touchait à sa fin. Déjà les prémices des premières frondaisons s'annonçaient alors que mars n'était pas terminé. Pâques tombait le 2 avril. Amaury, comme tous les élèves, serait bientôt en vacances. Clara l'avait supplié de rester éloigné tout un trimestre. Elle semblait mieux comprendre ce qui avait modifié leur relation. Il eut beau protester par téléphone, à chaque tentative de la faire changer d'avis, elle s'était montrée ferme et n'avait pas transigé.

« Trois mois, ce n'est quand même pas très long ! Si tu tiens vraiment à moi, tu trouveras en toi la force de patienter. »

Il s'était résigné, n'en gardait pas moins l'espoir qu'avec l'arrivée du printemps Clara le contacterait. Alors il se précipiterait chez elle et tout reprendrait comme avant, s'encourageait-il.

Les vacances de Pâques venaient de commencer. Amaury tournait chez lui comme un lion en cage, face à un téléphone qui refusait de sonner.

— Tu attends un coup de fil de Clara ? supposa Lise. Tu ferais mieux de courir au Charmy pour t'expliquer avec elle...

Lise connaissait les intentions de Clara. Elle aspirait, elle aussi, à ce que l'amie de son fils refasse surface un jour ou l'autre.

Mais Clara ne semblait pas pressée. Elle repoussait l'échéance, non pour mettre Amaury à l'épreuve, mais pour ressentir en elle cette certitude irréfutable qu'il était bien celui avec qui elle s'engagerait pour le restant de sa vie. Un engagement sans faille, sans compromis, sans l'ombre d'une faiblesse réciproque.

La seconde visite de l'inconnu de Noël l'avait à nouveau impressionnée. Ce qu'elle avait éprouvé en sa présence lui avait procuré beaucoup d'apaisement, une grande sérénité intérieure et l'assurance qu'on pouvait la considérer comme une jeune fille ordinaire, sans s'apitoyer sur son sort.

Elle s'en était ouverte à sa mère. Mélanie avait alors compris que l'homme qu'elle avait vu à Terre Neuve en compagnie de son amie d'enfance n'était pas Alexandre Honegger mais l'un des trois autres occupants du domaine. Une fois de plus, elle avait averti sa fille, sans trop insister pour ne pas lui mettre la puce à l'oreille quant à sa démarche.

Depuis Noël, elle n'avait plus abordé le sujet. Au reste, l'homme n'avait pas réapparu et Clara semblait avoir tourné la page.

Une semaine s'écoula. Clara ne donnait toujours pas de ses nouvelles.

Alors Amaury finit par décrocher le téléphone et lui rappela sans détour sa promesse :

— Tu devines pour quelle raison je t'appelle ? J'aimerais te parler.

Clara eut une seconde d'hésitation.

Amaury s'en aperçut.

— Tu n'as pas changé d'avis ?

— Euh… non… enfin…

— C'est bon ! coupa Amaury, profondément déçu. J'osais espérer que tu aurais fait toute la lumière en toi. Ce n'est pas le cas, apparemment !

— Ne te fâche pas, Amaury. J'ai encore besoin d'un peu de temps. Ça ne change rien entre nous…

Quelqu'un frappa à la porte du Charmy.

— Va voir qui c'est ! s'écria Mélanie à sa fille, du fond de l'arrière-cuisine. Je suis occupée à la lessive !

— Je ne peux pas ! Je suis au téléphone avec Amaury…

— Vas-y quand même !

Ce dernier entendit les propos de Clara dans le combiné.

— Je te dérange, je n'insiste pas.

— Ne te vexe pas, Amaury…

Elle lui demanda de patienter une seconde :

— Ne raccroche pas, ma mère m'appelle.

Elle s'avança sur le palier, se pencha par-dessus la balustrade de l'escalier. Elle allait convier le visiteur à monter quand, soudain, elle s'arrêta net, le cœur palpitant.

L'homme qui attendait en bas des marches était – elle l'aurait juré – le mystérieux bienfaiteur de Noël. Elle ressentait la même impression que lors de ses deux précédentes visites.

Aucun doute, pensa-t-elle, c'est lui !

Troublée, elle n'osa l'inviter à s'avancer. Elle ne souhaitait pas se retrouver devant lui en présence de sa mère.

Elle rentra, reprit Amaury au téléphone :

— Je te laisse, lui dit-elle sans plus d'explications. J'ai une visite.

— Tu...

Elle raccrocha.

Amaury demeura quelques secondes dans l'expectative, chagriné par la réaction de son amie.

— Tout va bien ? s'enquit sa mère. Tu t'es expliqué avec Clara ? C'est arrangé entre vous ?

— Pas vraiment.

Lise lut sur la mine déconfite de son fils que Clara n'était pas revenue sur sa position.

— Cette petite ne sait décidément pas ce qu'elle veut, marmonna-t-elle entre ses dents.

Au Charmy, Clara courut s'enfermer dans sa chambre.

Dehors, l'homme n'avait pas bougé. Il avait entendu du bruit et attendait qu'on l'invite à monter.

— Il y a quelqu'un ? s'écria-t-il.

Mélanie sortit de sa buanderie, encombrée d'une lourde corbeille remplie de linge mal essoré.

— Clara, je t'ai demandé quelque chose ! grommela-t-elle. Je ne peux donc pas compter sur toi ?

Elle posa sa corbeille sur la table de la cuisine et s'adressa au visiteur à travers la porte ouverte :

— Prenez la peine d'entrer, je suis à vous dans...

Elle s'interrompit quand l'homme apparut dans l'embrasure de la porte.

À son tour, elle éprouva une étrange sensation. L'impression de l'avoir déjà rencontré... Prise au dépourvu, à contrecœur elle l'invita à entrer.

— Je ne veux pas vous déranger, madame, si vous êtes occupée. C'est votre fille que je suis venu voir. Nous avions convenu de nous retrouver peu avant Pâques.

Mélanie comprit qui était l'inconnu devant elle, mais n'en montra rien :

— En fait, qui êtes-vous, monsieur ?

— Votre fille ne vous a pas parlé de moi et de nos deux entretiens ?

— Non, mentit Mélanie, qui désirait entendre de la bouche même de son visiteur qui il était vraiment.

— Je suis Alexandre Honegger. Je vais de maison en maison pour écouter les gens qui ont besoin d'une oreille attentionnée. Je ne leur apporte rien de plus que ma présence. Je ne prêche pas la bonne parole, je n'appartiens à aucune chapelle. Je suis chrétien, je ne le cache pas. Je suis animé uniquement par le souci de soulager la peine de mon prochain.

Mélanie avait donc en face d'elle l'homme qu'elle avait cherché à apercevoir à Terre Neuve. Elle se garda d'avouer son intrusion sur son domaine.

Quelque chose en lui la perturbait, la mettait mal à l'aise. Elle lui proposa néanmoins une tasse de café. Il n'était pas dans ses habitudes de laisser repartir un visiteur sans lui offrir quelque chose à boire. Jamais elle n'avait failli au devoir d'hospitalité. Mais elle n'appela pas Clara, ne souhaitant pas donner l'impression d'approuver la relation qu'il avait établie avec elle sans son consentement.

Celle-ci écoutait derrière la porte de sa chambre qu'à dessein elle avait laissée entrouverte.

— Ma fille est absente, mentit à nouveau Mélanie. Elle ne rentrera pas avant ce soir.

Alexandre Honegger but rapidement son café et n'insista pas.

— Si vous acceptez bien sûr, dites-lui que je repasserai plus tard.

— Ça ne sera pas nécessaire. Ma fille n'a besoin ni d'aide ni de réconfort. J'ignore ce qu'elle vous a raconté, mais je ne tiens pas à ce que vous vous revoyiez.

Alexandre Honegger ne se troubla pas et, très poliment, prit congé :

— Je vous comprends, madame Lacoste. Sachez néanmoins que j'ai eu grand plaisir à écouter Clara. Cela lui a fait du bien de s'épancher.

Il partit sans s'imposer davantage, sur ces mots courtois et pleins d'aménité.

Mélanie en demeura ébranlée.

Qui était donc cet homme qui, à elle aussi, avait laissé une étrange impression ? Un homme blond, aux yeux clairs, au regard perçant, de taille moyenne, pas du tout du gabarit du bûcheron aperçu à Terre Neuve, la trentaine bien sonnée et s'exprimant avec un léger accent germanique...

— Alors ! s'enquit immédiatement Clara en descendant de sa chambre. Qui était-ce ?

— Tu ne devines pas un peu ?

— Euh... non. Comment le pourrais-je ? Je ressens peut-être certaines choses, mais je n'ai pas le don de deviner à travers les murs !

— Alexandre Honegger, ça ne te dit rien ?

Clara feignit d'ignorer qui il était.

— L'homme que tu as reçu deux fois en mon absence et contre mon consentement, précisa Mélanie d'un ton courroucé.

La discussion fut interrompue par l'arrivée de Ruben et de Jeanne, de retour du village où ils avaient participé à une réunion des anciens de la commune.

— Nous en reparlerons plus tard, ajouta Mélanie. Nous avons des points à clarifier.

Plus Mélanie y réfléchissait, plus elle en était persuadée : cet homme venu jusque chez elle pour offrir son oreille bienveillante, cet inconnu à l'abord avenant, n'était qu'un charlatan. Elle avait déjà repoussé des prédicateurs de tous bords, tous animés des mêmes desseins au nom de Jésus-Christ et de l'avenir de l'Humanité. Tous prêchaient pour leur Église et finissaient parfois par extorquer une adhésion ici ou là. Ils promettaient le bonheur, l'amour, le paradis aux crédules qui les suivaient dans leur délire, l'apocalypse aux mécréants qui refusaient d'entendre raison et persistaient dans l'erreur et le péché. Or, jamais elle n'avait été démarchée par quelqu'un qui ne proposait rien d'autre que son écoute charitable, sans la moindre contrepartie.

De plus, quelque chose en lui l'intriguait. Il lui rappelait un homme qu'elle avait rencontré dans sa vie. Mais qui ? Elle était incapable de mettre un nom sur cette vague réminiscence. Elle avait beau passer en revue toutes ses connaissances, personne ne lui revenait à l'esprit. Pourtant cet Alexandre Honegger ne lui semblait pas tout à fait étranger. Certes, son physique n'avait rien de particulier, des hommes blonds aux yeux clairs, elle en croisait tous les jours à Saint-Jean. Son accent avait davantage retenu son attention. Mais là encore, dans la mesure où l'individu était allemand – d'après ce qu'on lui avait affirmé –, ça n'avait rien d'exceptionnel. L'homme parlait parfaitement le français, avec une légère intonation qui trahissait son origine.

Chaque soir avant de s'endormir, malgré elle, elle pensait à cet homme qui ne cessait de l'inquiéter. Elle repassait dans sa mémoire tous ceux qui l'avaient marquée : ses amis d'enfance devenus adultes, des amis de ses parents devenus vieux, de simples clients rencontrés sur le marché et qu'elle retrouvait tous les mardis devant son étal. Personne parmi eux ne parlait avec un accent, qu'il soit pointu comme l'accent parisien, traînant comme l'auvergnat, lourd comme celui des gens du Nord et de l'Est. À Saint-Jean, la population n'était pas très cosmopolite, on vivait entre Cévenols et l'on repérait vite les « estrangers », comme on disait.

Au cours d'une nuit agitée, elle se réveilla en sursaut à cause d'un cauchemar. Cela lui arrivait rarement. Mélanie avait le sommeil profond de ceux qui travaillent dur pendant la journée et tombent de fatigue le soir venu. Toute en sueur, elle se redressa sur son lit et, paniquée, crut être retournée à l'âge de l'adolescence. Elle ne se souvenait pas de ce qu'elle avait rêvé, tout s'était évanoui de son esprit au moment précis où elle avait rouvert les yeux. Dans son mauvais rêve, elle s'était seulement sentie en grand danger. Elle y avait l'âge de sa fille mais, contrairement à Clara, elle était angoissée, percevait le monde autour d'elle comme plongé dans la noirceur, n'avait aucun espoir en son avenir. Cette attitude ne lui ressemblait pas. Elle se rappelait très bien avec quelle légèreté, à l'époque, elle embrassait la vie, s'éprenait vite des garçons qui lui plaisaient, franchissait même certains interdits quand elle en avait l'opportunité. L'éducation stricte de ses parents n'avait pas eu raison de ses désirs profonds.

La nuit suivante, elle se réveilla à nouveau en sursaut. À la même heure. Pourtant, elle avait avalé un tranquillisant avant de se coucher, prévoyant une insomnie. Son esprit était traversé par de mauvaises ondes, croyait-elle. Elle mit ce trouble du sommeil sur le compte des soucis occasionnés par Clara. Depuis quelques jours, en effet, celle-ci lui faisait la tête, car elle n'avait pas apprécié ses remontrances à propos de l'homme venu de Terre Neuve. Mélanie avait reproché à sa fille de se laisser endoctriner et Clara s'en était offusquée.

Plusieurs jours passèrent. Tout était rentré dans l'ordre. Les cauchemars de Mélanie avaient disparu. Clara avait cessé de bouder. Elle était redevenue la jeune fille adorable, souriante et optimiste que tous admiraient. Si elle n'évoquait toujours pas Amaury, elle y pensait à tous les instants et était prête maintenant à lui céder. Elle irait le voir chez lui pour discuter et le rassurer sur ses sentiments avant qu'il ne retourne au lycée.

Alors qu'elle n'y songeait plus, au cours de la nuit de Pâques Mélanie fut pour la troisième fois tourmentée pendant son sommeil. Elle ne se réveilla pas immédiatement. Son cauchemar se déroulait comme un film dans son esprit tourmenté. Les scènes lui apparurent de plus en plus nettes, les personnages se précisaient, elle distinguait leurs visages, les lieux ne lui étaient pas inconnus. Elle se dissimulait derrière une porte, dans le noir. Elle avait seize ans, comme dans les rêves précédents. Sortie de sa cachette, elle se croyait hors de danger. Elle regardait autour d'elle, hébétée. Elle était seule dans la ferme de ses parents. Horreur ! Son chien gisait à ses pieds dans une mare de sang. Dans la pièce, tout avait été retourné. Tout à coup, un homme surgit, puis deux autres, en uniforme, menaçants. Des soldats. C'était la guerre. Elle fut prise de panique. Ils criaient avec un drôle d'accent. Ils la poussèrent sur son lit. Elle se démenait. En vain. Fermait les yeux comme pour s'échapper, s'extraire de son cauchemar…

Elle sursauta, ouvrit les paupières, tétanisée.

Cette fois, elle se souvenait. Surtout de la fin : un jeune soldat au teint clair, portant l'insigne des SS sur son casque, était penché sur elle alors qu'elle se tenait le ventre, en proie à une douleur atroce. Il lui demandait étrangement comment elle allait. La scène demeurait vague, pourtant le doute n'était plus permis : elle venait de revivre le calvaire qu'elle avait occulté depuis tant d'années.

Elle se leva dans la nuit. Elle ne voulait plus rester au lit.

Elle s'habilla et descendit dans la cuisine, encore sous le choc de la frayeur que son cauchemar avait ressuscitée en elle.

Une pensée lui taraudait l'esprit : ce jeune soldat, la dernière image qu'elle conservait de ce drame, lui rappelait Alexandre Honegger. Elle ne pouvait s'ôter de la tête l'idée que les deux hommes pourraient être le même individu.

Mélanie ne dit mot de son cauchemar ni à sa fille ni à ses parents. Ceux-ci ignoraient ce qu'elle avait subi. Pour eux, elle n'avait été que profondément choquée par l'irruption de soldats allemands dans leur ferme alors qu'ils étaient occupés à vendre leurs produits sur le marché de Saint-Jean.

Toutefois, plus elle y réfléchissait, plus elle était persuadée que l'inconnu de Terre Neuve était l'un de ces SS venus au Charmy la persécuter. Si elle ne se souvenait pas des traits de leurs visages, si elle était parvenue à oublier l'indicible en se réfugiant dans une sorte de déni protecteur, l'apparition d'Alexandre Honegger avait rouvert en elle l'atroce blessure qu'elle avait refoulée au plus profond d'elle-même.

Pourquoi est-il revenu sur les lieux de son crime ? ressassait-elle en son for intérieur, sans comprendre.

Quelles étaient ses intentions, en se rapprochant de sa fille ?

Quand Clara se leva à son tour à son heure habituelle, Mélanie prit le parti de ne pas trahir son trouble. Elle ne souhaitait pas l'ennuyer avec les douloureuses réminiscences remontant à sa jeunesse. Sa fille avait assez à faire avec ses propres problèmes sans lui ajouter les siens !

— Tu sais, maman, lui annonça Clara. J'ai réfléchi à propos de ce monsieur, Alexandre Honegger…

Mélanie ne put se contenir :

— Je t'interdis de le revoir ! C'est un Allemand de la pire espèce !

Surprise par la réaction subite de sa mère, Clara s'étonna :

— Tu ne me donnes pas le temps de me justifier ! Tes propos sont choquants, maman. Tu ne devrais pas juger à l'emporte-pièce comme tu viens de le faire. Les Allemands sont des êtres humains comme les autres. Tu devrais chasser de ton cœur de tels ressentiments. Ça ne te ressemble pas. Et puis, même s'il est allemand, ce qui reste à prouver, Alexandre Honegger n'est pas responsable de ce que les nazis ont commis pendant la guerre. Il ne faut pas jeter tous les Allemands dans le même panier ! Trop de gens entretiennent encore un sentiment de haine envers eux, c'est déplorable ! Je réprouve ce rejet systématique des autres, cette incapacité à pardonner. Je ne te suivrai pas sur ce chemin.

Mélanie évita de contredire sa fille. Elle n'était pas prête à lui expliquer la raison de sa réaction.

— Restons-en là ! coupa-t-elle pour écourter la conversation. Le sujet est clos.

Désappointée, Clara se tut, déçue par l'attitude de sa mère.

TROISIÈME PARTIE

13

Désobéissance

1961

Clara s'était rapprochée d'Amaury. Avant que ce dernier retourne au lycée, elle se rendit chez lui. Elle ne voulait pas que sa mère entende ce qu'elle avait à lui dire. Depuis que Mélanie lui avait parlé d'Alexandre Honegger dans des termes qu'elle condamnait, elle éprouvait le besoin de confier à quelqu'un ce qu'elle ressentait, sans qu'on la juge, sans être obligée de se justifier.

Elle n'avait pas accepté l'attitude de sa mère. Elle en souffrait profondément. C'était la première fois qu'elle s'opposait à elle de manière si brutale. Elle l'avait découverte sous un jour qui l'avait surprise et attristée. Elle qui avait montré tant de compréhension quand elle avait été confrontée à son propre malheur, qui l'avait soutenue et encouragée avec tant d'abnégation et de détermination, comment osait-elle à présent avancer des propos aussi catégoriques et déshonorants envers un homme qui, à ses yeux, n'avait que le tort d'être allemand ?

Elle avait eu beau insister, lui raconter le contenu de leurs deux entrevues, lui affirmer qu'Alexandre l'avait écoutée sans aucune arrière-pensée, elle s'était heurtée à une fin de non-recevoir inflexible. Mélanie s'était entêtée et avait persisté dans son jugement : Alexandre Honegger n'était pas quelqu'un de fréquentable, car il était allemand. Elle avait donc ordonné à sa fille de ne plus évoquer cet homme et surtout de ne plus le revoir.

Dépitée, Clara s'était résignée.

Quand Amaury lui ouvrit sa porte, son cœur bondit de joie. Il n'espérait plus sa venue. Il s'était résolu à la perdre petit à petit.

« Elle se détache de moi, avait-il avoué à sa mère. Elle affirme m'aimer tout en se montrant aussi distante ! Sa cécité la rend aveugle, c'est le cas de le dire !

— Ne plaisante pas avec ça ! lui avait reproché Lise. Tu ne te mets pas à sa place. Depuis plusieurs années, elle mène un combat contre l'adversité que beaucoup, surtout à son âge, auraient abandonné depuis longtemps. Cette petite est très courageuse. Tu devrais l'admirer, au lieu de te plaindre. »

Amaury, inconsolable, s'apprêtait à reprendre les cours au lycée quand Clara lui fit donc la surprise de sa visite.

— Tu es seule ? s'étonna-t-il en lui ouvrant sa porte.

— Je n'y vois plus mais je sais encore où tu habites ! Je n'ai pas besoin de guide, je connais toutes les pierres du chemin.

Puis, après quelques secondes d'atermoiement :

— J'avais envie de te voir. Tu me manques, Amaury.

Après l'avoir rassuré sur ses sentiments à son égard et lui avoir redonné l'espoir qu'entre eux rien n'avait changé, Clara expliqua le différend qui l'opposait à sa mère et avoua à son ami ce qui la chagrinait.

— Que penses-tu de sa réaction ?

Amaury ne voulait surtout pas la contrarier. Maintenant qu'elle était revenue à de bonnes dispositions envers lui, il n'avait aucune envie de la heurter sur quelque sujet que ce soit.

— Ta mère s'est emportée parce qu'elle s'inquiète pour toi. Je te l'accorde, ses propos sont choquants. Beaucoup de gens qui ont traversé la guerre ont la même opinion…

— Tu lui donnes raison ?

— Non, pas du tout. Je ne supporte pas plus que toi les comportements xénophobes et racistes. C'était une simple constatation.

— Ta mère aussi pourrait avoir la même attitude ! Tu m'as bien dit que ton père a été tué par les Allemands ?

— Oui, c'est exact. Ma mère n'en parle pas et j'avoue que je n'ai jamais entendu dans sa bouche des mots insultants ou désobligeants envers les Allemands. Néanmoins, à ta place, j'essaierais de comprendre ce qui incite la tienne à avoir un tel jugement. Sans doute a-t-elle aimé, elle aussi, un jeune homme tué par les Allemands !

— Ça ne l'excuserait pas pour autant !

— Après tout, tu ignores aussi qui est ton père !

— Chaque fois que je questionne ma mère ou mes grands-parents à ce sujet, ils détournent la conversation.

— Donc, il y a de grandes chances que ce soit la véritable raison des ressentiments de ta mère. Elle en veut aux Allemands, car son amoureux – ton père peut-être – a été tué pendant la guerre. L'explication se tient, non ? Si c'est le cas, sois indulgente, ne juge pas trop hâtivement.

Amaury et Clara refaisaient le monde à leur manière. Clara semblait se satisfaire des supputations de son ami. Si elle révisa son propre jugement envers sa mère, elle n'excusait pas pour autant son appréciation hasardeuse à l'égard d'Alexandre Honegger.

— Quoi qu'il en soit, je n'accepte pas qu'elle m'interdise de revoir cet homme, qui n'est pour rien dans ce qui l'aurait affectée.

— Que comptes-tu faire ? Lui désobéir ?

— Je n'ai rien décidé. Mais j'ai bien envie, en effet, d'aller à Terre Neuve.

Amaury essaya de dissuader Clara :

— Tu devrais t'en abstenir. Ne cherche pas l'affrontement avec ta mère. Jusqu'à présent, vous avez vécu dans une atmosphère familiale que beaucoup envieraient. Pourquoi t'obstiner au risque de semer la discorde entre vous ?

— J'en conclus que tu ne m'approuves pas. Moi qui me réjouissais de t'annoncer que j'étais prête à repartir sur de bonnes bases !

— Non, Clara, tu te méprends, tenta de rectifier Amaury. Agis seulement avec prudence, sans a priori. Sois comme je t'ai toujours connue : ouverte sur les autres, compréhensive et généreuse.

Il l'enlaça.

Elle se rétracta.

Ce n'est pas gagné ! se dit-il en desserrant son étreinte.

— Et nous ? ajouta-t-il pour détourner la conversation. Que décides-tu ?

— Je n'ai pas changé d'avis, je suis d'accord pour envisager, à nouveau, notre avenir ensemble. Je t'aime, Amaury. Je n'ai pas cessé de t'aimer. Mes sentiments pour toi sont restés intacts. Ce n'est pas parce que je t'ai demandé un peu de temps pour réfléchir que j'ai remis en question mon amour pour toi. C'est toi qui as douté de moi !

Elle se blottit contre lui. Ferma les yeux. Lui caressa le visage.

— Tu ne me souris pas. Tu es triste ?

— Si, je souris ! Tu te trompes.

— Tu mens. Je vois bien que tu ne souris pas... Allez, cesse de bouder !

Amaury se détendit.

— Demain, je rentre au lycée. Promets-moi de ne pas te disputer avec ta mère.

— Promis.

Il l'emmena se promener sur les bords de la rivière, comme ils en avaient l'habitude, et ils se jurèrent de ne plus jamais se séparer.

Tout était rentré dans l'ordre. Clara avait fait la paix avec sa mère. Celle-ci se réjouissait de constater qu'elle ne lui reprochait pas son attitude. Elle pensait, à tort, que sa fille avait fini par oublier le visiteur de Noël. De plus, la reprise de sa relation avec Amaury la tranquillisait. Tout comme Lise, elle avait été chagrinée par leur éloignement. Clara persistait néanmoins à taire ses sentiments. Sous le toit du Charmy, elle ne s'épanchait jamais, ni devant sa mère ni devant ses grands-parents. Ceux-ci ne se doutaient toujours pas de l'amour de leur petite-fille pour le jeune Duteil. Ils les croyaient seulement amis, comme à l'époque où ils fréquentaient l'école primaire.

Quand Clara s'était rendue chez Lise Duteil, elle avait simplement dit à sa mère qu'elle allait prendre des nouvelles d'Amaury. Mélanie avait saisi à demi-mot. Elle s'était contentée de cette réponse évasive et avait évité de se montrer curieuse. Sa fille semblait cultiver son jardin secret. Aussi, Mélanie se demandait si elle n'hésitait pas encore à s'engager, si elle ne lui mentait pas.

En réalité, Clara n'avait jamais songé à quitter Amaury, pas plus qu'elle n'avait renoncé à revoir Alexandre Honegger.

Un mardi matin, profitant d'être seule à la ferme – le reste de la famille était parti au marché de

Saint-Jean – et consciente de désobéir, elle décida néanmoins de se rendre à L'Estréchure.

« On te confie la maison, lui avait dit Mélanie sur le pas de la porte. N'ouvre à personne en notre absence. Ne commets pas d'imprudences.

— Ne t'inquiète pas, maman. J'ai enregistré la leçon. »

Mélanie lui répétait les mêmes recommandations chaque fois qu'elle la laissait au Charmy. La crainte des maraudeurs l'obnubilait et ne l'avait jamais quittée depuis son propre drame. Or, imaginer qu'un Alexandre Honegger ou tout colporteur de bonnes nouvelles puissent à tout moment abuser de la naïveté de sa fille l'angoissait. Dans le journal que lisait son père, les tentatives de viol et autres agressions sur jeunes filles décrochaient de plus en plus souvent la une des faits divers.

« On vit une drôle d'époque ! bougonnait Ruben. Tout ce que les Américains et les Russes envoient dans le ciel finit par détraquer l'atmosphère et l'esprit des gens ! »

Le 12 avril, en effet, l'annonce du premier vol d'un humain dans l'espace l'avait, comme beaucoup de monde, subjugué[1]. Mais, loin de s'extasier, il avait violemment critiqué ces expériences qui, selon lui, engendraient un grand désordre.

1. Youri Gagarine à bord de *Vostok I* réalisa le premier tour de la Terre en une heure et quarante-huit minutes.

Clara se mit en route très tôt, juste après le départ des siens, afin de ne pas rater le car du matin en direction de Florac.

Ne connaissant pas les lieux, par prudence elle s'était munie d'une canne que son grand-père n'utilisait plus depuis longtemps et qu'il avait peinte en blanc à sa demande. Elle s'en était abstenue jusqu'à présent, préférant se fier à ses autres sens, toujours en éveil quand elle sortait. Cette fois, néanmoins, elle partait à l'aventure sur un terrain inconnu. Elle ne se guiderait donc pas facilement et devrait suivre son instinct et les renseignements qu'elle glanerait en chemin pour trouver sa route.

Cela ne l'effrayait pas.

Pour mieux passer inaperçue, elle s'emmitoufla dans une grosse gabardine d'homme que Ruben utilisait pour promener César au cœur de l'hiver, se couvrit la tête d'une des casquettes de son grand-père, dissimula enfin sa canne pour ne pas attirer l'attention.

Elle prit la direction de la gare ferroviaire, où le car s'arrêtait, en évitant de s'engager dans la rue principale occupée par le marché. Depuis plus de vingt ans, plus aucun train de voyageurs ne s'arrêtait à Saint-Jean-du-Gard[1]. Seuls les cars de l'unique ligne de liaison y embarquaient les habitants de la vallée.

L'étal de sa mère étant installé à l'autre extrémité de l'avenue, à proximité de la mairie, elle avait très peu de chances de rencontrer une connaissance. Dans

1. La gare de Saint-Jean-du-Gard a été fermée aux voyageurs en 1940, puis aux marchandises en 1971.

le village, elle n'eut aucune difficulté à se diriger. Marchant lentement d'un pas tranquille, sans hésitation, elle demeurait à l'écoute du moindre bruit, de la moindre conversation. Quand elle percevait une voix familière, elle rabattait vite le col de son manteau sur son visage, sa casquette sur ses yeux, et détournait son chemin. Elle fit ainsi quelques petits détours par des ruelles adjacentes. Elle avait le plan de la commune bien en tête, ce qui ne lui posa aucun problème. L'heure en revanche l'inquiétait. N'ayant aucun moyen de savoir si elle était en retard ou non, elle pressa l'allure.

Parvenue devant l'arrêt, redoutant d'être reconnue, elle demeura à l'écart. Autour d'elle, personne n'attira son attention.

Je suis seule, se dit-elle.

Elle patienta dix bonnes minutes, commença à craindre d'avoir manqué la correspondance.

Le car finit par arriver, à son grand soulagement. Sans se départir de son calme, elle monta à l'avant et pria le conducteur de la déposer à L'Estréchure.

— Je vais à Terre Neuve.

— Ce n'est pas sur ma route, mais je ne m'arrête pas loin.

L'homme ne s'aperçut pas qu'il avait affaire à une aveugle. Il encaissa le montant de son billet et démarra sans s'attarder. Clara s'installa juste derrière lui et feignit de regarder par la fenêtre pour donner le change aux autres passagers, peu nombreux, qu'elle sentait dans son dos.

Arrivée à destination, elle demanda où se trouvait le domaine de Terre Neuve.

— Longez la route et tournez à la première à droite, lui expliqua le chauffeur. Au bout de cinq cents mètres, vous prendrez à gauche, puis encore à gauche. Vous y serez. Le mas se situe à l'intérieur des terres. Vous ne pouvez pas le manquer, c'est une belle bâtisse toute rénovée.

Clara descendit et attendit que le car se fût éloigné pour se mettre en route.

Elle sortit sa canne de dessous sa gabardine, respira profondément, tâta le terrain autour d'elle pour se familiariser avec les lieux.

L'aventure commençait.

Elle possédait un don particulier pour se diriger. Elle pressentait le danger avant de l'aborder : une pierre, une ornière, un fossé sur le bas-côté... Elle enregistrait tous les détails dans sa mémoire. Sa canne lui était d'un grand secours, elle l'admettait. Le plus délicat était les intersections.

Elle longea la route jusqu'au premier croisement, bifurqua sur sa droite comme le lui avait indiqué le conducteur du car et, quand elle eut estimé la distance de cinq cents mètres, elle s'arrêta, se concentra, écouta autour d'elle. Elle perçut le bruissement d'un ruisseau, huma une bonne odeur de bois brûlé. Malgré la saison, dans certains vieux mas, on allumait encore la cheminée pour chasser l'humidité. Ses sensations ne la trompaient pas. Elle tourna ensuite deux fois sur sa gauche. À petits pas prudents, balayant le sol devant elle avec sa canne, elle poursuivit son chemin en restant sur le bord de la chaussée. Une voiture la frôla. De peur, elle bondit sur le côté, faillit tomber dans le fossé, se tordit la cheville.

Peu après, elle entendit quelqu'un s'approcher au-devant d'elle. Elle dissimula sa canne sous un pan de sa gabardine et adopta une allure décontractée, la tête droite, les yeux grands ouverts, un sourire aux lèvres.

Une femme, pensa-t-elle avec justesse.

— Vous êtes perdue ? devina l'inconnue.

— Savez-vous où se trouve le mas de Terre Neuve ?

— Vous y êtes presque. Vous longez le mur en pierre pendant une centaine de mètres et vous trouverez le portail du domaine. Il est ouvert. J'y habite avec des amis. Vous cherchez quelqu'un ?

— Euh... non, répondit Clara, surprise par le fort accent de la jeune femme. C'était simple curiosité de ma part.

La femme n'insista pas et s'éloigna, sans se douter qu'elle avait aidé une aveugle.

Clara reprit sa route, lentement, jusqu'à atteindre le portail de la propriété. Son cœur s'accélérait à l'idée de tomber sur Alexandre Honegger à l'improviste. Quel prétexte fournirait-elle s'il lui demandait ce qu'elle venait faire à Terre Neuve ? Comment justifierait-elle sa présence ? Elle ne pourrait pas évoquer le hasard. De plus, s'apercevrait-il de sa cécité ? Serait-elle capable de feindre longtemps ? Quelle serait alors sa réaction ?

Elle se posait toutes ces questions quand elle distingua au loin le bruit de pierres qu'on casse à l'aide d'une masse. Quelqu'un travaillait à proximité. En s'aidant de sa canne, elle parvint au portail, vérifia qu'il était bien ouvert. Elle amorça un pas timide, prête à tourner les talons et à passer son chemin. Les bruits se précisaient.

Quelqu'un est en train de remonter un mur de faïsse[1], songea-t-elle, il retaille les pierres pour les ajuster…

Elle imagina devant elle un vaste espace. Le soleil lui réchauffait le visage. Des fragrances d'herbe coupée se mêlaient à l'odeur de fumée dégagée par la cheminée du mas.

Elle pénétra petit à petit dans ce qu'elle prit pour une cour intérieure qui n'aurait pas été dallée comme au Charmy. En réalité, elle se trouvait dans une prairie destinée au pacage des brebis. Le mas se situait légèrement sur sa gauche, au pied d'une falaise rocheuse. Elle hésita, décontenancée, sans repères.

Elle allait abandonner, quand, soudain, un gros chien se rua vers elle, aboyant à gorge déployée. Elle s'affola. Perdit tout contrôle d'elle-même. Lâcha sa canne.

Paniquée, elle s'accroupit pour remettre la main dessus, en vain. Le berger allemand ne cessait de tourner autour d'elle, tous crocs dehors.

Elle tenta de le calmer en lui parlant. Mais la bête, défendant son territoire, s'acharnait et bondissait en

1. Terrasse cultivée retenue par un mur en pierre sèche.

tous sens pour l'empêcher d'avancer. Clara se replia lentement sans se retourner. Elle savait que, face à un chien agressif, il fallait éviter de lui tourner le dos et continuer à lui parler sans le fixer droit dans les yeux. Elle ne parvenait pas à chasser sa frayeur. L'animal le ressentait. Cela l'excitait encore plus.

Acculée contre le mur d'enceinte, totalement pétrifiée, Clara se dit que le chien allait sauter sur elle et la déchiqueter. Elle se voila le visage de ses deux bras, se recroquevilla sur elle-même pour se protéger.

Deux à trois secondes, interminables, s'égrainèrent, puis soudain une voix se fit entendre :

— Buck ! Rentre à la maison !

Le berger allemand obéit aussitôt et, les oreilles basses, se replia en direction du mas.

Reconnaissant Clara, Alexandre Honegger s'étonna :

— Vous ici ? Votre mère ne vous a-t-elle pas interdit de me revoir ?

Soulagée, Clara respira profondément et, après avoir remis de l'ordre dans sa tenue, répondit :

— Ma mère n'est pas au courant de ma visite.

Alexandre la convia chez lui, au mas, pour bavarder.

— Votre mère, même si elle m'a signifié de ne plus vous importuner, m'a offert le café. Alors, je vous l'offre à mon tour.

Clara hésita. Le lieu lui étant étranger, elle ne serait pas à son aise pour se diriger. Elle déclina l'invitation :

— Je préfère discuter à l'extérieur, c'est plus convenable.

— Je n'insiste pas, c'est comme vous le désirez. Mais je vous aurais guidée jusque chez moi. Vous n'avez plus à craindre Buck. Maintenant qu'il a enregistré que nous sommes amis, il vous aura adoptée.

Clara soupçonna qu'Alexandre avait perçu son handicap.

— Quand vous êtes-vous aperçu que j'étais...

Elle buta sur le mot, redoutant au dernier moment de s'être trompée.

— Que vous êtes aveugle ? lui confirma Alexandre. Mais... dès le premier jour. Je ne vous l'ai pas dit, j'ai pensé que cela vous mettrait mal à l'aise. J'ai bien vu que vous vous efforciez de le cacher. Vous y parvenez parfaitement. Je vous félicite.

Clara était tout émue. C'était la première fois qu'on la complimentait pour sa capacité à dissimuler sa cécité.

— Vous vous déplacez toujours seule... sans chien guide ? Uniquement à l'aide de votre canne ?

— Je n'ai pas voulu d'un chien et, dans ma commune, je n'ai pas besoin de cette canne. Je connais parfaitement tous les endroits où je me rends. Comme j'ai la chance d'avoir les yeux non atrophiés, les gens ne s'aperçoivent pas que mon regard est mort.

— Détrompez-vous, votre regard n'est pas mort, au contraire il est très expressif. Vos yeux donnent parfaitement l'illusion que vous y voyez.

Clara se sentait de plus en plus en confiance. Elle finit par accepter de suivre Alexandre chez lui.

— Je ne suis pas seul, la prévint-il. Je vis en compagnie de trois autres personnes. Deux hommes et une jeune femme. Nous sommes tous animés par la même foi en l'homme. Je vous l'ai déjà expliqué, au cours de nos précédentes conversations chez vous.

En réalité, Alexandre ne s'était pas beaucoup étendu devant Clara, au Charmy. Il était surtout resté à son écoute et l'avait laissée discourir sans l'interrompre.

— J'ai rencontré votre amie, ajouta-t-elle. C'est elle qui m'a renseignée peu avant que je ne trouve le portail de votre propriété.

— Ah, Natalia ! C'est une fille très gentille et très dévouée. Elle vit chez nous depuis un peu plus de quatre ans. Elle est hongroise. Elle a fui son pays après l'insurrection de Budapest. Elle refusait de subir le joug de l'occupant soviétique. Elle était étudiante, à l'époque.

Clara n'était pas au courant de cet événement qui avait secoué l'Europe tout entière, cinq ans plus tôt.

— Les Soviétiques ont envahi la Hongrie ! Les deux pays ne sont-ils pas amis depuis la fin de la guerre ?

— Disons qu'ils ont redressé la situation d'un État satellite dont une partie de la population aspirait à se libérer de leur tutelle. La révolte a commencé par une manifestation étudiante qui a rassemblé des milliers de personnes dans le centre-ville de Budapest. Quand l'armée soviétique s'est emparée de la capitale, en novembre 1956, plus de deux cent mille Hongrois ont fui leur pays. Natalia a atterri en France, puis, de fil en aiguille, elle est arrivée chez nous, à Terre Neuve. Nous l'avons accueillie sans l'ombre d'une hésitation.

Clara n'osa questionner Alexandre sur son léger accent. Elle ne souhaitait pas l'importuner, au cas où, comme le prétendait Mélanie, il serait allemand. Les Allemands avaient moins bonne presse dans le cœur des Français que les réfugiés provenant des pays de l'Europe de l'Est. Cependant elle laissa échapper :

— Vous aussi, vous êtes hongrois ?

Alexandre sourit. Elle ne put s'apercevoir de sa réaction. Il détourna la conversation :

— Alors, vous ne m'avez toujours pas donné le motif de votre visite !

Clara comprit qu'il ne tenait pas à s'attarder sur cette question. Elle respecta sa volonté et reconnut :

— J'étais curieuse de voir où vous habitiez !

— De voir !

— Oui, j'utilise ce terme, car je vois avec mes autres sens et perçois beaucoup de choses, surtout quand les gens sont de mauvaise foi ou quand ils ont de mauvaises intentions.

— Et en ce qui me concerne ?

— En ce qui vous concerne, j'ai tout de suite ressenti que vous étiez sincère. Je vous ai accordé immédiatement ma confiance. Je regrette l'attitude de ma mère. Mais il faut l'excuser. Elle n'a pas développé un sixième sens comme moi !

Plus la conversation se poursuivait, plus Clara avait l'intime conviction que son sentiment profond envers Alexandre Honegger ne la trompait pas.

Elle s'enquit de l'heure qu'il était, cessa aussitôt confidences et questions, et prit congé.

— Vous reverrai-je ? insista Alexandre.

— Peut-être, lui laissa-t-elle espérer.

Elle n'eut que le temps de rentrer au Charmy, avant que sa mère et ses grands-parents ne reviennent du marché.

— Alors, ma chérie ? lui demanda immédiatement Mélanie. Tu n'as vu personne, ce matin ?

— Pas un chat ! J'en ai profité pour réviser ma dernière leçon de braille pour demain, mentit Clara.

14

Obstinée

La vie suivait son cours. Clara et Amaury avaient repris leur relation toujours aussi discrètement. Amaury terminait sa classe de première en section scientifique. Il espérait s'inscrire, après son baccalauréat, à la faculté de pharmacie de Montpellier, comme l'aurait souhaité son grand-père.

— À la rentrée, annonça-t-il à Clara, je ferai Sciences ex[1]. Ça me préparera aux études de pharma.

— À ton tour, tu deviendras un notable. Voudras-tu encore de moi, pauvre petite-fille de paysans ? Et aveugle de surcroît !

— Comment oses-tu penser de telles bêtises ? Moi, un notable ! Dieu m'en garde !

— Les pharmaciens sont des gens riches. L'argent transforme la mentalité. Tu n'y échapperas pas.

— Faux ! Je ne changerai pas, je resterai celui que tu connais et que tu aimes. De plus, il faut une petite

1. Terminale Sciences expérimentales, plus tard terminale D puis S.

fortune pour acquérir une pharmacie. Même si ma mère a hérité de mon grand-père, elle ne pourra guère m'aider à m'installer. Elle a investi son héritage dans l'achat de notre maison. Il y a de fortes chances que je demeure assistant de pharmacie chez un patron.

— Néanmoins, moi, je ne serai toujours qu'une fille de paysans !

— Tu hériteras de la ferme de tes grands-parents. Tu ne seras pas sans rien.

— Quand ma mère ne travaillera plus, qui s'en occupera ? Moi ? Impossible !

Les deux adolescents passaient du temps à envisager leur avenir commun. Si Amaury ne se posait pas trop de questions, Clara en revanche doutait parfois que son destin serait aussi bien tracé que l'imaginait son ami. Plus ils grandissaient, plus leur réflexion sur ce monde qu'ils découvraient leur ouvrait les yeux sur une réalité très éloignée de leurs visions d'enfants. Ils avaient perdu peu à peu leur naïveté, leur fraîcheur, leur enthousiasme, au profit d'une plus grande maturité et d'un plus grand pragmatisme.

Clara surtout se montrait moins rêveuse. Elle pressentait les difficultés qu'elle aurait bientôt à affronter, à l'âge adulte. Elle était consciente qu'elle ne pourrait pas toujours être tributaire de sa mère, surtout quand celle-ci vieillirait. Or, elle se voyait mal dépendre d'Amaury. Sa fierté l'en empêchait. De plus, elle craignait qu'avec le temps il ne se lasse de vivre en compagnie d'une handicapée. Elle avait beau refouler ce terme en ce qui la concernait, elle était persuadée qu'aux yeux des autres c'était ce qu'on pensait d'elle et des aveugles en général.

— As-tu réfléchi à nos futurs enfants ? lui demanda-t-elle un samedi après-midi, alors qu'ils étaient seuls chez lui et que son moral était en berne (ce qui ne durait jamais longtemps, car elle refusait de se laisser envahir par des idées noires). Dans la plupart des cas, ce sont les femmes qui s'en occupent le plus...

— Où est le problème ? Je ne manquerai pas à mon devoir de père ! Pourquoi cette remarque ?

— Je ne serai peut-être pas capable d'assumer toute ma charge de mère. Je ne pourrai pas avoir les yeux partout !

Clara se moquait volontiers d'elle-même en utilisant sans cesse un vocabulaire inapproprié à sa condition. Elle le faisait à dessein, comme pour combattre le sort qui l'avait privée de la vue.

— Au reste, est-il souhaitable que nous ayons des enfants ? ajouta-t-elle pour aller au bout de sa réflexion et sonder Amaury sur un sujet qu'ils n'avaient pas encore abordé.

— Quelle question stupide !

— Si nos enfants avaient la même anomalie que moi ! Y as-tu songé ? Ce serait une catastrophe. Je ne parviens pas à envisager cette éventualité. Tu oserais, toi, avoir des enfants condamnés à être aveugles ? Ce serait une telle injustice !

Amaury découvrait une Clara bien différente, tout à coup plus pessimiste.

— Qu'est-ce qui te prend, aujourd'hui ? s'insurgea-t-il gentiment pour ne pas la froisser. Je ne te reconnais plus. Tu vois ta vie d'un mauvais œil ! Cette fois, autorise-moi, à mon tour, à jouer sur les mots ! Et puis rien ne te permet d'affirmer que nos enfants perdraient la vue !

— Nous devons l'envisager. Quand nous ferons… enfin tu devines ce que je veux dire… il faudra en être conscients. Après, il sera trop tard.

C'était la première fois que Clara s'avançait sur le terrain de leur relation intime. Ils en étaient restés à un amour platonique, se contentant de baisers, de caresses, de désirs, d'attentes parfois difficiles, de respect de l'autre. Certes, ils éprouvaient l'un pour l'autre, comme tout jeune de leur âge, une attirance charnelle qu'ils ne dissimulaient pas. Mais, ne se sentant pas prêts, par timidité et par accord tacite, ils n'étaient pas encore passés à l'acte.

Surpris par la remarque de Clara, Amaury ne trouva pas de réponse. Gêné, il balbutia :

— Quand… quand on s'aime, ce genre de question ne se pose pas.

— Quand on fait l'amour, insista Clara, même si on y prend garde, il y a toujours un risque d'avoir un enfant !

Amaury rougit. Clara ressentit son embarras.

— Je te choque ?

— Euh… non, pas du tout.

Elle se rapprocha de lui, se blottit dans ses bras, chercha ses lèvres, tenta de lui voler un baiser.

Amaury resta de marbre.

— Qu'y a-t-il ? s'étonna-t-elle. Tu ne veux pas m'embrasser ? Je t'ai perturbé, avec mes insinuations ?

— Absolument pas, se reprit-il. Je réfléchissais.

— À quoi ?

Amaury se lança :

— À ce que tu disais.

— Précise.

— À faire l'amour.

— Tu veux ?

— J'en ai bougrement envie. Pas toi ?

— Si, bien sûr, et depuis pas mal de temps !

— Ce n'est pas un peu tôt ?

Il l'entraîna vers son lit. Ils s'allongèrent dans une profonde étreinte. S'enlacèrent, ne faisant plus qu'un de leurs deux êtres.

Il la caressa avec beaucoup de tendresse, s'attardant sur son visage, sa nuque, ses seins, qui se durcirent de plaisir sous son chemisier.

Elle ne l'écarta pas, guida sa main inexpérimentée sous sa jupe, vers la partie la plus intime de son corps. Elle éprouvait pour la première fois une intense sensation de volupté. Elle le caressa à son tour.

Il ne parvint pas à se retenir, à contenir en lui la sève de la vie. Il étouffa un cri de jouissance. Se détendit.

Elle poussa à son tour un soupir d'extase. Se perdit dans un embrasement intérieur de lumière.

— Je t'aime, lui souffla-t-il dans le creux de l'oreille. Je t'aime tellement.

— Moi aussi, mon chéri. Je te désire... vraiment. Viens !

Il se redressa sur les coudes.

— Je... il est... il est trop tard !

Il se leva d'un bond.

— Je dois me changer !

Clara comprit ce qu'il lui signifiait. Sourit.

— Une prochaine fois, alors ! Moi, je suis prête. À condition que tu ne me fasses pas un enfant ! Tu devras prendre tes précautions !

Il la tira par la main hors du lit.

— J'aurai ce qu'il faut. Mais es-tu sûre de toi ? Tu ne le regretteras pas ? Je ne veux pas te forcer. Je te respecte trop pour te contraindre. Je préfère attendre, si tu hésites.

— J'ai l'air d'hésiter ?

Ils s'embrassèrent à nouveau, ne pouvant se détacher l'un de l'autre, quand ils entendirent quelqu'un entrer.

— Ma mère ! chuchota Amaury. Descendons vite avant qu'elle ne se doute de quelque chose...

Lise revenait du village.

— J'ai rencontré ta maman, annonça-t-elle aussitôt à Clara. Nous avons bavardé un long moment. Elle m'a paru chagrinée. Elle venait de croiser un individu qu'elle n'apprécie pas, m'a-t-elle expliqué.

— Vous vous êtes parlé ? s'étonna Amaury.

— Oui. Qu'y a-t-il d'étrange à cela ? On se parle depuis longtemps ! Elle te demande de rentrer sans tarder, Clara. Elle craint que cet homme ne t'accoste dans la rue. Veux-tu qu'Amaury te raccompagne ?

Clara se troubla. Elle pensa à Alexandre Honegger. Elle ne l'avait plus revu depuis sa visite à Terre Neuve.

— Ce ne sera pas la peine. Je connais la route par cœur pour revenir chez moi.

— Ce serait plus prudent !

Amaury renchérit.

— Ne discute pas. Je te raccompagne.

Clara n'insista pas.

Sur le chemin du retour, la pensée d'Alexandre Honegger ne la quitta pas.

Les vacances d'été approchaient. Les brebis du bas pays étaient déjà parties en transhumance vers les hauteurs du mont Lozère et du mont Aigoual. Les crêtes s'étaient tapissées d'or aux senteurs de genêt et les prairies d'un camaïeu aux mille fleurs multicolores.

Amaury avait brillamment terminé sa classe de première et passait en terminale Sciences expérimentales, selon ses vœux, avec les félicitations de son conseil de classe. Il n'en tirait aucune fierté et, devant Clara, évitait de claironner son succès. Il comprenait son amertume de ne pas avoir poursuivi ses études à cause de son handicap.

Avec elle, depuis longtemps, il n'évoquait plus le lycée, l'internat, ses camarades, ses matières préférées, ses enseignants qui, d'année en année, lui paraissaient plus sympathiques et plus proches. On lui avait affirmé qu'en dernière année de lycée les rapports entre enseignants et enseignés devenaient plus chaleureux, voire plus amicaux. Les professeurs ne considéraient plus leurs élèves comme de simples lycéens mais déjà comme des étudiants, ce qui modifiait beaucoup leurs relations. Il aspirait à se retrouver en terminale, à se sentir estimé comme tel. Cela le grandissait et lui donnait l'impression de commencer une vie nouvelle.

Clara aussi avait changé. À dix-sept ans, elle se préparait courageusement à ce qui l'attendait. Elle s'était habituée à son existence au Charmy, sans autre horizon, sans autre perspective d'avenir dans l'immédiat, et à n'avoir d'autres occupations que celles exigées par les travaux quotidiens de la ferme. Elle ne s'en plaignait pas, même si, au fond d'elle-même, elle souhaitait s'extraire de cette condition.

Le pourrait-elle grâce à Amaury ? Plus tard, quand ils seraient ensemble, à quoi oserait-elle prétendre ? Femme au foyer, à élever leurs enfants, à tenir leur maison ?

Elle ne parvenait pas à se projeter. Si elle ne sombrait jamais dans le désespoir, si elle donnait l'illusion de vivre normalement, elle était parfaitement consciente qu'elle devrait réinventer sa vie.

Par les informations à la radio ou à la télévision, elle connaissait des cas de handicapés moteurs qui s'étaient transcendés par le sport, des amputés des deux jambes qui s'étaient mis à la natation, des non-voyants comme elle qui s'étaient rendus célèbres, tels Ray Charles dans la musique ou, en littérature, l'incroyable Helen Keller, sourde et aveugle, auteur de quatorze ouvrages reconnus dans le monde entier.

Après ses leçons de braille hebdomadaires, Lucie Fabre ne comptait pas le temps passé à lui vanter les mérites de ces hommes et de ces femmes hors du commun. Elle l'encourageait à chercher sa voie, à ne pas se satisfaire de l'ordinaire, à se surpasser.

« Rappelle-toi toujours qui tu es, Clara.

— Je ne serai jamais qu'une aveugle !

— Pas aveugle, vivante ! La vie, c'est apprendre à danser sous la pluie. Alors, apprends à danser sous la pluie ! »

Lucie trouvait les mots justes, ceux qui touchaient le cœur de Clara.

« On a tous un don inexploité en nous, lui affirmait-elle. Il suffit de le découvrir et d'en faire bon usage. »

Clara l'écoutait attentivement, mais elle avait beau réfléchir, elle ne se trouvait aucune compétence particulière, aucune facilité qui enluminerait son quotidien et la sortirait de sa nuit permanente.

— Je ne suis douée pour rien d'autre que la pâtisserie ! lui objecta-t-elle un matin en se moquant d'elle-même.

— Alors, pourquoi ne deviendrais-tu pas une grande pâtissière qui mettrait son talent au service des non-voyants en montrant l'exemple ? C'est cela qui est important, quand un aveugle se surpasse : il prouve aux voyants que le monde ne leur appartient pas et qu'ils doivent le partager avec ceux qu'ils considèrent différemment. Qu'y a-t-il pour faciliter notre existence de non-voyants ? Rien n'est prévu pour nous ou presque. Il est là, le combat qu'il nous faut mener, un combat pour notre reconnaissance afin que nous ayons accès à tout, au même titre que les voyants !

Lucie galvanisait Clara. De chacune de ses visites celle-ci ressortait transformée, prête à affronter le monde extérieur sans appréhension. Elle agaçait sa mère et ses grands-parents avec les théories de Lucie sur l'égalité entre « gens normaux » et « gens handicapés ». Elle usait volontairement de ces termes pour bien mettre en évidence que la normalité n'était qu'une appréciation teintée d'ostracisme.

Quand elle songeait à Alexandre Honegger, elle était persuadée qu'à sa manière lui aussi montrait l'exemple. Ses paroles ne dissimulaient aucun message messianique déguisé. Il était de bonne foi lorsqu'il affirmait ne pas chercher à détourner les esprits, à convertir. Au reste, il n'annonçait rien, ne prédisait rien, se contentait d'écouter et de rassurer.

Quoi qu'en pensât Mélanie, Clara demeurait convaincue qu'il faisait partie de ces hommes et de ces femmes incompris qu'en d'autres temps on aurait voués aux gémonies pour la seule raison qu'ils se distinguaient et pouvaient gêner.

Par une matinée ensoleillée, profitant une fois encore de l'absence des siens à la ferme, elle décida de retourner à Terre Neuve, mue par cette obsession de donner tort à sa mère. Elle passa chez Amaury le prévenir de son départ.

— Cet homme ne mérite pas ce que ma mère lui reproche, lui affirma-t-elle comme pour se justifier. Je ne sais pas grand-chose de lui, mais je perçois en lui une grande bonté. Il me touche. Il me rassure.

— Tu lui fais une confiance aveugle ! Oh, pardonne-moi, le terme m'a échappé !

— Ce n'est pas une injure, je te l'ai déjà dit. J'assume la personne que je suis devenue.

Il ne tenta pas de la retenir. Il connaissait trop Clara : quand elle était persuadée de ne pas se fourvoyer, rien ni personne ne pouvait l'empêcher d'agir à sa guise. Il appréciait en elle cette détermination, ce caractère « testard », comme disait Ruben à propos de sa petite-fille.

— Et si je t'accompagnais ? lui proposa-t-il au dernier moment.

— Pour me servir de chaperon ? Tu n'y songes pas !

— Je ne me montrerai pas, si tu préfères. Je t'attendrai dehors. Ainsi, si tu te sens en danger, tu n'auras qu'à m'appeler...

— Pourquoi le serais-je ? Tu n'as rien compris, Amaury. Alexandre Honegger n'est pas un homme dangereux.

Il feignit d'abandonner son idée.

Quand elle arriva à l'arrêt de bus devant la gare, il se cacha derrière un gros orme planté à proximité et l'observa discrètement. Dans le but de veiller sur elle, il avait pris sa bicyclette. Il s'était déjà rendu à Terre Neuve par curiosité, lorsque Clara lui en avait parlé après sa première visite. Il n'eut aucune peine à suivre le car, ce dernier ne roulait pas bien vite et s'arrêtait fréquemment pour embarquer des passagers en cours de route.

Comme la fois précédente, Clara s'était munie de sa canne blanche mais n'avait pas pris soin de dissimuler son visage. Sa détermination et sa hardiesse lui faisaient oublier toute prudence.

Installée au bord de l'allée centrale, tout en faisant semblant de regarder le paysage défiler à travers la vitre, elle réfléchissait à ce qu'elle dirait à Alexandre Honegger pour justifier sa présence. Elle ne se méfiait pas des autres voyageurs. Son esprit était tout entier accaparé par ses pensées.

Quelqu'un s'approcha d'elle dans l'allée.

— Clara ? Vous êtes bien Clara Lacoste ?

Elle leva la tête dans sa direction, surprise.

— Oui, c'est moi.

— Je vous ai reconnue. Je suis Natalia. Vous vous souvenez de moi ?

Soulagée, Clara se poussa contre la fenêtre pour dégager la place à côté d'elle à la jeune Hongroise.

— Vous allez à Terre Neuve ?

— Euh... oui, c'était mon intention.

— Alors, je vous accompagne. Alexandre sera heureux de votre visite.

Derrière elles, Amaury pédalait comme un forcené pour rester dans le sillage du car. Quand celui-ci s'arrêta au bord de la route, à L'Estréchure, il se tint à bonne distance. Clara était capable de ressentir sa présence s'il s'approchait de trop près. Il fut surpris de la voir bavarder avec une jeune femme qu'il ne connaissait pas. Il les suivit sans se découvrir jusqu'au mas, puis les perdit de vue une fois qu'elles eurent franchi le portail du domaine. Il posa sa bicyclette contre le mur d'enceinte, entra dans la propriété, jeta un regard furtif autour de lui.

Elles avaient disparu.

Natalia avait emmené Clara au-delà du vieux mas.

— Alexandre se trouve dans la dépendance qui est devant nous. À cette heure-ci de la matinée, il s'y réfugie tous les jours… Voulez-vous que je vous y conduise ?

— Non, ce ne sera pas la peine, la remercia Clara. J'y arriverai seule. Je me guide à l'instinct. Pourvu qu'il n'y ait pas d'obstacle majeur devant moi.

— Vous ne risquez rien. Allez tout droit. La porte est sur la gauche, une fois les trois marches franchies.

Natalia s'éclipsa, tout en jetant un regard admiratif en direction de Clara.

À l'extérieur, Amaury s'inquiétait.

15

Subjuguée

Clara s'approchait lentement du mazet[1] indiqué par Natalia. Elle se sentait intimidée à l'idée de se retrouver face à Alexandre Honegger.

La petite construction, qui jadis avait servi de clède[2], avait été transformée en une agréable remise percée de deux fenêtres munies de volets en bois et devancée d'une étroite terrasse, à laquelle on accédait par trois marches taillées dans de la pierre de schiste. Devant la porte, une glycine apportait de l'ombre en été et invitait à la lecture ou à la flânerie face à un paysage bucolique agrémenté d'un bassin parsemé de nénuphars. Une source s'y jetait et faisait frissonner la surface de l'eau. De gros poissons rouges y nageaient paresseusement et tenaient compagnie à quelques batraciens.

Parvenue à une dizaine de mètres de la construction, Clara s'arrêta, le cœur battant. Provenant de

1. Littéralement « petite maison ».
2. Séchoir à châtaignes.

l'intérieur, elle entendait le son d'un violon. En prêtant davantage l'oreille, elle reconnut *Le Printemps*, premier concerto des *Quatre Saisons* de Vivaldi. Elle adorait cette œuvre du musicien italien. L'évocation des saisons, l'alternance rythmique, le vibrato de l'instrument à cordes lui donnaient l'illusion d'être en parfaite harmonie avec la nature.

Elle frissonna, soudain transportée dans un autre monde. Un monde de lumière et de douceur, où le jour ne s'efface jamais devant la nuit, où les aveugles retrouvent la vue et perçoivent à nouveau la beauté du premier matin.

Elle s'approchait des marches, quand elle sentit derrière elle la présence d'un animal qui s'était approché d'elle sans la menacer.

Instinctivement, elle se retourna et, d'un geste familier, tendit le bras.

L'animal lui lécha la paume de la main, puis, de son museau, la poussa devant lui comme pour l'inviter à entrer dans le mazet.

Clara avait deviné qu'il s'agissait du chien d'Alexandre.

— Buck ! C'est toi, Buck ?

Le berger allemand aboya doucement, puis précéda Clara à l'intérieur.

Elle ne pouvait plus reculer.

Le violon cessa.

Alerté par son chien, Alexandre regarda en direction de la porte d'entrée grande ouverte. Il n'aperçut pas Clara, restée en bas des marches.

— Pourquoi m'interromps-tu ? admonesta-t-il son chien. Tu ne dois pas pénétrer dans la clède. Cet endroit t'est interdit !

Il le repoussa du bout de son archet. L'animal baissait la tête, comme pris en faute, et, tournant sur lui-même, mettait de la mauvaise volonté à obéir à son maître.

— Allez, file ! lui ordonna Alexandre.

Buck finit par céder et ressortit, la queue basse.

À l'extérieur, Clara demeurait silencieuse.

Alexandre entama le deuxième concerto, en *sol* mineur.

L'Été, songea aussitôt Clara, celui que je préfère.

Elle prêta l'oreille sans se dévoiler, Buck couché à ses pieds. Le chien ne bronchait pas. Elle le caressait entre les oreilles, lui communiquant ce qu'elle ressentait.

— Toi aussi, tu aimes le violon ! lui souffla-t-elle. Comme je t'approuve ! La musique, c'est comme la voix d'un homme, elle révèle ses émotions, sa vraie nature. À travers elle, on perçoit les battements de son cœur. Nul besoin d'y voir pour lire dans son âme.

Buck jappait et remuait la queue, laissant comprendre qu'il acquiesçait.

Tout ouïe, Clara n'osait déranger le musicien. Après *L'Été*, elle écouta avec autant d'attention *L'Automne*, puis *L'Hiver*. À la fin du quatrième concerto, Buck se leva, aboya sans bouger.

— Qu'est-ce qui te prend ? s'écria Alexandre de l'intérieur. Tu as apprécié et c'est ta manière de m'applaudir ? Je te remercie, mon vieux. Heureusement que tu es là ! Tu es mon seul public. Toi au moins, tu ne me critiqueras jamais !

Il s'avança dans l'embrasure de la porte. Découvrit Clara. S'étonna :

— Clara ! Vous m'écoutiez ?

Elle lui sourit. Attaqua les marches de l'escalier, trébucha.

Il la rattrapa in extremis en la retenant par le bras.

— Je n'ai pas encore eu le temps de réparer la dernière marche. Vous ne vous êtes pas fait mal ?

Clara le rassura.

— Vous êtes un excellent musicien ! Vous m'aviez caché votre talent, la dernière fois.

— Nous n'avions pas abordé le sujet !

Il l'invita à entrer dans le mazet.

— C'est ici que vous vous réfugiez pour jouer du violon ? lui demanda-t-elle, abandonnant peu à peu sa timidité.

— Cette clède m'inspire. Je m'y sens bien pour m'évader au son de mon violon.

Buck attendait sur le seuil, les oreilles dressées sur sa tête.

— Vous l'avez grondé. Il n'ose pas vous désobéir. C'est un chien intelligent !

— Il sait quand il a commis une bêtise. Je lui interdis d'entrer dans cet endroit. Le violon et les poils de chien ne font pas bon ménage.

— Je crois qu'il voulait seulement vous signaler ma présence.

— Alors, je lui pardonne.

Clara était sous le charme de la musique de Vivaldi. Elle lui avoua, comme à Lucie, regretter de ne pas avoir de don particulier, de ne pas avoir profité, quand il en était encore temps, de ce que la vie lui aurait procuré si elle n'avait pas perdu la vue.

— J'étais bonne élève, j'aurais certainement poursuivi de longues études. Ma mère ne s'y serait pas opposée. Malheureusement, rien n'était prévu pour les malvoyants dans le circuit scolaire normal. J'aurais dû partir loin pour intégrer une école spécialisée. Je n'ai pas voulu m'éloigner du Charmy.

Alexandre la regardait, attendri. Clara, une fois de plus, éprouvait le besoin de s'épancher. Il restait à son écoute, avec une bienveillance et une attention qui la touchaient au plus profond d'elle-même.

— Pourquoi moi ? ajouta-t-elle alors qu'il tentait de la réconforter. Pourquoi a-t-il fallu que cela tombe sur moi ?

— N'en cherchez pas la raison. Cela ne vous mènera qu'à des regrets, des déceptions, des rancœurs. Utilisez plutôt ce que votre cécité vous procure de plus par rapport à nous, les voyants. Les apparences sont trompeuses ; vous, les aveugles, distinguez mieux les choses que nous tous.

Clara appréciait la manière d'Alexandre de la considérer. Ses paroles apaisantes, son charisme, qu'elle ressentait à travers sa voix chaleureuse et son attitude envers elle, lui donnaient une confiance en elle que personne ne parvenait à lui communiquer, en dehors de Lucie. À eux deux, ils étaient ses yeux, sa lumière, sa paix intérieure.

— Laissez le passé derrière vous, poursuivit-il, ne regardez pas le futur, vivez le moment présent, en pleine conscience.

Loin de lui témoigner de la compassion, Alexandre lui expliquait que son handicap était sa vraie force, qu'il faisait d'elle une jeune fille mieux armée dans la vie que le commun des mortels.

— Ce que tu ne vois pas avec tes yeux, lui assura-t-il en la tutoyant soudain, tu le vois avec ton cœur. Suis toujours ton cœur, il ne te trahira jamais.

Clara ne pensait pas à rentrer. Elle était tentée de le questionner, à son tour, sur son passé, sur ce qu'il faisait avant d'atterrir à Terre Neuve, sur son accent, afin de savoir d'où il venait. Sans soulever la moindre remarque, elle sentit qu'elle devait s'en abstenir, quelque chose lui indiquait qu'il cultivait lui aussi un jardin secret et qu'elle ne devait pas le profaner.

Elle partit peu avant midi et arriva à l'arrêt du car juste à temps.

À l'extérieur, Amaury avait patiemment attendu, dissimulé derrière une haie. Quand Clara passa devant lui, il faillit se découvrir mais se retint. Clara avait le visage radieux. Ses yeux reflétaient une clarté angélique. Il en fut à la fois rassuré et intrigué.

Que peut-elle chercher auprès de cet homme ? se demanda-t-il en remontant sur sa bicyclette.

Il ne força pas l'allure sur le chemin du retour, laissant filer le car devant lui.

À l'intérieur, Clara s'était assise à l'arrière, sur la dernière rangée de sièges.

Elle se retourna instinctivement. Laissa vagabonder ses yeux à travers la vitre.

Amaury l'aperçut.

Il lui sembla qu'elle lui souriait.

Clara retourna chez Alexandre, toujours en prenant les mêmes précautions. Ni Mélanie ni ses grands-parents ne se doutaient de ses allées et venues à L'Estréchure. Seul Amaury était dans la confidence. Il ne lui avait pas avoué qu'il l'avait suivie, persuadé qu'elle le lui reprocherait sévèrement. Il ne réitéra pas l'expérience. Toutefois, chaque fois qu'elle lui rendait compte de ses visites à Terre Neuve, il mourait d'envie de la mettre en garde, elle s'égarait en offrant toute sa confiance à cet homme apparemment inoffensif. Il craignait, comme Mélanie, que cet Alexandre Honegger n'ait de mauvaises intentions, qu'il ne tente d'amadouer Clara pour mieux abuser d'elle. Lui aussi avait mené sa petite enquête à son sujet. Il n'avait rien découvert de plus que ce que Clara lui avait raconté ou qu'on colportait sur lui dans la commune.

En réalité, Amaury commençait à éprouver des pointes de jalousie, estimant qu'un homme d'un certain âge, qui subjuguait une jeune fille telle que Clara, n'agissait pas uniquement par désintéressement ou par générosité. S'il avait confiance en Clara, il n'excluait pas que celle-ci ait pu tomber sous son emprise, l'absence d'un père depuis sa naissance expliquant cette attirance inconsciente pour un homme mûr.

À chacune de ses visites, Clara priait Alexandre de lui jouer du violon. L'*Adagio* d'Albinoni, les sonates de Bach, de Liszt, de Prokofiev... elle ne se lassait pas de sa musique, émerveillée par sa maîtrise et sa sensibilité. Il l'emportait vers des horizons lointains où elle se sentait inaccessible et intouchable, où elle n'avait pas besoin de ses yeux pour voir, où le rêve rejoignait la réalité.

— Connais-tu ce morceau ? s'enquit-il un jour où elle semblait particulièrement sous le charme de sa musique.

Il amorça quelques notes du premier mouvement d'une sonate, un allegro enjoué très célèbre.

— Non, reconnut-elle. Ma culture musicale n'est pas très étendue. Pas plus d'ailleurs que ma culture littéraire. J'en ai honte, parfois ! Je ne suis pas allée très longtemps à l'école.

— Tu n'as pas à avoir honte... As-tu remarqué qu'on se vante souvent d'être nul en sciences ou en mathématiques mais jamais en littérature ? Beaucoup de gens prennent plaisir à étaler leurs connaissances littéraires et se complaisent à admettre leur ignorance dans les matières scientifiques, comme si l'une de ces choses était honteuse et l'autre plutôt gratifiante. Je trouve ça stupide. On est comme on est, ce qui compte c'est notre faculté à recevoir et à donner. C'est ce qui me plaît en toi. Ton bagage intellectuel est beaucoup plus riche que tu ne le crois. Les apparences sont souvent trompeuses. Aussi, n'écoute jamais ceux qui t'abreuvent de leur savoir pour se valoriser. Écoute ton cœur et fais-lui confiance.

Alexandre avait le don de toucher Clara au plus vif de sa sensibilité.

— Vous ne m'avez toujours pas dit quel est le morceau que vous venez de jouer, insista-t-elle pour mettre fin à ses compliments qui la troublaient.

— Il s'agit de la *Sonate pour violon seul* d'Arthur Honegger. Une sonate en quatre mouvements.

— Honegger ! C'est un parent à vous ?

Alexandre rit de bon cœur.

— Je me doutais de ta réaction ! Non, Arthur Honegger est un musicien français d'origine suisse. Il a composé cette musique de chambre en 1940. J'aimerais être aussi doué que lui ! C'est un compositeur de grand talent qui s'est très tôt écarté du formalisme musical classique. Ce que j'apprécie en lui, c'est sa volonté de faire de la musique un moyen d'expression humaniste, sans essayer de séduire et sans tomber dans les habitudes.

Alexandre reprit sa partition et s'arrêta à la fin du premier mouvement.

— C'est tout ? s'étonna Clara.

— Tu veux que je te joue la sonate en entier ? Il y a encore trois mouvements. En tout, ça dure environ treize minutes. Ce n'est pas très long.

Clara demanda à s'asseoir. Il la guida jusqu'à un fauteuil en osier muni d'un coussin. Lui servit une tasse de thé. Saisit son violon et, amorçant la sonate au commencement, exécuta les quatre mouvements d'un seul trait.

Quand il eut terminé, il s'approcha d'elle, attentif à son souffle apaisé. Clara se taisait, toute à son émerveillement. Ses yeux exprimaient une telle sérénité qu'il pensa qu'elle pleurait. Elle cligna plusieurs fois les paupières, essuya une larme échappée sur sa joue. Il n'osa briser cet instant de sérénité.

Sur le seuil de la porte, Buck aboya, rompant le silence.

— Il n'y a pas que moi qui suis émue ! remarqua Clara.

Elle se leva prudemment, se dirigea vers la porte, caressa Buck de ses deux mains.

— Les animaux ne s'y trompent pas, releva Alexandre. Ils reconnaissent nos qualités et nos défauts. En ce qui te concerne, Buck a très vite flairé en toi une belle personne. Tu l'as conquis définitivement.

— Vous aussi, vous auriez pu devenir un grand musicien. Vous avez beaucoup de talent.

Alexandre remisa son violon dans son étui. Tout à coup, il se rembrunit. Clara le ressentit.

— J'ai commis une maladresse en disant cela ?

— Non. Absolument pas. Seulement réveillé de vieux souvenirs.

Il se tut quelques secondes. Clara s'apprêtait à le quitter, pour ne pas accroître le malaise qu'elle avait créé involontairement.

— Reste ! la pria Alexandre.

Clara obtempéra, ne prenant pas garde à l'heure de son car.

— Quand j'étais jeune, poursuivit Alexandre, je rêvais de mener une carrière dans la musique. Au dire de mes professeurs, j'en avais la possibilité. Très tôt j'ai été admis au conservatoire. À dix ans, j'ai donné mon premier concert en soliste devant un public de connaisseurs. Je n'ai jamais eu autant peur de ma vie. Mes parents étaient aussi tétanisés que moi. Pourtant, il n'y avait aucun enjeu particulier. Par la suite, j'ai continué le violon à raison de plusieurs heures d'entraînement par jour. J'y consacrais tous mes loisirs. Aussitôt rentré de l'école, je me réfugiais dans ma chambre et je jouais, jouais, jouais, jusqu'à ce que les doigts de ma main gauche saignent sur les cordes. J'ai donné de plus en plus de petits concerts. J'étais l'orgueil de mes parents. Moi, je n'en tirais aucune fierté personnelle. Ce qui m'importait, c'était la musique. À dix-huit ans, on m'a proposé une place de violoniste dans un orchestre symphonique. C'était la consécration de toutes mes années d'effort et d'abnégation...

Alexandre s'arrêta. Clara perçut des trémolos dans sa voix et devina qu'il atteignait un point douloureux de son récit. Ne souhaitant pas le contraindre à lui dévoiler ce qui l'embarrassait, elle ajouta :

— Vous me raconterez la suite une autre fois. Je reviendrai...

— Si tu veux, lui répondit-il, comme soulagé de ne pas avoir à se confesser davantage.

Sur le seuil de la porte, Clara lui posa néanmoins une dernière question :

— Dans quel conservatoire avez-vous étudié le violon ?

— Pas celui de Paris, en tout cas ! Sinon, je ne serais pas ici.

Sa réponse surprit Clara.

Elle insista, mue par la curiosité :

— Lequel, alors ?

— Celui de Strasbourg.

Clara saisit soudain d'où venait son accent. Tranquillisée, elle lui demanda :

— Vous êtes alsacien ?

— Oui.

— D'où votre accent de l'Est ! Je comprends mieux à présent. Dire que…

Elle s'interrompit.

— Oui ? Qu'allais-tu ajouter ?

Clara s'abstint de lui révéler les craintes de sa mère et tout ce qui se colportait sur lui dans sa commune.

— Rien, je m'étais étonnée de votre accent, que je ne parvenais pas à définir. Maintenant, je sais.

Alexandre ne s'étendit pas sur ses origines. Clara non plus, pressentant qu'il s'agissait là d'une question délicate.

Quand elle s'en ouvrit à Amaury, celui-ci émit l'hypothèse qu'Alexandre s'était sans doute heurté, dans sa jeunesse, à des problèmes familiaux qui l'avaient contraint à abandonner sa vocation de musicien.

— Ses parents n'étaient peut-être pas d'accord pour qu'il entreprenne une carrière de violoniste, et il se sera fâché avec eux ! Il est vrai que vivre de la musique est très aléatoire.

Clara ne semblait pas convaincue de ses explications. Elle ne s'étendit pas davantage sur le sujet, mais pensa qu'un jour ou l'autre Alexandre lui livrerait son secret.

16

L'aveu

Été-automne 1961

L'été subit une canicule écrasante. Juillet et août enregistrèrent des records de températures rarement atteints. Les ruisseaux étaient à sec, les rivières ne charriaient plus que de maigres filets d'eau. Les prairies s'étaient déguisées en véritables paillassons, dorés comme les blés mûrs. Seul le haut pays bénéficiait d'une fraîcheur relative, mais l'herbe y était très convoitée par les bergers transhumants. La sécheresse, qui sévissait depuis le mois de mars, s'accentua à la fin du mois d'août avec l'arrivée d'une nouvelle vague de chaleur. Certaines villes étaient ravitaillées en eau potable, tandis que les Landes étaient la proie de violents incendies.

Le Charmy n'échappait pas aux contraintes climatiques. Les récoltes se révélaient moins généreuses que les années précédentes, d'autant que les gelées tardives de mai avaient menacé bon nombre de productions maraîchères et fruitières. Mélanie s'attendait à une baisse importante de ses revenus dans les mois à venir et s'inquiétait, ne sachant comment assurer la soudure de fin d'année.

— Si ça continue, nous serons obligés de vendre une parcelle pour équilibrer notre budget, prévint-elle avec désespoir. Il me sera impossible de rembourser le Crédit agricole à partir de décembre. Ça ne me laisse que trois mois pour rétablir la situation.

Avec l'accord de son père, quelques années plus tôt, Mélanie avait contracté plusieurs emprunts à la banque des agriculteurs. Une première fois pour acquérir du matériel d'exploitation plus moderne que celui hérité de Ruben, une seconde pour installer une serre et son système d'irrigation. Elle y cultivait des légumes en pleine terre et, pour le plaisir, des fleurs printanières, ainsi que des chrysanthèmes pour consolider sa trésorerie en novembre, quand cessaient les autres récoltes et que venait le temps de fleurir les cimetières.

Ruben vieillissant, elle avait de plus en plus de responsabilités à assumer. Elle songeait, depuis quelques mois, à embaucher un ouvrier agricole pour la seconder. Si elle ne rechignait pas à la tâche, les plus gros travaux lui paraissaient de plus en plus pénibles.

« Je ne suis qu'une femme, se plaignait-elle parfois quand son dos la rappelait à l'ordre. Je n'ai pas la force d'un homme. Il faudrait engager quelqu'un pour m'aider. »

Ruben s'y était toujours opposé, prétextant qu'il était encore capable d'accomplir son travail comme jadis. Effectivement, malgré son âge, il n'avait jamais failli et se vantait de rivaliser avec de plus jeunes que lui. Mais ses forces avaient subitement décliné pendant l'hiver à la suite d'une mauvaise grippe dont il ne s'était pas bien rétabli. Mélanie avait patienté le plus possible avant de le placer devant la réalité.

Hélas, les difficultés qui se profilaient à l'horizon menaçaient de repousser son projet d'embauche.

— Vendre nos terres ! s'insurgea Ruben. Jamais ! La propriété est la chose la plus sacrée après la famille. Elle se transmet, elle ne se vend pas à des étrangers !

— Si nous ne payons pas nos dettes, la banque ne se privera pas de nous confisquer ce que nous possédons. La question sera ainsi vite réglée...

Ruben ne se résolvait pas à admettre cette idée. Il appartenait à cette catégorie de paysans pour qui la terre était une richesse inaliénable. De leur vivant, les plus lointains de ses aïeux ne s'étaient jamais dessaisis de leur bien, même en temps de crise. Aussi n'était-il pas prêt à être le premier à renoncer !

— On se débrouillera ! répliqua-t-il à sa fille, chagrinée. Quant à embaucher un tâcheron, ce n'est vraiment pas d'actualité ! Où trouverions-nous l'argent pour le payer ?

Clara assistait à ces conversations houleuses sans intervenir. Elle culpabilisait de ne pouvoir aider sa mère comme elle l'aurait désiré. Elle accomplissait sa part de travail, mais était consciente qu'elle n'était pas aussi efficace qu'une personne voyante.

Quand elle s'en plaignait devant Mélanie, celle-ci la rassurait aussitôt :

« De toute façon, ma chérie, si tu n'étais pas aveugle, tu serais au lycée en train de préparer ton baccalauréat. Je ne t'aurais pas obligée à te sacrifier pour cette ferme à mes côtés. Je n'aurais jamais souhaité la même vie que la mienne pour ma fille. Tu mérites mieux. Je suis certaine, d'ailleurs, qu'un grand destin t'attend, que tu prendras bientôt ton envol vers un horizon plein de promesses...

— Tu rêves, maman ! Je suis clouée au Charmy comme un oiseau blessé dans son nid. Jamais je ne serai totalement autonome. Je dépendrai toujours de quelqu'un. »

Mélanie évitait de contredire sa fille. Elle ne désirait pas lui transmettre ses craintes ; or l'avenir du Charmy n'était pas assuré et elle ignorait totalement comment elle s'en sortirait si, par malheur, elle devait renoncer un jour ou l'autre à son activité. Rien n'était prévu pour les agriculteurs en état de faillite et ce n'étaient pas ses cotisations à la mutuelle agricole qui lui permettraient de subvenir aux besoins de sa famille.

Réaliste, Clara ne se faisait pas d'illusions. Pourtant, chaque fois qu'elle revenait de Terre Neuve, elle se remettait à espérer que la vie devant elle se teinterait des couleurs du firmament et lui apporterait des richesses inestimables.

Alexandre, par ses paroles justes et dépourvues de toute démagogie, lui donnait une foi en elle qui n'avait d'égale que la confiance qu'elle lui accordait en retour.

Il ne lui avait pas encore expliqué ce qui le motivait dans ses démarches de porte-à-porte, à la manière d'un prédicateur sans église.

Elle ne le lui avait pas encore demandé.

Fin septembre, alors que les fortes chaleurs tardaient à se dissiper, elle reprit le car pour L'Estréchure. Durant l'été, elle y était allée trois fois, toujours attirée par la personnalité secrète d'Alexandre et par le bien-être qu'il lui procurait quand elle se retrouvait en sa présence. Elle ne s'était jamais trahie devant sa mère ni devant ses grands-parents. En chemin, elle n'avait rencontré ni voisins ni amis qui auraient pu la confondre et l'obliger à se justifier. Aussi montait-elle dans le car sans appréhension, de plus en plus à l'aise dans ses déplacements loin de chez elle, se fiant à son instinct et à ses autres sens.

Alexandre s'extasiait sur ses capacités d'orientation. Il ne cessait de vanter ses mérites, ses qualités, sa grandeur d'âme aussi quand elle lui confiait sans fausse pudeur ce qu'elle ressentait devant les choses de la vie qui lui paraissaient parfois injustes, mais qu'elle acceptait sans se plaindre et sans tomber dans le fatalisme.

Ce jour-là, elle se dirigea directement vers la clède dans l'espoir de l'y retrouver en train de jouer du violon, comme chaque fois qu'elle s'était rendue à Terre Neuve. Elle percevrait de loin le son harmonieux de son instrument et, comme précédemment, elle s'arrêterait un instant devant les marches avant d'entrer, afin de savourer dans le silence la mélodie qui s'échapperait de la pièce.

Mais à peine eut-elle franchi le portail du domaine que Buck se précipita vers elle, dans un état d'excitation anormal. Il aboyait non de joie, comme il en avait l'habitude à son arrivée, mais d'affolement.

— Que se passe-t-il, Buck ?

Il faillit la renverser en tournoyant autour d'elle.

Elle le calma d'une caresse de la main. L'animal baissa les oreilles et lui signifia de le suivre.

Elle fut surprise de ne pas reconnaître le violon d'Alexandre.

Buck l'entraîna derrière la clède. Clara le suivit, balayant de sa canne le sentier qui lui était inconnu. Tout à coup, elle entendit Alexandre prononcer un juron. Puis le bruit d'un objet jeté de plus haut et se brisant sur le sol. Aussitôt, elle s'écarta. Buck aboya à nouveau, visiblement effarouché par ce qui tombait autour de lui.

Elle leva la tête vers le ciel, d'où lui était parvenue la voix d'Alexandre.

— Alexandre ! Où êtes-vous ?

— Ah, Clara, je ne t'attendais pas ! Prends garde, je balance des tuiles cassées, mets-toi à l'abri.

— Rien de grave ?

— Non, je suis sur le toit. Je remplace quelques tuiles pour réparer une gouttière et je suis à toi. Installe-toi sur la terrasse, je n'en ai pas pour longtemps…

Clara s'assit à l'ombre de la glycine et patienta en compagnie de Buck, qui lui faisait fête.

— Il t'a effrayé en jetant des tuiles du haut de son perchoir ! lui souffla-t-elle dans l'oreille.

Quand Alexandre apparut devant elle, sans qu'il eût besoin de parler le premier, elle devina que quelque chose le chagrinait.

— Je reviendrai un autre jour, si vous préférez, lui proposa-t-elle en se levant, craignant de l'importuner.

— Non, tu ne me déranges pas. Accorde-moi une minute, le temps de me changer, et je suis à toi.

Il était torse nu et ruisselant de sueur. Certes, Clara ne pouvait le voir mais, par correction, il ne voulait pas rester devant elle dans cette tenue. Il enfilait sa chemise quand, par mégarde, il jura une seconde fois :

— Merde, mon tatouage ! Je me suis encore écorché…

— Vous êtes tatoué ! s'étonna Clara, sans penser être indiscrète.

Alexandre essuya le biceps de son bras gauche à l'aide d'un mouchoir sorti de sa poche.

— Ce… ce n'est rien. Je me suis blessé. Je ne m'en étais pas aperçu. Ça m'arrive assez souvent. Il n'y a rien de grave…

— Un tatouage, comme les Polynésiens ? s'extasia Clara.

Alexandre semblait embarrassé.

— C'est nettement moins joli qu'un tatouage polynésien ! Mais j'y tiens. C'est un pan de ma mémoire gravé dans ma peau. Une preuve de ce que j'ai vécu quand j'avais vingt ans, alors que…

Il s'interrompit au milieu de sa phrase. Les quelques secondes de silence qui suivirent incitèrent Clara à ne pas insister.

— Ne vous croyez pas obligé de vous justifier. Je ne veux pas m'immiscer dans votre vie privée.

Alexandre finit de se rhabiller convenablement et, temporisant, invita Clara à se rasseoir à la table, sous la treille.

— J'ai mis de côté un gâteau que j'ai confectionné moi-même. Tu en mangeras bien un morceau ? Tu me donneras ton avis, toi la pâtissière émérite. Je ne suis pas expert, mais je réussis bien le kouglof...

— Le kouglof ! Qu'est-ce que c'est ?

— C'est une spécialité alsacienne, une brioche à pâte levée. On le déguste sucré, avec des raisins secs imbibés de rhum ou de kirsch et des amandes, ou salé avec des lardons et des noix. On le mange à l'occasion de Noël, d'un mariage ou de fêtes de village.

Alexandre disparut à l'intérieur de la clède et en ressortit avec un gros gâteau à la forme cannelée, creusé en son milieu. Il le déposa sur la table et dit, prenant les mains de Clara dans les siennes :

— Tâte-le du bout des doigts, tu devineras mieux ainsi ce que c'est.

— Il sent bon ! Je reconnais le kirsch et la crème chantilly.

— C'est ma touche personnelle, je remplis le centre de crème fouettée.

— Vous êtes aussi gourmand que moi !

Clara dégusta lentement son morceau de kouglof. Quand elle eut terminé, elle n'osa relancer la conversation qu'Alexandre avait interrompue. Aussi lui dit-elle :

— J'espérais vous écouter jouer, mais ce n'est peut-être pas le jour approprié. Vous avez du travail en cours !

Alexandre ne répondait pas, une part de gâteau au bout des doigts. Il la déposa dans son assiette.

Clara s'en aperçut.

— Ça ne passe pas aujourd'hui ? Il m'arrive aussi de ne pouvoir avaler ce que j'ai préparé. Maman affirme qu'on se nourrit des odeurs de cuisine ! Vous le croyez, vous ?

— Clara...

— Oui ?

— Je... je te dois la vérité.

— La vérité ! Pourquoi ? Vous m'avez menti ?

Alexandre était très mal à l'aise et ne parvenait pas à le dissimuler. Il savait Clara réceptive à tout ce qu'elle percevait en son for intérieur.

— Ne te méprends pas à mon propos. Je n'ignore pas ce qu'on raconte sur moi. On t'a peut-être déjà mise en garde ! Je comprendrais, si tu décidais de ne plus venir me voir.

Clara commençait à s'interroger sur ce qu'Alexandre tentait de lui révéler. Sur le moment, elle se rappela les remarques d'Amaury : il redoutait que cet homme se soit amouraché d'elle et lui avait conseillé d'être prudente. Elle lui avait ri au nez et n'avait pas tenu compte de ses recommandations.

Les atermoiements d'Alexandre semaient soudain le doute dans son esprit. Amaury ne se serait donc pas trompé ?

Elle cherchait un prétexte pour s'en aller, quand Alexandre insista :

— Je vais t'expliquer. Je ne veux pas qu'entre nous subsiste la moindre suspicion.

Cette fois, Clara pensa qu'il s'apprêtait à lui faire une déclaration. Or jamais, jusqu'aux allusions d'Amaury, elle n'avait imaginé qu'il pût nourrir pour elle des sentiments autres que de l'amitié désintéressée.

Elle saisit sa canne, bredouilla :

— Je... je dois partir. J'ai beaucoup apprécié votre gâteau. Il faudra que vous m'en donniez la recette... une prochaine fois.

— Non, reste, Clara, j'ai quelque chose à te confier.

Très embarrassée, Clara se ravisa.

— Voilà... je t'ai déjà dit que j'étais alsacien. Sais-tu ce qui s'est passé en Alsace pendant la guerre ?

— Euh... non, pas exactement. La région a été envahie par les Allemands, comme le reste de la France.

— Pour nous, cette invasion a été terrible, car les Allemands estimaient que l'Alsace leur appartenait. En 1940, quand la guerre a vraiment commencé, j'avais vingt ans. J'ai été mobilisé dans l'armée française. Puis, après la défaite de la France, les Alsaciens et les Mosellans ont été autorisés à quitter l'armée par le gouvernement de Vichy, les autres soldats, eux, furent maintenus sous les drapeaux pendant plusieurs mois.

Clara écoutait attentivement les explications d'Alexandre, tout en s'interrogeant : pourquoi, tout à coup, lui racontait-il cet épisode de la guerre ?

— Dans les Cévennes aussi, les Allemands ont semé la terreur. Mais le maquis s'est organisé un peu partout et les a combattus jusqu'à la Libération. Dans la région de Saint-Jean-du-Gard ont eu lieu de sanglants affrontements avec la Résistance...

— Quand j'ai été confronté au choix de rester dans l'armée française ou d'être démobilisé, j'ai longuement hésité. L'Alsace avait été annexée et intégrée au Reich. Les Alsaciens n'étaient plus considérés comme français mais comme allemands. On nous a octroyé la nationalité allemande d'office. Mais beaucoup d'Alsaciens s'y sont opposés plus ou moins ouvertement. Mes parents étaient seuls dans notre maison. Je ne pouvais pas les abandonner. J'ai accepté d'être démobilisé pour rentrer chez moi, malgré la menace allemande. Ceux qui, comme moi, ont pris cette décision en croyant naïvement que les Allemands allaient leur permettre de vivre tranquillement comme avant se sont vu rétorquer à leur arrivée : « *Da du nicht französisch bist, bist du deutsch*, puisque tu n'es pas français, tu es allemand. » Nous sommes ainsi devenus ce qu'on a appelé des « Malgré-nous ».

— Des « Malgré-nous » ? fit Clara. Pourquoi « malgré vous » ?

— Nous étions des Allemands malgré nous, sans que nous l'ayons voulu. Cela nous a été imposé. Avec tout ce que cela entraînait. Comme l'Allemagne était en guerre, tous les jeunes devaient donc faire le service militaire. À partir de 1942, nous avons été incorporés dans la Wehrmacht, l'armée allemande régulière. Certaines classes ont été affectées directement dans des unités de la Waffen-SS, car leurs divisions comptaient beaucoup de pertes dans les combats, surtout sur le front de l'Est, en Russie…

Alexandre se tut. Clara saisit qu'il éprouvait une grande souffrance à l'évocation de ses souvenirs de guerre.

— Pourquoi me racontez-vous tout cela ? Je me doute que ce ne sont que des réminiscences douloureuses. Vous...

— Laisse-moi poursuivre. Si c'était à refaire, je ne serais pas rentré chez moi. J'ai été convoqué à la Kommandantur de Strasbourg et, immédiatement après, j'ai été enrôlé de force dans l'armée allemande.

Clara frissonna. Elle avait tout envisagé, sauf cette terrible réalité.

— Vous avez été envoyé sur le front russe ?

— Non. Mais ce ne fut pas mieux...

— Vous avez combattu les Français ?

Alexandre ne répondit pas. Tamponna son épaule avec son mouchoir.

— Ah, ça continue de saigner ! releva-t-il comme pour échapper à l'aveu qu'il s'apprêtait à lâcher. Je suis un peu hémophile, ça n'arrange rien !

— Que représente votre tatouage ? s'enquit Clara pour détourner une conversation qu'elle jugeait embarrassante pour tous les deux.

— Précisément, j'allais y venir...

— Quel rapport y a-t-il entre votre tatouage et votre passé de soldat dans la Wehrmacht ?

— Je n'étais pas dans la Wehrmacht. J'ai été incorporé dans... dans la Waffen-SS.

Alexandre se tut, incapable de poursuivre.

— Chez les SS ! comprit Clara, effarée.

— Oui, tu m'as bien entendu. J'ai appartenu à une division SS. Voilà pourquoi je porte cette espèce de tatouage en haut de mon bras gauche. Tous les SS avaient un signe indélébile gravé dans leur peau : celui de leur groupe sanguin, destiné à leur sauver la vie en cas de blessure. Il signifiait aussi leur arrêt de mort s'ils étaient capturés. Ils l'appelaient « la marque de Caïn », comme pour se sentir protégés par Dieu, selon l'Ancien Testament...

— Pourquoi ne pas l'avoir effacé, une fois libre ? s'étonna Clara.

— Pour ne jamais oublier ce qu'ils ont fait de moi. Malgré moi. Tu comprends mieux à présent le sens de l'expression « Malgré-nous » ? Très vite, j'ai été confronté à un terrible dilemme : déserter au risque d'être repris et fusillé, ou accepter mon sort dans l'attente de la défaite du Reich, mais en étant certain que les Français me reprocheraient mon activité dans la Waffen-SS. En réalité, je n'ai jamais été considéré comme un Allemand par les soldats de ma compagnie. Au reste, je ne le souhaitais pas. Par ailleurs, j'étais conscient que je ne serais jamais plus un Français comme les autres si l'Alsace était restituée à la France... J'ai subi les combats pendant deux ans. Je m'en voudrai toute ma vie. J'aurais dû déserter dès le début de mon incorporation mais je n'en ai pas eu le courage. Certains l'ont fait pour rejoindre la Résistance ou la Suisse. Nous savions que, dans ce cas, les Allemands exerçaient de terribles représailles sur leurs familles. Celles-ci étaient dépossédées de leurs biens et déportées dans des camps de travail comme celui de Schirmeck, ou de concentration comme le Struthof dans le Bas-Rhin.

— Vous deviez être désemparé !

— Nous, Alsaciens et Mosellans, nous nous retrouvions isolés dans des unités de combat composées essentiellement d'Allemands. La discipline était très rigoureuse et tout écart de conduite sévèrement puni. Chez les Waffen-SS, ça ne pardonnait pas. C'était la mort assurée. Avec la Libération, nous avons eu un peu plus d'occasions, nos troupes connaissaient de grosses difficultés, la surveillance se relâchait. Avec trois de mes camarades, je suis parvenu à déserter. Nous nous sommes rendus aux libérateurs de la France, à l'armée américaine, tandis que nous nous repliions vers le Rhin…

— Vous étiez sauvés ! l'interrompit Clara, soulagée.

— C'est ce que nous avons espéré. Hélas, notre calvaire n'était pas encore terminé ! Les Américains ne nous ont pas traités comme des victimes du nazisme mais comme des déserteurs de l'armée allemande. On nous a enfermés dans un camp dans l'ouest de la France, en compagnie de prisonniers allemands qui nous regardaient comme des traîtres. À l'humiliation de la double défaite s'est ajoutée pour nous l'humiliation de la double trahison. Heureusement l'enfer s'est achevé peu après la victoire des Alliés en 1945. J'ai été relaxé et j'ai pu rentrer chez moi et retrouver mes parents. Ils me croyaient mort. J'ai mis longtemps à refaire surface.

— Ce que vous avez vécu est horrible. Je n'aurais jamais imaginé un tel drame !

Clara ne trouvait plus de mots pour alimenter la conversation. Elle se sentait profondément émue, mais ne désirait pas, à son tour, éprouver de la compassion.

Elle se ressaisit.

— Je ne vous demande pas de vous expliquer davantage, coupa-t-elle. Vous m'en avez assez dit pour aujourd'hui.

Elle se leva. Et cette fois, sans permettre à Alexandre de la retenir, descendit prudemment les trois marches de la terrasse.

Avant de s'éloigner, elle ajouta :

— Vous n'avez rien à vous reprocher, Alexandre. On ne choisit pas son destin. Je comprends mieux à présent votre capacité d'être à l'écoute de ceux qui souffrent. Mais je vous rappelle ce que vous m'avez dit il n'y a pas longtemps : laisse le passé derrière toi, ne regarde pas le futur, vis le moment présent en pleine conscience.

Dans le car qui la ramenait à Saint-Jean, Clara songea que bien des points communs les réunissaient, Alexandre et elle.

Nous sommes tous les deux des Malgré-nous ! se dit-elle, les yeux noyés de larmes. Des écorchés de la vie.

17

Invitation au voyage

Clara avait été très touchée par le récit d'Alexandre. Chez elle, elle ne cessait de se remémorer les détails de cet enfer vécu sous l'uniforme SS. Elle aurait aimé en discuter autour d'elle pour glaner des précisions sur cette période qu'elle connaissait mal. Mais sa mère et ses grands-parents n'évoquaient jamais la guerre et ses atrocités, et elle n'osait aborder le sujet avec eux.

Alors, elle eut recours à Amaury, le seul susceptible de lui raconter ces sombres événements sans éprouver ni rancœur ni haine envers les Allemands, bien que son père en ait été victime.

— Comment juges-tu les SS de la dernière guerre ? lui demanda-t-elle pour amorcer la conversation.

— Les SS ? Des hommes dépourvus d'humanité. Des fanatiques prêts à tuer père et mère pour l'honneur de leur Führer et la grandeur du Reich allemand. En fait, des assassins ! Oui, des assassins qui ont perpétré les plus terribles atrocités. Tiens, par exemple, à Oradour-sur-Glane, près de Limoges, la troisième compagnie de la division Das Reich a commis l'une des pires exactions de la guerre. En quelques heures, elle a massacré près de six cent cinquante habitants, hommes, femmes et enfants, dont la plupart furent enfermés dans l'église qu'ils ont ensuite incendiée. Ils ont réduit le village en cendres.

Clara blêmit. Se pourrait-il qu'Alexandre ait participé à de tels crimes, même sous la contrainte ? s'épouvantait-elle. Cela expliquerait ses remords, son désarroi depuis tant d'années. Elle chassa cette pensée de son esprit. Non, Alexandre était une victime, pas un assassin !

— Pourquoi t'intéresses-tu subitement aux SS ? s'étonna Amaury. Tu as vu un documentaire à la télé ? Enfin… entendu.

— Oui, c'est ça, mentit Clara, j'ai vu un reportage sur les Waffen-SS. J'ai bien suivi les commentaires. C'était très instructif. Parmi eux, il y avait des Français…

— Des traîtres, il y en a dans tous les conflits ! Au début de la guerre, beaucoup ont accordé leur confiance au maréchal Pétain. Un certain nombre ont collaboré avec les Allemands. Parmi eux, des jeunes ont intégré les rangs des forces ennemies et se sont engagés dans des divisions SS. La plus tristement célèbre est la division Charlemagne.

— Elle sévissait en France ?

— Non, elle a surtout combattu sur le front de l'Est, en Pologne notamment.

— Tu en sais des choses !

— La Seconde Guerre mondiale est au programme d'histoire en terminale. J'ai pris les devants. J'ai lu plusieurs bouquins sur la question. C'est une période que j'apprécie particulièrement.

— À cause de ton père qui est mort au maquis ?

— C'est l'une des raisons. Ma mère me parle parfois de lui. Il s'appelait Jacques et était le fils du notaire de Saint-Jean à l'époque. Ils n'ont pas eu le temps de se marier. Quand il a été tué, j'étais déjà en route ! Ma mère ne s'en est jamais remise.

— Au moins, toi, tu sais qui était ton père et tu peux en discuter chez toi.

— Ça te manque de ne pas connaître le tien ?

— Oui, de plus en plus. J'aimerais que ma mère cesse de se comporter comme si j'étais née par l'opération du Saint-Esprit. Je suis en âge de comprendre bien des choses.

— Tu devrais la pousser à se confier.

— Oh, j'ai essayé ! Je me suis heurtée à un mur. Même chose avec mes grands-parents.

— C'est tout ce que tu désirais savoir à propos des SS ?

— Je voulais seulement ton opinion.

— Elle est la même que celle de la plupart des gens. Qui, aujourd'hui, tient en bonne considération un ancien SS ? SS : Suppôt de Satan, tu n'y as jamais pensé ? Ce sont d'odieux criminels. D'ailleurs, beaucoup sont poursuivis par des hommes et des femmes qui les traquent à travers le monde entier. Un jour ou l'autre, ils seront arrêtés et jugés. C'est déjà le cas pour plusieurs d'entre eux.

Clara frémit. Ce que lui révélait Amaury lui donnait froid dans le dos.

— Il y aura bien une justice pour ceux qui n'ont rien fait ! tenta-t-elle.

— Ce n'est pas possible. Ils ont tous commis des crimes horribles. Quand tu étais SS, tu avais pour tâche de massacrer, sans états d'âme. La victoire par la terreur, c'était leur façon d'opérer. Ils n'avaient aucun sentiment. Ils étaient pires que des mercenaires. Des bêtes à tuer !

— Tout homme a droit à l'indulgence de son prochain, non ?

— Qu'essaies-tu de me dire ? Que tu accorderais ta clémence à de tels individus ? Clara, ta générosité et ton sens du pardon t'entraînent dans l'erreur. Il faut pourchasser ces assassins et les condamner. Pour l'exemple, afin que les générations futures se souviennent que l'impunité n'existe pas pour les criminels de guerre.

Amaury commençait à s'échauffer. Clara avait touché l'un de ses points sensibles. Il avait horreur de l'injustice et de la violence, ne supportait pas qu'un homme en maltraite un autre. Quand il songeait que dans certains pays on torturait, on pendait, on coupait des têtes, au sabre parfois comme en Arabie saoudite, sous la guillotine comme en France, il éprouvait un profond écœurement et une grande envie de se révolter.

— En tout cas, ajouta-t-il en plaisantant, si tu en rencontres un, passe ton chemin et préviens-moi. Je le signalerai immédiatement à la police… et ce ne sera pas un cas de délation ! Je n'aurai aucune honte à agir ainsi.

Clara se rembrunit. Amaury s'en aperçut.

— Que se passe-t-il ? Je t'ai choquée ? Rassure-toi, je parle souvent plus vite que je ne réfléchis. D'abord, ça n'arrivera pas. Ensuite, même si cela arrivait, je ne dénoncerais personne, mais je m'arrangerais tout de même pour que notre individu se fasse prendre, d'une manière ou d'une autre. Je chercherais un stratagème…

— Allons nous baigner dans le Gardon, lui proposa-t-elle pour mettre fin à la conversation.

— L'eau sera fraîche. Nous sommes début octobre !

— Avec la canicule que nous avons essuyée cet été, elle doit être encore bonne.

Ils n'eurent pas le temps de se prélasser au bord de la rivière. En ce samedi 7 octobre, une ligne de très violents orages balaya le Languedoc, provoquant de fortes pluies et des inondations. Une tornade s'abattit sur Nîmes, faisant plusieurs morts et blessés.

Le Charmy subit de gros dégâts. La serre de Mélanie fut emportée par le vent. Ses cultures florales furent entièrement détruites. Le toit d'un hangar à matériel fut arraché et alla se fracasser une cinquantaine de mètres plus loin. Le Gardon déborda de son lit, anéantissant sur son passage de nombreuses récoltes qui attendaient d'être ramassées.

— C'est une catastrophe ! se lamenta Mélanie. Il ne manquait plus que cela ! Cette fois, nous sommes quittes pour vendre pendant qu'il en est encore temps…

Ruben ne s'opposa pas à sa décision. Il fallait de l'argent frais pour réparer et réinvestir.

Il fut donc décidé de mettre en vente la vigne de Gaston Peyrols, acquise après sa mort, quelques années plus tôt.

Clara reprit le chemin de Terre Neuve dans le but d'éclaircir le mystère Alexandre Honegger, certaine qu'il subsistait des zones d'ombre dans son récit. Elle souhaitait effacer de son esprit toute trace de soupçon. Si Amaury avait raison, Alexandre n'était pas l'homme charitable et bienveillant qu'il laissait paraître. Jouait-il avec sa confiance, avec sa naïveté ? Elle ne s'y résolvait pas. Son bon sens, sa faculté de percer l'âme de son prochain lui soufflaient le contraire. Alexandre avait peut-être été entraîné dans une sale aventure, mais cela avait dû être contre sa volonté. Il était une victime et non un coupable.

Lorsqu'elle approcha de Terre Neuve, elle ne parvint pas à contenir les battements de son cœur. Elle eut envie de s'en retourner. De fuir, comme une voleuse subitement prise de remords.

Au dernier moment, elle ne renonça pas et s'avança vers la clède, dont la porte était grande ouverte. Elle fut étonnée de ne pas entendre Buck venir à sa rencontre en aboyant ni le son du violon d'Alexandre. Le mazet était plongé dans un silence inhabituel.

Arrivée plus près, elle perçut des éclats de voix provenant de l'intérieur. Elle ne saisit pas les paroles prononcées par ceux qui s'y trouvaient.

Ça ressemble à de l'allemand ! pensa-t-elle.

— *Ich habe dir schon gesagt, dass du nicht so hättest handeln sollen !*

— En français, s'il te plaît. Natalia ne comprend pas l'allemand.

— Je vous avais dit que vous n'auriez pas dû agir ainsi !

Clara n'osa se manifester. Elle avait reconnu la voix d'Alexandre, qui venait de nommer Natalia. En revanche, elle se demandait qui était la troisième personne à qui il s'adressait et qui parlait allemand.

Celle-ci poursuivait, en français cette fois :

— Vous vous êtes compromis. Je ne suis plus d'accord avec vous. Notre engagement ne prévoit pas que nous procédions de cette manière.

De quoi discutent-ils ? s'interrogea Clara, intriguée.

Ce qu'elle entendait malgré elle sonnait bizarrement.

On dirait qu'ils évoquent une mauvaise action…

Elle amorça un pas en arrière pour rebrousser chemin. Buck déboula au moment où elle commençait à s'éloigner. Il la frôla à la jambe sans aboyer, tout en gémissant.

— Que se passe-t-il, mon brave Buck ?

L'animal empêchait Clara d'avancer.

— Laisse-moi m'en aller, Buck. Je ne suis pas arrivée au bon moment. Je dérange.

Elle s'apprêtait à franchir le portail du domaine, quand Alexandre l'appela en se précipitant vers elle :

— Clara, ne t'en va pas !

— Vous étiez occupé avec vos amis. Je ne voulais pas vous importuner.

— Reviens.

Il la ramena en direction de la clède.

— Tu as déjà rencontré Natalia, lui dit-il aussitôt. Je te présente Karl et Otto. Tous deux sont autrichiens. C'est avec eux que j'entretiens cette propriété et que je mène l'action dont je t'ai parlé.

Clara se sentit soulagée.

— J'ai cru que vous vous disputiez. C'est pourquoi je m'en allais.

— Un simple différend à propos de ce que Natalia et Otto viennent d'entreprendre. Rien de grave. Il nous arrive assez souvent de ne pas être d'accord. Mais nous trouvons toujours un terrain d'entente. Cette fois, c'était au sujet d'une prise de position contre la guerre au Viêt Nam. Tous les trois, nous sommes partisans d'en discuter avec les gens que nous visitons. Karl n'est pas de cet avis.

— Ah, je comprends mieux à présent !

— Laissons-les débattre de cela tranquillement. Je suppose que tu n'es pas venue pour écouter nos discours !

Il l'entraîna vers le mas. Elle n'y était jamais entrée.

La belle bâtisse baignait sous le soleil d'automne. Ses façades de pierre blonde étaient envahies par endroits de lierres grimpants d'un vert sombre qui venaient lécher le soubassement des fenêtres. Sur les appuis de celles-ci, des balconnières laissaient retomber de splendides géraniums d'un rouge éclatant. Clara en sentit immédiatement les fragrances discrètes.

— Natalia tarde toujours à les mettre à l'abri du froid de l'hiver, expliqua Alexandre. C'est elle qui s'en occupe.

Ils passèrent le porche, entrèrent dans le corps de logis principal.

— Mon logement est à l'étage, prévint Alexandre. Le mas est assez grand pour que nous ayons chacun le nôtre. Le propriétaire s'est réservé les pièces du rez-de-chaussée. Nous n'y pénétrons jamais, sauf Natalia, pour y faire le ménage de temps en temps.

Clara s'interrogeait en montant l'escalier : Est-il convenable de suivre un homme chez lui, d'entrer dans son intimité ?

Elle ne pouvait plus reculer. Sa gorge se serra. Elle chercha Buck de la main, comme pour se rassurer. Il ne les avait pas suivis.

Elle perdait peu à peu ses repères. Les murs épais, les lourdes portes en châtaignier, l'obscurité de la cage d'escalier qu'elle devinait la perturbaient.

Elle écouta attentivement les sons autour d'elle, la moindre résonance, le moindre chuintement d'eau dans les canalisations afin d'imaginer l'espace où elle s'engouffrait. Elle tendit les mains sur les côtés, selon son habitude quand elle prenait ses marques la première fois. Elle enregistrait ainsi la mesure des lieux et leur volume, elle retenait l'écho qu'ils dégageaient et était ainsi capable de se souvenir de tous les endroits qu'elle avait déjà visités.

Alexandre la convia dans la pièce principale qui servait à la fois de cuisine, de salle à manger et de salon.

— Cette maison n'est guère différente de la tienne, toutes les vieilles demeures cévenoles sont presque identiques. Ici, nous sommes dans la salle commune, qui est très spacieuse. C'est la seule qui possède une cheminée, mais les autres pièces sont munies de radiateurs électriques. Sous la fenêtre, dans l'épaisseur du mur, l'ancien potager a été transformé, les trous qui contenaient les braseros en fonte pour la cuisson des aliments ont permis l'installation d'un évier avec l'eau courante. Ça évite de redescendre dans la patouille[1] pour laver la vaisselle.

Clara reconnut aussitôt l'odeur des livres malgré celle de la cheminée, qui dominait, ainsi que celle du vieux cuir.

— Vos fauteuils ne datent pas d'aujourd'hui ! plaisanta-t-elle pour détendre l'atmosphère. Ils ont dû en accueillir, des gens fatigués !

— Ils étaient là à mon arrivée. Tu as raison, ils commencent à dater.

Il la guida vers l'un d'eux.

— Assieds-toi, celui-là te tend les bras.

Elle prit place, toujours aux aguets.

Il lui proposa une collation, qu'elle déclina.

Elle ressentait une certaine gêne devant Alexandre, qu'elle mettait également mal à l'aise.

— Veux-tu que nous poursuivions notre dernière discussion ? lui demanda-t-il. Celle que nous avions en dégustant mon kouglof…

1. Pièce où on lave la vaisselle ou le linge.

Clara n'avait pas l'intention d'évoquer à nouveau ses souvenirs de guerre. Elle espérait seulement percer sa personnalité afin d'être sûre qu'il ne cachait rien de honteux, voire de condamnable. Amaury avait semé le doute dans son esprit.

— Pas spécialement, répondit-elle. En revanche, je reprendrais volontiers un morceau de ce gâteau, s'il vous en reste.

— Ce n'est plus le même… depuis le temps, il serait très sec ! Mais tu tombes bien, j'en ai refait un autre, salé cette fois. Ainsi, tu auras goûté aux deux versions.

Il se précipita du côté cuisine et sortit de ce qui lui servait de garde-manger un appétissant kouglof truffé de petits lardons.

Le silence régnait dans le mas. Aucun bruit n'était perceptible, Clara avait beau tendre l'oreille, être attentive au moindre déplacement d'air, elle n'entendait que la voix douce d'Alexandre qui la complimentait :

— J'ai réfléchi à quelque chose qui te surprendra certainement. Tu as perdu la vue… c'est une dure épreuve que Dieu t'a imposée…

C'était la première fois qu'il évoquait Dieu en sa présence.

Elle se méfia.

— Je ne pense pas que Dieu m'ait imposé quoi que ce soit ! Personne sur terre n'est prédestiné.

— Je ne crois pas non plus à la prédestination comme les calvinistes. Je voulais seulement te dire que, si tu n'as plus tes yeux pour voir le monde comme il est, tu as le droit de te laisser submerger par tes émotions et de les transmettre pour atteindre l'âme des gens.

Clara ne saisissait pas ce qu'il tentait de lui signifier.

— N'interprète pas mal ce que je suis en train de t'expliquer. Je n'essaie pas de te convertir à une doctrine. Je vois en toi une jeune fille capable de réaliser un grand destin. Ta cécité est un atout dont tu devrais te servir pour t'épanouir et toucher l'inaccessible.

Clara ne trouvait pas de mots pour répondre aux paroles bienfaisantes d'Alexandre. Une fois encore, il l'encensait, la galvanisait, l'encourageait à se surpasser.

— Comment entrevoyez-vous mon avenir ? finit-elle par demander, oubliant ses raisons de s'être méfiée de lui.

— Je n'entrevois pas ton avenir, ne te méprends pas. Je souhaite uniquement te donner les moyens de le réaliser. Seule toi, en fin de compte, peux décider de ce que tu désires faire de ta vie. Maintenant, pas demain.

Clara ressentait en Alexandre une générosité qui ne la trompait plus. Ses doutes disparurent subitement, son appréhension s'effaça. Elle écarquilla les yeux comme si, soudain, elle recouvrait la vue.

— Excusez-moi, je me suis égarée, lâcha-t-elle.

— T'excuser ! Pourquoi donc ?

— J'ai failli mal vous juger. J'ai cru un moment que vous tentiez de m'endoctriner. Je suis idiote.

Alexandre se tut.

Il s'éloigna dans la pièce d'à côté. Clara devina qu'il s'agissait de sa chambre.

Quand il revint, son violon dans les mains, il entama l'*Adagio pour cordes* de Samuel Barber.

Clara ne connaissait pas cette œuvre du musicien américain. Elle fut aussitôt transportée par sa ligne mélodique qui montait crescendo et lui provoquait une grande émotion.

— C'est magnifique ! releva-t-elle quand il eut terminé le premier mouvement.

— C'est, de tous les adagios que je joue, celui que je préfère. Veux-tu que je t'apprenne à le jouer ?

Clara ne retint pas son étonnement et s'esclaffa :

— Moi, le jouer ! Vous vous moquez de moi, Alexandre !

— Pas du tout. Je suis sérieux. Il y a longtemps que je songe à t'apprendre le violon. Je n'osais te le proposer. J'attendais le bon moment.

— C'est impossible ! J'ignore jusqu'au b.a.-ba de la musique !

— Je te guiderai. Je suis certain que tu réussiras. Tes oreilles et ta sensibilité seront tes yeux… Je mettrai en toi ce que je ne suis pas…

Il n'acheva pas sa phrase.

— Ce que vous n'êtes pas… c'est-à-dire ? insista Clara.

— Cela n'a pas d'importance… Alors, acceptes-tu ma proposition ? Elle n'engage que toi. Si tu désires te surpasser, en voilà l'occasion. Personnellement, je suis sûr de ce que j'affirme.

Il s'approcha d'elle. Lui mit son violon dans les mains.

Clara frôla sa forme galbée du bout des doigts, pinça une corde, puis deux, saisit l'archet, le frotta sur les cordes.

Il l'aida à positionner l'instrument au creux de l'épaule. Lui prit doucement les deux mains, et l'invita au voyage.

18

Le bonheur

Plus les semaines passaient, plus Clara rayonnait. Son bonheur se lisait sur son visage. Elle ne traversait plus de périodes de repli sur elle-même quand elle se posait des questions sur son avenir ou quand elle ne parvenait pas à atteindre un objectif. Jusqu'à présent, Lucie devait fréquemment la stimuler pour qu'elle croie en elle et admette les progrès qu'elle réalisait dans l'apprentissage du braille. Clara aurait souhaité avancer plus rapidement. Elle était impatiente de se débrouiller seule et de maîtriser cette méthode de lecture dont elle n'avait pas encore percé tous les secrets.

« Connaître le langage des non-voyants exige autant de temps que d'apprendre à lire et à écrire, la rassurait Lucie. Avec cette difficulté supplémentaire qu'au lieu d'utiliser un alphabet de vingt-six lettres nous avons à nous approprier soixante-trois combinaisons successives de six points. De plus, nous sommes privés de la mémoire visuelle. Cela nécessite beaucoup de concentration et de rapidité tactile. Tu t'y entends parfaitement. »

Lucie sentait parfois chez sa jeune élève la crainte de ne pas réussir. Elle ne cessait de l'encourager :

« Tu ne dois pas avoir peur des autres, lui répétait-elle. Tu ne dois pas avoir peur de l'obscurité. La nuit nous appartient, à nous les aveugles et les malvoyants. Rien ne peut nous arriver de mal, car nous savons où nos pas nous guident. Nous voyons avec notre âme beaucoup mieux que les voyants avec leurs yeux. »

Depuis qu'elle avait découvert le violon avec Alexandre, Clara trahissait une joie de vivre que Mélanie ne lui avait pas connue depuis très longtemps. Celle-ci s'en réjouissait tout en se gardant de le relever. Le tunnel que traversait sa fille depuis maintenant plus de trois ans semblait s'éclairer. Certes, Clara ne recouvrerait jamais la vue, mais elle avait acquis une autre façon d'appréhender le monde. Elle le discernait de l'intérieur de son être, en laissant s'exprimer ses émotions, en écoutant les bruissements de la vie imperceptibles aux voyants.

Mélanie était persuadée que sa fille puisait son bonheur retrouvé dans l'amour d'Amaury. Entre elles, le sujet était rarement abordé. Clara se montrait extrêmement pudique et éprouvait une certaine gêne à étaler ses sentiments. Mélanie respectait sa retenue, ne désirant pas l'incommoder en étant indiscrète. Pour la même raison, elle avait toujours évité d'évoquer les amours de Clara devant ses parents. Elle se souvenait trop bien de son propre embarras quand, à l'âge de sa fille, elle aimait secrètement un garçon. Depuis cette lointaine époque, et le drame qu'elle avait subi, elle ne s'était jamais attachée à un homme, alors que les prétendants s'étaient souvent manifestés. L'amour lui manquait cruellement.

Clara avait pris l'habitude d'aller à Terre Neuve tous les mardis. Elle n'aurait jamais oublié un jour de marché à Saint-Jean. D'une semaine à l'autre, elle l'attendait avec impatience. Mais, cette demi-journée ne lui suffisant plus, elle réfléchissait au moyen de s'éloigner du Charmy sans donner l'éveil.

Elle décida de mettre Lucie dans la confidence.

— Me rendrais-tu un service ? lui demanda-t-elle un jour, après sa leçon de braille.

Lucie accepta sans penser que Clara lui proposerait de tromper Mélanie.

— Je t'écoute.

— J'ai besoin de m'absenter de chez moi une journée complète de temps en temps. Et j'aimerais que tu certifies que je vais chez toi, à Saint-André-de-Valborgne. Tu n'auras qu'à prétexter qu'il t'est impossible d'approfondir mon apprentissage à la maison.

Intriguée, Lucie exigea de plus amples explications.

— Pour ne pas te mentir, tous les mardis matin, j'apprends le violon. Mais je n'ai pas assez de temps. Ma mère n'en sait rien et ne doit pas le savoir, sinon elle me l'interdira.

— Pourquoi agirait-elle ainsi ? Au contraire, elle s'en réjouirait !

— Je ne peux rien te dire de plus. Crois-moi. Fais-moi confiance.

Devant les hésitations de Lucie, Clara insista :

— Je t'assure que je ne fais rien de mal... Un jour, ma mère comprendra. Mais c'est encore trop tôt.

Lucie finit par se laisser convaincre.

Avant de quitter le Charmy, elle alla voir Mélanie :

— À partir de la semaine prochaine, serait-il possible que Clara vienne chez moi ? Nous sommes arrivées à un stade où elle a besoin d'assimiler certaines techniques que je ne peux pas lui enseigner à domicile.

Mélanie ne douta pas un instant de la bonne foi de Lucie. Elle accepta sans hésitation.

— Clara se débrouille très bien seule quand elle se promène dans le village. Il faudra seulement aller la chercher à l'arrivée du car, car elle ne connaît pas Saint-André.

Clara faillit exploser de joie. Intérieurement, elle trépignait.

— On commence quand ?

— Jeudi, ça te convient ? Tu pourras...

— Pour moi, c'est parfait, intervint Mélanie. À partir de la semaine prochaine, je vais vendre également mes produits sur le marché d'Anduze, tous les jeudis. J'ai trouvé un producteur de pélardons avec qui je me suis associée pour profiter de sa camionnette. Avec ce que nous avons perdu cet automne, il est urgent que je multiplie mes points de vente. Clara ne restera donc pas seule au Charmy comme le mardi.

Clara n'osa croiser le regard de sa mère.

Si elle savait où je suis tous les mardis ! songea-t-elle.

Alexandre tint parole. À chaque visite de Clara, il cessait immédiatement toute activité et s'occupait d'elle avec beaucoup de patience, d'intuitivité et de savoir-faire.

Il réfléchit à la manière de lui inculquer le solfège sans le support des partitions classiques pour voyants. Clara avait développé une ouïe exceptionnelle. Elle fut très vite capable de reconnaître les notes uniquement en les écoutant. Mettant à profit ses leçons de braille, elle les déchiffrait aussi sur des tablettes où elle les transcrivait à l'aide d'un poinçon, selon une méthode abrégée plus rapide que Lucie lui enseigna. Ainsi, petit à petit, en les mémorisant, elle se préparait à les jouer sur un violon qu'un matin Alexandre lui confia, le premier qu'il avait utilisé dans sa jeunesse.

— Il n'a pas un son merveilleux, admit-il. Il s'agit d'un violon d'études. Mais il te permettra de te familiariser avec l'instrument. Plus tard, quand tu ne feras plus qu'un avec lui, je te prêterai mon Stradivarius, avec lequel je répète mes sonates et mes concertos préférés…

— Un Stradivarius ! s'exclama Clara. Vous possédez un Stradivarius ?

— Héritage de mon grand-père, qui était aussi violoniste. C'est lui qui m'a transmis cet amour pour le violon. Il jouait dans un grand orchestre.

— À Strasbourg ?

— Non, de l'autre côté du Rhin. En Allemagne, dans l'orchestre philharmonique de Cologne. C'était avant que…

Il s'interrompit.

— Avant quoi ? reprit Clara.

— Avant l'arrivée d'Hitler au pouvoir. Après, ça n'a plus été possible. Il a quitté sa place dans l'orchestre et il est rentré en France.

— Pourquoi donc ?

Alexandre temporisa.

— Je te l'expliquerai une autre fois.

Clara n'insista pas.

Ses progrès étaient fulgurants. Son doigté, sa manière de s'approprier l'instrument, de communiquer avec lui, de lui transmettre ses émotions laissaient Alexandre admiratif.

— En te proposant de t'initier au violon, lui avoua-t-il quatre mois après sa première leçon, je ne me serais jamais imaginé que tu révélerais un tel talent ! Apprendre la musique, c'est apprendre une nouvelle langue. Ce n'est pas évident pour tout le monde. Toi, tu y excelles !

Clara en effet se moquait des difficultés. Il lui semblait que l'instrument était le prolongement de ses mains. Elle trouvait immédiatement le positionnement de ses doigts sur les cordes. Elle utilisait instinctivement les vibratos les plus expressifs, donnait la bonne nuance et la bonne couleur à chacun des passages qu'elle étudiait.

Alexandre n'avait pas de mots assez élogieux pour la féliciter et l'encourager :

— Tu as tout compris : jouer du violon, c'est aussi faire travailler son cerveau. Il faut avoir beaucoup de qualités pour réussir : patience, concentration, mémoire, persévérance, exigence, estime de soi, et surtout avoir de l'oreille. Tu es dotée de toutes ces qualités. Si tu persistes, Clara, je ferai de toi une vraie musicienne.

Clara se révélait, s'étonnait elle-même. Elle se souvint soudain de ce que sa mère lui avait prédit, quelques mois plus tôt : « Je suis certaine qu'un grand destin t'attend, que tu prendras bientôt ton envol vers un horizon plein de promesses. »

Elle se mit à rêver. Sa mère aurait-elle deviné ce que l'avenir lui réservait ?

Elle se ressaisit aussitôt. Clara n'était pas du genre à se bercer d'illusions. Elle avait traversé suffisamment d'épreuves dans sa courte vie d'adolescente pour se laisser aller à croire à des chimères.

Le violon lui plaisait. Elle avait conscience qu'elle avait beaucoup de facilités et qu'avec Alexandre elle était à bonne école. Toutefois elle ne se projetait pas ailleurs que dans son univers rassurant du Charmy, auprès des siens, dans son petit monde ordinaire où la musique n'était qu'un moyen supplémentaire de s'évader et d'échapper à la nuit permanente.

Au fil des mois, Alexandre transmettait son art à son élève, avec douceur et patience. Quand elle s'énervait sur une note difficile à effectuer, nécessitant beaucoup de doigté et de précision, il lui soutenait la main, la guidait au millimètre près, sans jamais la serrer trop fort contre lui pour ne pas créer chez elle un sentiment de malaise. Il était conscient qu'à l'âge de Clara une jeune fille pouvait très vite s'enflammer.

Il ne voulait surtout pas qu'on lui reproche un jour d'avoir abusé de son pouvoir de séduction auprès d'une élève. Aussi gardait-il ses distances et une grande réserve lorsqu'il corrigeait la position des doigts de Clara sur les cordes ou sa manière de placer l'instrument au creux de son épaule.

« Tiens-toi bien droite, les épaules et les bras détendus, lui répétait-il quand elle se fatiguait. Plie le bras gauche sur le côté, ton coude bien en avant... Ne relève pas l'épaule, redresse la tête. Ainsi, l'espace sous ton menton sera parfait pour accueillir le violon. N'approche pas ton archet trop près du chevalet... pas trop loin non plus. Remonte ton deuxième doigt... Respire... Relaxe-toi... »

Clara s'appliquait et ne rechignait jamais devant l'effort. Elle enregistrait tous les conseils d'Alexandre et les suivait à la lettre. Elle témoignait là encore d'une ténacité et d'une abnégation égales à celles qu'elle avait démontrées quand son handicap s'était déclaré.

« Si seulement ta mère te voyait ! regrettait Alexandre. Elle serait encore plus fière de toi. Quand lui parleras-tu sans détour ?

— C'est trop tôt. Elle ne comprendrait pas. Depuis que je viens ici en cachette, elle ne s'est doutée de rien. Si elle l'apprend, elle sera furieuse, et effondrée aussi, que je lui aie désobéi et que je l'aie trompée. Je pourrai dire adieu à nos leçons de violon. »

Clara souffrait néanmoins de garder son secret pour elle. Elle ne s'en était même pas ouverte à Amaury.

Si elle lui avouait revoir Alexandre de temps en temps, elle ne lui expliquait jamais le motif de ses visites à Terre Neuve. Amaury n'en prenait pas ombrage, persuadé que Clara recherchait dans la présence d'Alexandre le père qui lui manquait.

De plus, préoccupé par la préparation de son baccalauréat, il ne lui consacrait plus beaucoup de temps en dehors des vacances scolaires. S'ils étaient toujours aussi attirés l'un par l'autre, ils ne s'étaient pas engagés beaucoup plus dans leur relation. Amaury n'avait pas encore décidé de franchir le pas et Clara ne semblait pas s'impatienter.

Il n'ose pas, se disait-elle comme pour se rassurer.

Elle n'était pas pressée non plus de se donner à lui, craignant de ne pas être à la hauteur de ses attentes.

De son côté, Amaury repoussait l'échéance pour éviter de brusquer Clara. Sa cécité représentait un obstacle qui l'empêchait d'agir avec elle comme si de rien n'était.

S'il s'était toujours gardé de toute compassion envers elle, il considérait toutefois leur relation comme différente d'une relation normale. Cela ne l'effrayait pas. Il se sentait seulement quelque peu freiné dans son élan.

Un samedi soir, alors que Mélanie et ses grands-parents étaient partis assister à un loto de la paroisse au profit des orphelins de la Croix-Rouge, Clara décida de crever l'abcès et de le mettre à l'épreuve.

Elle avait revêtu une tenue légère, une petite jupe courte et moulante qui lui arrivait bien au-dessus des genoux, un chemisier de soie à travers lequel on devinait ses formes. Elle avait déployé ses cheveux sur ses épaules et, exceptionnellement, d'un geste habile comme si elle y voyait, s'était légèrement maquillée en passant sur ses paupières un fard orangé qui sublimait la couleur turquoise de ses yeux. Un trait de crayon à la naissance des cils semblait intensifier et ouvrir son regard.

Amaury s'extasia aussitôt lorsqu'elle apparut dans l'embrasure de la porte.

— C'est pour moi que tu t'es faite si belle ce soir ?

— Non, plaisanta-t-elle. J'attendais mon amant !

— Qui ça ?

— Tu ne devines pas ? Alexandre, pardi !

— Ce n'est pas drôle !

Clara avait décidé de détendre très vite l'atmosphère. Amaury se comportait toujours de façon trop sérieuse avec elle. Elle se reprochait d'en être la cause, consciente que sa cécité réfrénait son désir envers elle.

Elle l'invita à s'installer dans le canapé du salon et plaça un disque d'Elvis sur la platine. Puis elle lui servit un verre de Coca-Cola et vint s'asseoir à côté de lui.

Il la serra dans ses bras, l'embrassa amoureusement, s'enquit :

— Tes parents vont rentrer tard ?

— Oui, on est tranquilles jusqu'à minuit au moins. La soirée nous appartient.

Il se montra de plus en plus pressant.

Elle répondit à ses avances. Prit ensuite quelques initiatives.

S'interrompit brutalement.

— Espères-tu vraiment qu'un jour nous nous marierons ? demanda-t-elle.

— Quelle question stupide ! Je n'en ai jamais douté. Remettrais-tu en cause la promesse que nous nous sommes faite il y a des années ?

— Je me pose parfois la question, en effet. Tu me parais si peu… enfin tellement…

— Nous nous marierons et nous aurons beaucoup d'enfants !

— Alors, si nous commencions ce soir ?

— Tu veux faire un enfant ce soir… avec moi ?

— Non, nigaud, avec le voisin ! Avec qui crois-tu que je veuille un jour avoir un enfant ?

Elle le renversa sur le canapé, s'installa sur lui à califourchon.

— Ici, maintenant, persista-t-elle. Je suis prête.

Elle se redressa. Ôta son corsage. Fit glisser sa jupe, qui tomba sur le tapis.

Elle resta devant lui sans bouger, nue, les mains tendues en signe d'invitation.

— C'est sûrement ça, le bonheur… fit-il.

— Suis-moi.

Elle l'entraîna dans sa chambre.

Il la suivit, sans prononcer un mot. Ému. Intimidé.

Elle le précéda sur son lit. L'attira vers elle. Le déshabilla lentement.

— Tiens, lui dit-elle en s'étirant vers le tiroir de sa table de nuit. J'ai tout prévu. Pour l'enfant, on attendra encore un peu.

Il s'allongea à ses côtés, la caressa tendrement et l'emmena dans un abîme où elle n'avait pas besoin de ses yeux pour découvrir ce qu'il avait à lui offrir.

Ce soir-là, elle lui avoua un secret :

— Alexandre m'apprend le violon. Après toi, c'est ça aussi, le bonheur !

QUATRIÈME PARTIE

19

L'explication

1962

La date du baccalauréat approchait. Amaury appréhendait ce jour si important pour tous les lycéens qui, comme lui, se destinaient à de plus longues études. Il révisait sans relâche, dans l'espoir de décrocher une mention. Celle-ci ne lui servirait à rien pour entrer en pharmacie mais lui prouverait son niveau et l'encouragerait pour la préparation du concours. Il espaçait de plus en plus ses rendez-vous avec Clara, au point que celle-ci commençait à s'interroger.

Elle s'en plaignait parfois à Lucie pendant ses cours de braille.

Elle l'avait mise dans la confidence de ses amours, sans toutefois lui avouer ce qui appartenait à présent à leur intimité. Lucie ne parvenait pas à lui ôter ses craintes d'être peu à peu délaissée par Amaury quand ce dernier, une fois à Montpellier, rencontrerait des étudiantes sur les bancs de la faculté.

« Que suis-je à côté de ces filles qui, comme lui, ont eu la chance de poursuivre leur scolarité et sont destinées à un brillant avenir ? Une malheureuse aveugle dépendante des autres ! »

Lucie la secouait quand elle s'écoutait trop :

« Tu rayonnais de bonheur, ces derniers mois ! Pourquoi ce changement d'état d'esprit ? Tu n'as pas le droit de te morfondre ainsi. Amaury ne te délaisse pas, il révise assidûment son bac. Tu pourrais le comprendre !

— Heureusement qu'il y a le violon… et Alexandre ! Sans cela, je me sentirais très seule ! »

En réalité, Clara avait surtout besoin de reconnaissance. Personne en dehors de Lucie ne savait ce qu'elle était en train de réaliser. Elle mourait d'envie de clamer sur tous les toits : « Regardez, moi, la pauvre petite aveugle, je joue du violon, je lis la musique, je me réalise aussi bien que si j'avais mes yeux pour voir ! »

Clara en effet ne cessait de progresser. Elle ne pouvait plus se passer des leçons de violon d'Alexandre, devenu son mentor, son confident, son port d'attache quand, dans sa tempête intérieure, elle perdait pied et recherchait un point d'ancrage. Elle enregistrait à une vitesse folle, retenait les morceaux qu'il lui choisissait sans la moindre difficulté.

« Je n'ai jamais rencontré quelqu'un d'aussi doué que toi ! ne cessait-il de la complimenter. J'ai l'impression que tu as appris le violon dans une autre vie… »

Alexandre nourrissait de sérieux espoirs pour sa jeune élève.

« Tu brûles les étapes. J'aimerais un jour te présenter devant un public, comme un véritable petit prodige. Pour cela, il faudrait que tu sautes le pas. »

Clara feignait de ne pas comprendre quand Alexandre sous-entendait qu'elle devrait tout révéler à sa mère.

« Sur ce point-là, tu te complais à vivre dans l'ombre ! lui reprochait-il sans animosité. Cela ne correspond pas à la jeune fille pleine d'allant que je connais depuis plus d'un an. Tu te déplaces jusqu'ici sans aide, sans chien guide, comme une voyante ; tu trompes les gens en leur faisant croire que tu y vois aussi bien qu'eux ; tu refuses de considérer ta cécité comme un handicap ; et cependant, tu persistes à demeurer dans ta nuit lorsqu'il s'agit de t'ouvrir devant les tiens ! Je ne t'approuve pas, Clara. Manquerais-tu de courage ? »

Il cessa de la sermonner. La laissa réfléchir. Il l'avait perturbée, il s'en rendait compte. C'était son intention.

Un matin, Clara éclata tout à coup de colère. Alexandre, d'une réflexion anodine, venait de réveiller en elle la fille gagneuse, la combattante, la volontaire.

— Je n'ai jamais manqué de courage ! s'écria-t-elle. Je l'ai maintes fois prouvé ! Pensez-vous qu'il soit facile de vivre au quotidien, privé de la lumière du jour ?

Ses joues s'empourpraient. Ses yeux fixaient Alexandre sans ciller, réprobateurs. Sa respiration s'accélérait. D'un naturel réfléchi et apaisé, Clara perdait rarement son calme. Alexandre venait de la pousser dans ses retranchements, sans la ménager, comme ne l'osait jamais Mélanie, davantage pour ne pas la froisser que par compassion.

— Vous n'avez pas le droit de douter de moi ! ajouta-t-elle. Vous n'êtes que mon prof de violon ! Ça ne vous donne pas le droit de me juger !

Elle abandonna son instrument sur la table, jeta son archet par terre, colérique, se précipita dans un fauteuil pour pleurer, repliée sur elle-même.

— Alors, bats-toi jusqu'au bout, poursuivit Alexandre. La reconnaissance, ça se gagne. Tu excelles au violon, mais ce n'est qu'un don que le ciel t'a offert, peut-être en échange de tes yeux. Le regard des autres, pour le changer, il ne suffit pas de feindre de ne pas être différente d'eux, il te faut les convaincre que tu es meilleure qu'eux !

Il s'approcha d'elle, la prit dans ses bras. C'était la première fois qu'il se permettait un tel geste.

— Je regrette de t'avoir peinée, Clara. Je voulais seulement te secouer. Car tu mérites mieux que ce que tu t'infliges à toi-même. J'ai une grande confiance en toi. Pas seulement pour tes capacités musicales, mais aussi pour ta ténacité et ta capacité à surmonter les épreuves. Tu représentes un exemple pour tous ceux qui sont dans le malheur et n'ont pas ta force de caractère. Moi, je crois en toi. Alors, va au-devant des tiens afin qu'ils croient aussi en toi pour ce que tu vaux vraiment.

Clara se calma. Elle essuya les larmes sur ses joues d'un revers de main, renifla comme un enfant chagriné, se leva lentement en hésitant, à la recherche de son archet. Alexandre la laissa tâtonner sans intervenir. Elle le ramassa, reprit son violon sur la table, entama *La Petite Musique de nuit* de Mozart.

Il n'eut pas à la corriger. Elle s'évada seule dans ses rêves.

Quand elle eut terminé, elle lui déclara :

— Bientôt, je parlerai à ma mère.

Elle attendit plusieurs jours avant de se décider. Elle repoussait sans cesse le moment, pressentant qu'elle courait à l'échec. Quelle serait la réaction de Mélanie, en effet, quand elle lui apprendrait qu'elle lui désobéissait depuis si longtemps et rendait visite chaque semaine à Alexandre ?

Au Charmy, Mélanie était très affairée à remettre en état les champs dévastés à l'automne précédent par la tempête. Elle avait embauché un ouvrier agricole pour l'aider aux plus lourds travaux. Après les maigres récoltes de printemps, elle lui avait commandé de labourer la moitié de ses terres emblavées afin de repartir sur d'autres cultures moins exposées aux caprices du ciel. Puis ils avaient entrepris de reconstruire la serre et de replanter des fleurs nouvelles.

Le soir, exténuée, elle s'affalait dans son canapé devant la télévision et s'endormait toujours avant la fin de l'émission que regardaient Ruben et Jeanne d'un œil distrait, regrettant les veillées d'antan, l'époque où ils passaient leurs soirées en compagnie de leurs voisins et non devant un écran.

Devant leurs yeux mi-clos défilaient les images du premier jour de l'indépendance de l'Algérie[1], retransmises par le journal télévisé de vingt heures.

— Ah ! se secoua Ruben. Il était temps que tout cela se termine. Les Algériens ont enfin choisi l'autodétermination. J'espère que la paix va régner dans ce pays et entre nos deux peuples !

— Qu'est-ce que tu dis ? fit Jeanne, sortant de sa somnolence. Tu parles tout seul, maintenant !

— Je croyais que Clara était à mes côtés, se justifia Ruben. Nous suivons l'actualité, nous ! On ne se contente pas de Guy Lux et de *La roue tourne*[2] !

Ce soir-là, Clara était partie chez Amaury, qui venait d'apprendre son résultat au baccalauréat.

— J'ai obtenu la mention très bien, lui annonça-t-il dès son arrivée. Je n'en espérais pas tant !

— Te voilà donc armé pour la fac ! Avec un tel niveau, le concours sera un jeu d'enfant pour toi !

— Pas si sûr ! Il y a une grande part de chance dans un concours. En tout cas, j'ai mon passeport pour Montpellier.

---

1. 3 juillet 1962.
2. Émission lancée en 1960 sur la RTF, la télévision française de l'époque.

Clara chassa de son esprit l'idée qu'Amaury s'échapperait bientôt sous d'autres cieux.

Elle se réjouit à son tour :

— Tu peux être fier de toi. J'aimerais que tu le sois aussi de moi, ajouta-t-elle. Malheureusement...

Il l'interrompit :

— Mais je suis fier de toi ! Tu es une fille formidable !

Clara hésitait. Elle jugea le moment opportun pour lui annoncer enfin le motif réel de ses allées et venues à Terre Neuve. C'était décidé : elle se dévoilerait devant les siens, sans détour et sans honte.

— J'apprends le violon, lui dit-elle sans tergiverser plus longtemps.

Amaury écarquilla les yeux d'incompréhension.

— Tu fais quoi ?

— Tu as bien entendu. Depuis plusieurs mois, Alexandre m'initie au violon. C'est un prodigieux violoniste. Et il affirme que je suis très douée.

Amaury semblait ne pas saisir. Clara lui expliqua dans les détails ses escapades à Terre Neuve et le mensonge dans lequel elle vivait.

Après quelques minutes de stupéfaction, Amaury concéda :

— Pourquoi me l'avoir caché, à moi aussi ? Tu n'avais pas confiance ?

— Je ne souhaitais pas le divulguer tant que je n'étais pas sûre de moi. C'est en moi que je manquais de confiance. Alexandre m'a convaincue de tout vous dire.

Amaury fut soulagé. Par moments, il doutait, craignant que Clara ne se soit éprise de cet homme mystérieux qu'il n'avait jamais aperçu.

— Il a raison, ton Alexandre. Avertis ta mère et tes grands-parents. Il est malsain de vivre dans le mensonge.

Ensemble, ils fêtèrent son succès en l'absence de Lise, retenue à Alès par un ami qu'elle fréquentait à l'insu de son fils. Ils se donnèrent l'un à l'autre, insouciants mais heureux, sans penser qu'elle pouvait rentrer plus tôt que prévu.

Amaury avait l'intention d'inviter Clara deux semaines en camping pour profiter de l'été avant de songer à la rentrée universitaire de septembre. Il pria Clara d'en discuter chez elle afin d'obtenir le consentement des siens.

— Je les mettrai au courant ce soir, promis, lui assura-t-elle. Puis je leur avouerai ce que je leur cache depuis trop longtemps.

Forte de ses bonnes résolutions, Clara retourna au Charmy dans l'espoir que sa mère serait disposée à l'écouter.

Mélanie veillait seule au salon. Ses parents étaient montés se coucher de bonne heure selon leur habitude quand ils ne regardaient pas la télévision avec elle. Elle s'impatientait de voir revenir Clara. Il était presque minuit ; or elle lui avait ordonné de ne pas s'attarder au-delà de vingt-deux heures.

Clara, ne pouvant pas lire l'heure au cadran de la montre qu'elle portait néanmoins au poignet et ne s'étant pas rendu compte du temps écoulé, ne se souciait pas d'être en retard.

— C'est à cette heure-ci que tu rentres ! lui reprocha Mélanie sans lui permettre de s'excuser. Je t'avais fixé une limite. Je n'aime pas te savoir dehors la nuit !

Clara comprit très vite que sa mère n'était pas prête à l'écouter se justifier.

Elle fut tentée de remettre sa confession à plus tard.

— Que t'a dit Amaury ? enchaîna Mélanie. Il doit être heureux d'avoir réussi son bac !

Clara se sentit piégée. Elle avait promis à Amaury de ne plus mentir à sa mère. Elle s'était aussi engagée devant Alexandre.

— J'ai deux choses à te confier, commença-t-elle. Tu n'es pas trop fatiguée ?

— C'est bon, ma journée n'a pas été trop pénible. Je t'écoute.

Clara inspira profondément et se lança :

— Voilà... Amaury voudrait m'emmener deux semaines en camping cet été, pour fêter sa réussite au bac...

— En camping ! Toi et lui... seuls, tous les deux ?

— Oui, je ne risque rien, je suis assez autonome, non ? Et puis, Amaury sera avec moi, au cas où j'aurais besoin d'aide.

— Là n'est pas la question, ma chérie, tu t'en doutes ! C'est que... enfin, tu me comprends !

— Maman, nous aurons bientôt dix-huit ans. Nous ne sommes plus des enfants !

— Tu me places devant le fait accompli !

— Tu avais mon âge quand je suis née ! Tes parents te laissaient donc libre de tes mouvements !

Mélanie était embarrassée.

— J'y réfléchirai, biaisa-t-elle. Je te donnerai ma réponse demain matin. La nuit porte conseil, comme on dit… Et de quoi d'autre voulais-tu me parler ?

Clara se cala calmement dans un fauteuil, prit une forte inspiration.

— C'est plus difficile à t'expliquer. Jure-moi d'abord de ne pas te mettre en colère…

— Bigre ! De quoi s'agit-il ? Une grosse bêtise… non… pas avec Amaury ? Ne me dis pas que tu es… que tu es enceinte !

Clara éclata de rire.

— Rassure-toi. Cette fois, il n'est pas question d'Amaury.

— De qui alors ? Ou de quoi ?

Clara hésitait. Mélanie la vit s'assombrir, fermer les paupières, ce qu'elle faisait rarement quand elle discutait. Les secondes de silence qui suivirent l'inquiétèrent. Pourtant, un instant plus tôt Clara semblait se réjouir à l'idée de partir en vacances avec Amaury !

— Tu ne vas pas apprécier… commença Clara pour préparer sa mère à entendre une vérité difficile à admettre.

— Qu'essaies-tu de m'avouer ? Nous n'avons pas l'habitude de nous cacher des choses, toutes les deux !

Clara tourna la tête en direction de sa mère, ouvrit grand les yeux, se força à sourire et se lança :

— Je revois Alexandre Honegger.

— Qui ça ?

— Alexandre Honegger ! L'homme qui est venu ici, au Charmy, l'année dernière, et que tu as mis à la porte en me demandant de l'oublier...

Stupéfaite, Mélanie en demeura muette. Clara s'attendait à une vive réprobation de sa part.

Mélanie dévisageait sa fille. De folles pensées lui traversaient l'esprit.

— Pourquoi me regardes-tu comme ça ? devina Clara. N'en profite pas. Tu sais très bien que je perçois toutes tes réactions. Je me doute que tu me désapprouves. J'ai hésité longtemps avant de me décider à te parler franchement. Je n'étais pas prête... et toi, tu n'étais pas prête à m'entendre...

— Tu revois cet individu ! s'insurgea enfin Mélanie, sortant de sa stupeur. Et depuis quand ?

— Depuis le premier jour. Je le retrouve à Terre Neuve.

Mélanie baissa la tête.

Comment sa fille... sa petite fille, en qui elle avait toute confiance, avait-elle osé lui mentir de cette manière, lui désobéir, en fréquentant un inconnu, un bonimenteur affairé à détourner les âmes sensibles et vulnérables... un homme qui pourrait être son père ?

— Laisse-moi, lui ordonna-t-elle. Monte te coucher. J'en ai assez entendu pour ce soir.

— Maman...

— Obéis ! Nous reparlerons de tout cela demain matin. N'attends pas de moi que je t'approuve. Quant à ton idée de partir en camping avec Amaury, n'y compte plus. Que penserait-il de toi, ce pauvre garçon, s'il apprenait que tu le trompes derrière son dos ? Et avec un... un...

Elle ne put achever sa phrase, trop bouleversée.

— Tu t'égares, maman ! s'affola Clara, soudain consciente du quiproquo qu'elle avait créé elle-même sans le vouloir. Alexandre n'est rien pour moi... rien d'autre que mon professeur de violon !

Mélanie était complètement désemparée. Sur le moment, elle crut que sa fille perdait la raison et était prête à n'importe quel mensonge pour se disculper.

Elle se serra la tête dans les mains, les yeux noyés de larmes, tandis que Clara, lentement, s'éloignait.

— Qu'ai-je fait au bon Dieu pour mériter cela ? soupira-t-elle. Ça n'en finira donc jamais !

Clara s'arrêta au pied de l'escalier, attristée de sentir sa mère à ce point désespérée.

— Maman, je t'assure, reprit-elle, je ne fais rien de mal. Je ne te mens pas. Et Alexandre n'est pas l'homme que tu crains. Grâce à lui, je me suis découvert une passion, un talent caché d'après lui : la musique. Il pense que je deviendrai une grande violoniste à force de travail. Ne le juge pas sur des a priori.

— Comment veux-tu que je te prenne au sérieux après ce que tu as osé dissimuler pendant tant de mois ? répliqua Mélanie en guise de fin de non-recevoir. Tu me déçois beaucoup, Clara. À demain.

20

Confrontation

Mélanie passa une nuit blanche. Le lendemain matin, elle était dans tous ses états. Elle partit tôt sur ses terres retrouver Jérôme, son ouvrier agricole. Ce dernier était en train de fixer une clôture autour d'un pré dévasté par les sangliers.

— Vous venez constater les dégâts ? s'enquit-il aussitôt sans remarquer sa mine défaite. Ils ont encore labouré à notre place ! Faudrait que les chasseurs organisent une battue pour en éliminer quelques-uns. Ça ne peut plus durer !

Mélanie ne réagissait pas, préoccupée par sa dispute avec Clara.

— Ça n'a pas l'air d'aller, releva alors Jérôme. Vous n'avez pas bien dormi ?

— À qui le dites-vous ! Je n'ai pas fermé l'œil.

— Des ennuis, si je ne suis pas indiscret ?

— M'en parlez pas ! Quand ça s'y met !

Jérôme ne dit mot, n'osant importuner sa patronne.

— N'ayez surtout pas d'enfants ! continua Mélanie.

— Ah, votre fille vous crée des petits tracas ! C'est l'âge ! Ça passera.

— Vous connaissez un certain Honegger, Alexandre Honegger ?

Jérôme parut étonné par la question de Mélanie.

— Oui. Pourquoi ? C'est cet homme, l'objet de vos soucis ?

— Un peu...

— Je ne comprends pas pourquoi. Il ne commet aucun mal. Ils sont quatre, avec lui, à L'Estréchure, des Allemands, je crois. Ils offrent leur aide aux gens qui souffrent de solitude, une sorte d'aide à domicile. Dans nos campagnes reculées, nombreux sont ceux qui vivent sans parents, sans enfants et sans amis. Mis à part le facteur, ils ne voient personne. Ils proposent même leurs services à ceux qui ne peuvent plus se déplacer. C'est très généreux de leur part !

Mélanie avait déjà entendu ce discours. Ça ne la rassurait pas pour autant.

— Ils vous ont démarchée au Charmy ? Votre fille les a reçus ?

— Oui, c'est pour cette raison que je vous ai posé cette question.

— Vous n'avez rien à craindre, ils sont inoffensifs. En tout cas, ils entretiennent très bien le domaine de Terre Neuve. On devrait les montrer en exemple.

Jérôme agaçait Mélanie. Elle n'attendait pas de lui des louanges à propos de ce Honegger et de ses amis.

Elle abandonna son ouvrier agricole à sa clôture et disparut sans rien ajouter.

Elle rentra à la ferme sans s'attarder.

Clara n'était pas encore levée. Elle non plus n'avait pas fermé l'œil, profondément angoissée par la réaction de sa mère. Toute la nuit, elle avait ressassé des idées noires, égarée dans des conjectures plus extravagantes les unes que les autres.

Elle avait même imaginé s'enfuir avec Amaury, loin du Charmy, pour ne plus jamais revenir. Mais, consciente qu'il n'accepterait jamais de sacrifier son avenir pour un coup de tête de sa part, elle avait ensuite songé à s'en remettre à Alexandre. Partir avec lui, lui demander sa protection, son soutien ; ensemble ils se produiraient sur les plus grandes scènes, joueraient en duo devant des salles combles ; on viendrait les applaudir de partout. Elle serait célèbre grâce à lui. Et un jour, sa mère lui pardonnerait… Oui, elle comprendrait son erreur, regretterait son manque de confiance en elle et en Alexandre, qui ne désirait que son bonheur.

Au petit matin, une fois ses idées redevenues plus sereines, elle réalisa qu'elle avait déliré toute la nuit. Elle s'effondra. S'enfouit la tête sous l'oreiller et sombra enfin dans le sommeil.

— Déjà de retour ? s'étonna Ruben qui finissait de déjeuner, un bol de café fumant devant lui. Je m'apprêtais à te rejoindre.

— Pas la peine. Je pars tout à l'heure.

— Et le travail ? Tu comptes sur moi ? Demain, c'est le marché à Anduze. Il faut préparer la marchandise. Ça ne se fera pas tout seul.

— Cesse de ronchonner, papa. En ce moment, j'ai d'autres soucis. Alors, n'en rajoute pas. Tu te débrouilleras parfaitement sans moi.

— Qu'est-ce qui te chagrine tant ?

Et Mélanie de raconter à son père l'objet de ses griefs contre sa fille.

Ruben ne s'était aperçu de rien. Quand Clara s'absentait, il pensait qu'elle allait chez une amie au village ou sortait pour s'aérer. Il ne la soupçonnait pas de tromper sa mère. À ses yeux, sa petite Clara demeurait son rayon de soleil, sa complice lorsqu'il cachait ses petits travers à Jeanne. Ils s'accordaient bien tous les deux.

Il ne la voyait pas grandir.

Avec elle, il ne se voyait pas vieillir.

— Je comprends que tu sois secouée, ma fille. Mais ne condamne pas Clara trop vite. Si elle t'a menti, c'est qu'elle n'osait pas te parler. Maintenant qu'elle a avoué, pardonne-lui.

— Tu voudrais que je l'abandonne dans les mains de cet individu ? Sans connaître ses réelles intentions ! Même s'il est vrai qu'il lui apprend le violon, rien ne prouve qu'il n'a pas dans la tête des arrière-pensées dangereuses. Comment réagiras-tu le jour où on t'annoncera que ta petite-fille a été enlevée ou vio…

Elle buta sur le mot.

— … ou abusée par cet homme ? rectifia-t-elle in extremis.

Ruben se frotta le menton de ses doigts rugueux, souleva la visière de la casquette qui ne le quittait jamais.

— Hum… Je… je n'avais pas envisagé une telle hypothèse… Tu as raison, il faut te renseigner et agir en conséquence, avant qu'il ne soit trop tard. Veux-tu que je t'accompagne, on ne sait jamais ? En ma présence, il ne s'en prendra pas à toi.

Mélanie déclina la proposition de son père et se prépara sur-le-champ pour ne pas rater le car pour L'Estréchure.

Pour la seconde fois, elle se rendit au domaine de Terre Neuve. Elle n'avait pas décidé comment elle procéderait une fois sur place : affronter directement Alexandre Honegger et exiger qu'il laisse sa fille tranquille, quitte à le menacer ; ou l'épier, comme avec son amie Adeline, pour parfaire son jugement et découvrir la preuve de ses allégations à Clara afin que celle-ci, mise au pied du mur, réalise ses erreurs et fasse amende honorable ?

Elle n'eut pas à passer le porche par lequel Clara entrait chaque semaine dans la propriété de Paul Tremblay. En abordant les terres du domaine, elle aperçut de loin un homme qu'elle reconnut aussitôt.

Comme l'inconnu qu'elle avait observé lors de sa première venue, Alexandre était torse nu et travaillait seul, à remonter un mur qui lui parut colossal. À ses pieds gisait un amoncellement de pierres prêtes à être repositionnées, le mur étant éventré sur plus de trois mètres de hauteur et dix de largeur. Un trou béant attestait des ravages occasionnés par les pluies torrentielles. Alexandre avait édifié une sorte de treuil afin de hisser les pierres les plus volumineuses sur le sommet du mur. Il s'acharnait à briser les plus grosses à l'aide d'une masse qui rebondissait à chaque coup qu'il assénait d'une force herculéenne. Son corps ruisselait de transpiration. Son visage se crispait. Ses muscles s'étiraient sous l'effort.

Dès qu'il avait fini de casser quelques pierres, il les plaçait délicatement les unes sur les autres, bien calées pour éviter qu'elles bougent, les plus lourdes d'abord, les plus légères au-dessus, tout en respectant le fruit indiqué par un cordeau tendu entre deux piquets plantés à chaque extrémité de l'ouvrage. Ainsi, l'épaisseur du mur diminuait au fur et à mesure de son élévation et lui conférait toute sa solidité.

Il s'y entend ! s'étonna Mélanie. Pour un musicien, il ne ménage pas ses mains…

Sur le moment, elle douta des affirmations de Clara. Un violoniste ne prendrait pas le risque de se mutiler en manipulant de si grosses pierres ! Elle connaissait les dangers du travail manuel. Les blessures pouvaient être fatales pour qui n'était pas habitué à de tels efforts.

Elle m'a menti ! songea-t-elle, profondément courroucée et désillusionnée.

Cet Alexandre n'était pas plus violoniste qu'elle ! Que lui trouvait donc Clara ? Il lui avait lavé le cerveau ! Sous ses allures d'homme charitable, il avait profité de sa crédulité pour la convertir… Une secte ! Oui, Clara était tombée dans une secte !

Ces réflexions ne cessaient de tourner et retourner dans sa tête. Mélanie était paralysée de frayeur à l'idée que sa fille ait pu être endoctrinée. Elle avait ouï dire qu'il était extrêmement difficile d'extraire les malheureuses victimes de ces nouvelles Églises. Certaines finissaient parfois par renier père et mère pour suivre leurs gourous...

Un bruit fracassant la sortit alors de ses funestes pensées. Le mur s'était effondré. Alexandre se trouvait coincé sous un amas de pierres, les jambes prises comme dans un étau. Il essayait de se dégager du piège qui s'était refermé sur lui, haletait mais ne criait pas.

Mélanie demeurait sans réaction, n'osant se dévoiler.

Il parvint peu à peu à se libérer. Son pantalon était déchiré, sa jambe saignait.

Il est blessé, songea Mélanie. Il a besoin d'aide.

Elle quitta sa cachette et s'approcha de lui. Grimaçant de douleur, il ne la reconnut pas. Elle lui proposa d'aller chercher du secours, l'aida à se redresser, se penchant au-dessus de son visage pour le saisir sous les aisselles et l'aider à s'adosser au muret.

Elle éprouva alors une étrange impression, identique à celle qu'elle avait eue lorsqu'il était apparu au Charmy. Une image évanescente. Comme un retour en arrière.

Décidément, cet Alexandre Honegger ne lui était pas inconnu !

Elle l'avait forcément rencontré, et pas seulement dans ses cauchemars...

Elle courut jusqu'au mas, y trouva Natalia et Otto, occupés à un travail de jardinage. Elle les informa que leur ami s'était blessé et nécessitait des soins.

Elle refusa leur invitation à les attendre, le temps de ramener Alexandre. Elle ne tenait plus à se retrouver en face de lui.

En rentrant à Saint-Jean, elle ne cessa de fouiller dans ses souvenirs, pour tenter de comprendre où elle avait déjà croisé cet homme. Finit par renoncer.

Je dois me tromper, jugea-t-elle en arrivant chez elle.

La vie au Charmy s'était engrisaillée. Clara reprochait à sa mère son manque de confiance et de lui avoir interdit de partir camper avec Amaury. Mélanie, de son côté, refusait de soulever à nouveau le problème. Loin d'être clos, celui-ci demeurait entier, car les non-dits et les silences entre mère et fille empoisonnaient l'existence de tous. Ruben et Jeanne se demandaient pourquoi toutes les deux n'essayaient pas de se réconcilier. Jusqu'à présent, elles ne s'étaient jamais disputées aussi longtemps.

Clara ne voyait plus personne en dehors de Lucie, qui continuait à lui prodiguer ses leçons. La jeune malvoyante regrettait d'avoir accepté de mentir pour l'aider.

— J'ai eu tort de t'écouter, lui avoua-t-elle un matin. J'ai trompé ta mère et n'ai fait qu'ajouter de la discorde entre vous. C'était une très mauvaise idée de te permettre de t'absenter toute une journée pour retrouver cet homme. Je suis complice et aussi coupable que toi de ce qui arrive.

— Tu n'as rien à te reprocher, lui objecta Clara. La seule fautive, c'est moi. Mais je suis très déçue par la réaction de ma mère. Je la croyais plus ouverte. Elle s'acharne à condamner Alexandre sans preuve.

— Je vais lui parler, cela aidera peut-être à débloquer la situation entre vous.

— C'est inutile. Elle est entêtée.

À la fin de son cours, Lucie demanda néanmoins à s'entretenir avec Mélanie.

— J'aimerais vous dire ce que Clara m'a confié… Je ne doute pas d'elle quand elle affirme n'avoir aucune mauvaise relation avec ce monsieur. Je me suis renseignée à son sujet, à l'insu de Clara. Dans mon village, on m'a assuré partout de sa bonne foi, de ses bonnes intentions. Il n'essaie pas d'endoctriner les gens, il ne fait partie d'aucune secte, d'aucune église d'évangélisation. Le pasteur de Saint-André les connaît très bien, lui et ses trois amis ; ils appartiennent à une petite communauté chrétienne d'obédience protestante qu'ils ont constituée à quatre à L'Estréchure, sans relation avec la paroisse réformée de la commune. D'ailleurs, ils ne fréquentent pas le temple et ne pratiquent aucun prosélytisme.

— Si vous dites vrai, alors Clara s'est entichée de cet homme. Ce qui n'est guère plus rassurant. Il l'a attirée à lui par d'autres stratagèmes. Ça ne fait pas de lui un innocent.

— Ce n'est pas l'impression que votre fille m'a donnée jusqu'à présent.

Lucie eut beau user de tous ses arguments, elle ne parvint pas à calmer la colère de Mélanie.

— Il ne vous reste plus qu'une solution pour en avoir le cœur net, conclut-elle. Ayez une sérieuse explication avec lui. C'est le seul moyen de savoir ce qu'il cache… si vous êtes perspicace.

Pour une fois, Mélanie entendit raison.

Elle décida de retourner à Terre Neuve, résolue cette fois à affronter Alexandre Honegger.

Elle prévint Clara, afin que tout soit clair entre elles :

— Ne pense pas que j'agis derrière ton dos. Je vais discuter avec ce monsieur. C'est mon rôle de mère de me préoccuper de la sécurité de ma fille.

— La sécurité ! Quelle sécurité ? Tu t'imagines peut-être que je cours un grand danger chez Alexandre ! Tu me déçois, maman. Personne dans cette maison ne me croit !

— Si ! explosa Ruben, venant au secours de sa petite-fille. Moi, je te crois. Ta mère s'obstine, elle a tort.

Mélanie fusilla son père du regard.

— Tu t'y mets, toi aussi ? lui rétorqua-t-elle. Laisse-moi régler mes affaires avec ma fille sans intervenir, s'il te plaît. Quand j'aurai fait ce que j'ai à faire, nous en reparlerons tous ensemble.

— Si nous nous étions comportés avec toi comme tu te comportes avec Clara, tu nous l'aurais reproché et…

— Et quoi ? coupa violemment Mélanie comme pour détourner la conversation. Je t'interdis d'évoquer ma jeunesse par des sous-entendus. Clara n'a pas à être au courant de tous les détails de ma vie !

Clara s'étonna de la remarque de sa mère mais s'abstint d'insister, ne souhaitant pas ajouter un malaise à la discorde.

Mélanie prit le car pour Terre Neuve le lendemain matin.

À peine passé le porche du domaine, elle aperçut Alexandre sur le seuil de sa porte, bien habillé, un porte-documents sous le bras, prêt à monter en voiture. Il boitait. Son visage était marqué par des ecchymoses dues à l'accident dont elle avait été témoin. Quand elle s'approcha, il la fixa du regard en souriant :

— Madame Lacoste ! Que me vaut le plaisir de votre visite ?

Mélanie, à nouveau troublée en repensant à son cauchemar, bredouilla :

— Je… j'aimerais avoir une sérieuse explication avec vous au sujet de ma fille…

Il l'invita à entrer. Elle le suivit à l'intérieur du mas, sur ses gardes. Elle l'observait par-derrière, s'efforçant de se souvenir.

Il la convia dans la partie de la salle commune qui servait de salon et lui proposa un fauteuil.

Elle resta debout. Il s'assit devant elle, calmement, déposa son porte-documents sur la table.

— Je m'apprêtais à commencer ma tournée du matin. Natalia et Otto m'attendront.

— À quelle Église appartenez-vous ? l'interrogea Mélanie pour entamer la conversation.

— Aucune, je vous l'ai déjà expliqué quand je suis passé chez vous. Avec mes amis, nous avons fondé un groupe d'entraide, Les Enfants de la rédemption. Certes, nous sommes d'obédience luthérienne, mais nous œuvrons sans aucune attache et nous n'essayons pas d'influencer ceux qui nous accueillent par nos idées ou nos croyances...

Mélanie l'écoutait, sans l'interrompre, tout en l'examinant discrètement. Elle s'était juré de ne pas le heurter, de le jauger à son insu à l'aune de ses paroles, de lui soutirer le détail qui lui permettrait de le confondre. Plus elle l'observait, plus elle se sentait bouleversée. Décidément, le visage de cet homme, ses traits, sa voix, ce qui émanait de lui ne lui étaient pas totalement étrangers.

— Vous vouliez me parler de Clara ? poursuivit-il, embarrassé à son tour. Je me doute que vous êtes surprise par ce qu'elle vous a annoncé. Mais c'est la stricte vérité.

Mélanie perdait ses moyens. Elle le laissa se justifier sans s'opposer. Il lui vanta le talent réel de sa fille, ses progrès musicaux.

— Le violon est une révélation pour elle...

Il alla chercher son violon rangé dans une armoire, le sortit de son étui.

— C'est avec cet instrument que Clara apprend. Plus tard, quand elle aura acquis toutes les bases, je lui confierai mon Stradivarius. Je le lui ai promis.

Elle écoutait à peine ses arguments, abasourdie, déstabilisée par ses douloureuses réminiscences.

Soudain, elle sursauta.

— *Alexander, bist du bald fertig ?*[1] cria quelqu'un en bas de l'escalier.

— *Ja, ich werde nicht lange brauchen ! Geh ohne mich, ich komme später nach*[2], répondit Alexandre.

Mélanie fit un pas en arrière, comme effrayée.

Alexandre s'excusa :

— Mon ami Otto me parle toujours en allemand. Il ne peut s'en empêcher.

Incapable de poursuivre la conversation, elle le remercia pour le temps qu'il lui avait consacré et prit sur elle pour lui déclarer sur un ton ferme et décidé :

— Clara ne viendra plus à Terre Neuve. Je le lui ai interdit. Il est inutile d'en discuter davantage. Je ne mets pas en question son talent musical, mais vous n'êtes pas la bonne personne pour lui apprendre le violon.

Mélanie disparut rapidement dans la cage d'escalier. Interloqué, Alexandre ne la retint pas.

De retour au Charmy, l'esprit encore retourné, elle appela Clara et lui annonça :

— Je reviens de Terre Neuve. J'ai rencontré ce monsieur Honegger. Nous nous sommes expliqués. Puis, osa-t-elle lui mentir (Pour son bien, se justifia-t-elle

1. « Alexandre, tu es bientôt prêt ? »

2. « Oui, je n'en ai pas pour longtemps ! Pars sans moi, je te rejoindrai plus tard. »

intérieurement), je me suis renseignée dans la commune. Partout, on m'a rapporté la même chose à son sujet : cet homme est dangereux. Il abuse de la crédulité des gens naïfs. Beaucoup le soupçonnent d'appartenir à une secte. Je t'en conjure, ma chérie, ne le fréquente plus. Je ne voudrais pas qu'un jour on m'annonce qu'il t'est arrivé malheur. Sais-tu combien de jeunes filles disparaissent chaque année ?...

À force d'arguments, Mélanie parvint à semer le doute dans l'esprit de Clara.

21

Confession

Mélanie n'avait pas seulement menti en accusant Alexandre Honegger d'être membre d'une secte. Elle lui affirma aussi qu'il était allemand et non alsacien, contrairement à ce qu'il prétendait. Elle prit pour preuve l'échange de paroles avec son ami Otto :

— Je les ai entendus discuter en allemand entre eux...

— Otto et Karl sont autrichiens ! rectifia Clara.

— Allemands ou autrichiens, la différence n'est pas grande. Le fait est que ces individus sont louches. On ne sait pas vraiment comment ils sont arrivés à L'Estréchure, ni pourquoi ils y restent... D'ailleurs, personne ne connaît non plus leur soi-disant propriétaire, ce Canadien, Paul Tremblay. Il ne vient presque jamais sur son domaine. C'est peut-être lui le gourou de la secte dont font partie Honegger et ses trois amis. Ces choses-là m'effraient... Pour ton bien, ma chérie, obéis-moi. Renonce à voir cet homme.

Ruben abonda cette fois dans le sens de sa fille :

— Ta mère a raison, ma petite-fille. Cet individu tente probablement d'abuser de toi et d'exploiter une faiblesse qu'il a devinée en toi. Je ne doute pas de ses capacités pour t'apprendre le violon, ce doit être sa manière d'opérer avec ses proies. Il les appâte en leur faisant découvrir un domaine qu'elles ignorent et ensuite il les enferme dans les mailles de son filet... Méfie-toi, vraiment !

À force d'insister, avec le soutien de son père, Mélanie convainquit Clara de renoncer à Alexandre. Elle fut soulagée.

Mais Clara n'abdiqua pas aussi facilement. Si Alexandre l'avait effectivement trompée, elle le percevrait par elle-même ; si son intuition l'avait égarée, maintenant qu'elle avait toutes les données en main, elle déjouerait le piège dans lequel il l'avait attirée... si piège il y avait !

Une fois encore, elle partit pour Terre Neuve à l'insu de sa mère et de ses grands-parents. Plusieurs semaines s'étaient écoulées depuis sa dernière visite à Alexandre. Celui-ci croyait que Mélanie était parvenue à ses fins, et n'attendait plus Clara.

Lorsqu'elle parut devant lui, le visage grave et l'air décidé, il comprit aussitôt qu'elle n'avait pas l'intention de lui demander de reprendre ses leçons de violon. Par précaution, Clara avait pensé, un peu naïvement, à emporter sa canne pour se défendre au cas où Alexandre perdrait son calme.

Dès qu'il flaira sa présence, Buck fondit sur elle en aboyant de joie. D'un geste malencontreux, elle pointa sa canne en avant. Surpris, l'animal s'arrêta net en grondant, comme s'il se sentait menacé.

— Viens là, Buck ! N'aie pas peur. Je ne te veux aucun mal, l'apaisa aussitôt Clara.

— Il n'aime pas les bâtons, répliqua Alexandre en s'avançant au-devant de Clara. Ça lui rappelle de douloureux souvenirs. Son ancien maître l'avait dressé de telle sorte qu'il réagisse violemment à la seule vue d'un bâton. Tout jeune, il a été éduqué pour l'attaque et non pour la défense. Il garde en lui de mauvais réflexes.

Clara tint sa canne plaquée contre elle et se dirigea vers la glycine, sous laquelle Alexandre l'invita à s'asseoir.

— Souhaiterais-tu reprendre nos leçons ? commença-t-il. Désobéirais-tu à ta mère ? Je ne veux pas aller à son encontre. Elle refuse que je sois ton professeur de violon. Elle a ses raisons, que je ne conteste pas…

Clara écoutait, les bras tendus le long de son corps, paumes ouvertes. Rien ne lui échappait : les vibrations de chaque mot prononcé par Alexandre, le timbre de sa voix, sa respiration qui s'accélérait par moments, ses émotions… Elle était à l'affût du moindre indice de dissimulation perceptible à l'ouïe.

Alexandre lui parlait sans se douter qu'elle l'espionnait comme si elle possédait un détecteur de mensonges implanté dans son cerveau. Il avait beau, lui aussi, être doté d'un sens très développé de l'écoute, il ne soupçonnait pas à quel point Clara était capable de deviner si on lui disait la vérité ou si on lui mentait.

— Je n'ai pas l'intention de désobéir à ma mère, répondit-elle. Je l'aime. Je ne veux pas la faire souffrir. Je lui demande déjà énormément.

— Alors, quel est l'objet de ta visite, Clara ? Je pensais que tout avait été dit ! Je ne reproche rien à personne, ni à toi ni à ta mère. S'il y a méprise, je le regrette, mais je n'ai pas l'habitude de m'imposer quand les gens refusent mon aide.

Clara se tut, embarrassée. Alexandre la fixait d'un air contrit.

— Il vaut mieux en rester là, poursuivit-il. Ta présence à Terre Neuve aujourd'hui ne peut qu'envenimer tes relations familiales. Tu n'aurais pas dû revenir. Si ta mère…

— Qui êtes-vous vraiment, Alexandre ? coupa Clara, déterminée à en venir au fait. À qui ai-je eu affaire jusqu'à maintenant ?

Alexandre s'assombrit.

— Pourquoi cette question ? Tu me connais, depuis le temps !

— On croit souvent connaître les gens, même des proches, et on s'égare parfois ! Il ne faut pas se fier aux apparences ! Nous, les aveugles, percevons certains détails que vous, les voyants, êtes incapables de ressentir.

— Lesquels par exemple ?

— La sincérité, la bonne foi ou la mauvaise, ou encore le mensonge.

— Et en ce qui me concerne, que perçois-tu ?

Clara était troublée. Elle ne parvenait pas à mettre en doute l'honnêteté d'Alexandre.

Ou bien il est très fort, pensait-elle, ou bien c'est moi qui me leurre à son sujet !

— Je ne ressens pas en vous l'homme qu'on m'a décrit.

— Qui m'a décrit ? Ta mère ?

Clara s'embrouilla :

— Euh… non, pas ma mère. Elle, elle exige seulement que je ne vous fréquente plus, car elle me couve comme une enfant que je demeure à ses yeux. Elle a peur qu'il m'arrive quelque chose en m'éloignant du Charmy. De plus, elle n'a pas apprécié que je la trompe…

— Alors, qui ? appuya Alexandre.

— Une amie qui prétend que vous cachez votre passé, mentit Clara pour le pousser à sortir de sa zone d'ombre.

Sur ces derniers mots, Alexandre se rembrunit. Sa respiration devint plus saccadée.

Clara ressentit son trouble. Tourna son visage vers lui. Cessa de cligner les paupières et feignit de le regarder fixement.

— Qu'avez-vous à m'avouer ? ajouta-t-elle.

Alexandre se décida et prit une profonde inspiration.

— Je ne me suis pas rendu chez toi par hasard… commença-t-il.

Il s'arrêta soudainement, comme s'il regrettait déjà d'en avoir trop dit.

Clara crut qu'il hésitait. Elle le pressa :

— Vous… vous êtes venu au Charmy parce qu'on vous l'avait conseillé ? Pour quelle raison ?

Alexandre semblait très troublé. Il se frictionnait les phalanges d'un geste instinctif, ce qui, chez lui, trahissait une profonde émotion, comme lorsqu'il s'apprêtait, jadis, à jouer un concerto ou une sonate en présence d'un public éclairé.

— Je vous sens nerveux, remarqua Clara. Ma question vous embarrasse ?

— Personne ne m'a envoyé chez toi. C'est une pure coïncidence, enfin… presque.

Clara ressentait de plus en plus qu'Alexandre lui cachait une vérité inavouable. Elle se méfiait de plus en plus, mais sa curiosité la poussait à insister :

— Soyez plus explicite. C'est une coïncidence ou pas ? Vous saviez qui trouver en frappant à notre porte ? On vous avait raconté qu'il y avait une jeune aveugle prête à tomber dans vos filets et vous avez accouru ?

— Non, pas du tout ! s'insurgea Alexandre. Tu te méprends sur mes intentions. Ce n'est pas toi que j'espérais voir… mais ta mère.

— Ma mère ! Vous la connaissiez ?

— Pas exactement.

Clara demeura abasourdie. Alexandre et sa mère s'étaient déjà rencontrés ! Pourquoi donc Mélanie ne le lui avait-elle pas avoué, au lieu de s'empêtrer dans ses cachotteries ? Elle aurait admis qu'elle avait été influencée par un homme aux desseins douteux.

Elle s'offusqua :

— Après avoir abusé de la crédulité de ma mère, vous vous en êtes pris à sa fille, si je vous suis bien ! Tout ce qu'on m'a rapporté sur vous est donc vrai !

Alexandre entra à l'intérieur du mas et abandonna Clara quelques minutes sur la terrasse. Buck se leva et posa son museau sur sa cuisse pour quémander une caresse.

— Je te comprends mieux que ton maître, lui souffla Clara.

En son for intérieur, elle n'était pas très tranquille. Le doute la dévastait. Elle serrait sa canne d'une main ferme tout en caressant Buck de l'autre.

Alexandre revint, tenant une série de photos.

— Je n'arrivais pas à remettre la main dessus, dit-il en s'asseyant à côté de Clara.

Celle-ci esquissa un mouvement de recul.

— Suis-je bête ! s'exclama-t-il. Je t'apporte des photos comme si tu pouvais les voir…

— Pourquoi aimeriez-vous que je regarde ces photos ? Vous y êtes photographié en compagnie de ma mère ? Quelles relations avez-vous entretenues avec elle ?

— Calme-toi, Clara. Tu t'égares. Laisse-moi t'expliquer.

Alexandre examinait ses photos, l'air consterné.

— Je n'ai jamais pu m'en débarrasser. Pourtant, ce n'est pas ce que j'ai fait de mieux dans ma vie…

Il hésitait, triturait les vieux clichés, les glissait les uns sous les autres au fur et à mesure qu'il les redécouvrait.

— Alors, qu'est-ce qu'il y a sur ces photos ? insista Clara, impatiente d'en finir.

— Moi, en soldat, pendant la guerre. Dans mon unité de la Waffen-SS. Je pose à côté d'autres soldats, des Allemands et quelques Français, des Alsaciens et des Lorrains.

— Des Malgré-nous ?

— Oui, je n'étais pas le seul dans mon unité. Nous étions quelques-uns.

— Vous ne me dites toujours pas comment vous avez rencontré ma mère !

— Mon unité a combattu dans les Cévennes. Elle a été envoyée dans la région de Saint-Jean-du-Gard pour y faire régner l'ordre. La Résistance y était très active. Nous avions pour mission de pratiquer des représailles à chaque fois que les maquisards commettaient des attentats contre les troupes de la Wehrmacht…

Clara écoutait, médusée. Elle n'avait pas oublié ce qu'Alexandre lui avait déjà raconté sur son passé de SS. Mais elle ignorait qu'il avait sévi dans sa propre commune. Elle commençait à craindre le pire.

— Un jour, poursuivit Alexandre, j'ai rencontré ta mère…

Il se tut à nouveau, paralysé par l'émotion.

Clara perçut en lui une étrange réaction. Dans son esprit défilèrent subitement des idées terrifiantes : sa mère aurait eu avec Alexandre une liaison inavouable… une relation avec un soldat de la Waffen-SS, un Malgré-nous… qu'est-ce qui le prouvait ? Comme l'affirmait Mélanie, il était peut-être allemand, elle l'avait entendu s'exprimer avec ses amis. D'autres SS comme lui ? Et Natalia ? Qui était-elle vraiment ?

Elle prit peur. Tous ces mensonges déguisés, tous ces secrets, tous ces sous-entendus de sa mère, d'Alexandre... Elle se sentait prisonnière d'une machination. Alexandre était-il revenu renouer avec Mélanie ? Pour quelle raison ?

Elle se leva, atterrée.

— Je ne resterai pas une seconde de plus chez vous ! s'écria-t-elle. Vous m'avez trahie !

Sans donner à Alexandre le temps de la retenir, elle franchit les trois marches de la terrasse et, s'aidant de sa canne, se dirigea vers le porche du domaine. Alexandre la regarda s'éloigner, sans rien tenter.

Derrière la fenêtre de l'étage, Natalia observait la scène, consternée.

De retour au Charmy, Clara s'enferma dans sa chambre. Quand Mélanie et ses grands-parents rentrèrent du marché d'Anduze, elle refusa d'en sortir, prétextant une forte migraine. En réalité, elle ressassait le peu qu'Alexandre lui avait révélé. Il lui paraissait impossible que sa mère ait entretenu une liaison avec un soldat ennemi pendant la guerre, fût-il un Malgré-nous. Elle ne remettait pourtant pas totalement en question cette éventualité. Alexandre était-il alsacien, comme il le prétendait ? Alsacien ou allemand, qu'est-ce que cela changeait ?

Leurs mensonges, à ses yeux, les condamnaient.

Elle décida d'aller en discuter avec Amaury sans attendre. Elle avait besoin de se confier. Lui seul la comprenait.

— Où cours-tu si vite ? s'étonna Mélanie. Je te croyais patraque ! Et tu n'as rien mangé ce midi !

Clara ne répondit pas et sortit, en quête d'un peu de réconfort.

Lise la reçut et se soucia aussitôt de sa mine attristée.

— Un problème ? s'enquit-elle.

— Non, seulement envie de parler à Amaury.

— Il est dans sa chambre, en plein travail. Tu connais le chemin.

Amaury révisait un cours de chimie pour sa rentrée universitaire de septembre. Il était assis sur son lit, un casque sur les oreilles branché à un magnétophone.

— C'est comme ça que tu travailles ! s'étonna Clara. En écoutant de la musique !

— Je n'écoute pas de la musique ! Ce sont des cours enregistrés que je me suis procurés auprès d'un étudiant de pharma de deuxième année. Je les écoute en même temps que je les lis. Ça m'aide à les mémoriser.

Clara s'installa à côté de lui, se pelotonna dans ses bras.

— Que se passe-t-il ? Tu es bizarre, constata Amaury.

Clara s'épancha, lui livra ses doutes, ses interrogations, son désenchantement.

Amaury lui prêta toute son attention sans l'interrompre, serrant ses mains dans les siennes chaque fois qu'il la sentait profondément bouleversée.

Quand elle atteignit le terme de ses confidences, il releva :

— Tu pourrais donc être la fille de cet homme ?

Clara blêmit, effarée. Malgré ses soupçons, jamais cette idée n'avait germé dans son esprit.

Elle se redressa brutalement, s'affola. Elle perdit l'équilibre, Amaury la rattrapa.

— Calme-toi ! la pria-t-il. Rien ne sert de te mettre martel en tête. J'ai dit une bêtise. Oublie-la.

Clara, choquée, semblait incapable de se ressaisir.

— C'est impossible… impossible ! Moi, leur… leur fille ! Mais c'est horrible ! La fille d'un… d'un… d'un boche !

Les images les plus noires s'incrustaient dans ses pensées. Alexandre l'avait trompée, il n'était pas alsacien mais allemand ! Il avait inventé cette histoire de Malgré-nous pour passer pour une victime du système nazi. En réalité, il n'était qu'un abominable SS, d'ailleurs c'était gravé dans sa peau ! Et sa mère… sa mère s'était laissé séduire par lui, comme une vulgaire collabo !

— Que suis-je, là-dedans ? se lamentait-elle, les yeux noyés de larmes. Et pourquoi est-il réapparu ?

Amaury cherchait les mots pour atténuer son désespoir. Il regrettait d'avoir émis cette hypothèse.

— Considérons les faits calmement, reprit-il. Ce que j'ai avancé ne prouve rien. La vérité est sans doute très différente.

— Pour moi, c'est évident. Tu as mis le doigt sur la réalité : ma mère a eu une liaison avec un Allemand pendant la guerre. Une liaison honteuse, inavouable. Ce qui explique les non-dits à la maison à propos de ma naissance et de mon père. Mes grands-parents n'ont jamais voulu me tenir au courant, et pour cause, ils ont dû étouffer l'affaire, à l'époque. Ils avaient peur. Ce genre d'histoire ne se colportait pas sous peine de lourdes sanctions pour celle qui avait fauté. Avec la paix retrouvée, tous les trois ont montré profil bas pour ne pas être inquiétés...

Il semblait à Clara y voir plus clair dans l'obscurité que les siens avaient entretenue autour d'elle avant même qu'elle ne plonge dans ses propres ténèbres.

— Et dire que ma mère a sous-entendu qu'Alexandre nourrissait sans doute envers moi de mauvaises intentions ! Comment a-t-elle osé supposer qu'il pourrait avoir des visées sur sa fille ? C'est du délire ! Oui, du délire !

Complètement dévastée, Clara restait allongée sur le lit d'Amaury, incapable de se reprendre, quand Lise frappa trois petits coups.

— Je ne vous dérange pas ? murmura-t-elle en entrebâillant la porte. Ta mère est au téléphone, Clara. Elle s'inquiète. Que dois-je lui répondre ?

— Avertissez-la que je suis partie et que je ne reviendrai plus.

Lise se troubla :

— Je dois comprendre que tu ne reviendras plus ici voir Amaury ? Vous êtes fâchés ?

— Non... mais je ne reviendrai plus au Charmy, je vais disparaître.

Décontenancée, Lise regarda son fils, dubitative.

— Ce n'est rien, maman, Clara plaisante. On ne s'est pas disputés et elle ne pense pas ce qu'elle dit...

— Si ! hurla Clara. Je veux disparaître ! Je ne suis la fille de personne ou plutôt si… je suis la fille du diable ! lâcha-t-elle avant de se jeter en pleurant dans les bras d'Amaury.

— Mais qu'est-ce qui se passe ? s'alarma Lise en les regardant l'un après l'autre.

— Laisse-nous, maman, je t'expliquerai plus tard. Je vais raccompagner Clara chez elle. Elle est un peu secouée, mais il n'y a rien de grave. Un simple malentendu.

Lise referma la porte et s'éclipsa, toute retournée.

Amaury parvint à ramener Clara à la raison. Il lui conseilla de ne pas juger sans preuve et d'accorder sa confiance à sa mère à défaut de l'accorder à Alexandre.

— De deux choses l'une, lui affirma-t-il : ou bien ta mère n'est pas celle que tu as imaginée, en grande partie à cause de mes élucubrations, et elle n'est coupable de rien ; ou bien, dans le cas contraire, elle n'est qu'une victime de la guerre. À l'époque, elle était très jeune, plus jeune que toi, elle ne savait pas ce qu'elle faisait. Nous manquons de détails dans cette histoire. Il ne nous appartient pas de juger.

— Mais… si je suis bien la fille de…

— Mon amour, on ne choisit pas ses parents et une mère reste toujours une mère. La tienne, quoi qu'elle ait pu commettre, t'a maintes fois prouvé combien elle t'aime. Elle s'est sacrifiée pour t'élever le mieux possible. Elle travaille dur, comme un homme, pour que tu ne souffres de rien. Elle s'occupe en plus de ses propres parents.

Clara, inconsolable, ne cessait de pleurer.

— Tu vas rentrer chez toi et reprendre le fil de ta vie et de ta relation avec ta mère, sans a priori ni jugement préconçu. Il faut rétablir le calme et la lumière dans ton esprit troublé. Je compte sur toi.

Amaury raccompagna Clara jusqu'aux abords du Charmy puis s'en retourna, le cœur lourd de l'avoir plongée dans le doute et dans la nuit.

22

Rebondissement

L'été prenait fin dans la morosité. L'horizon semblait prisonnier d'un mur de brume à travers lequel Clara ne percevait plus rien de positif, comme si, soudain, toutes ses certitudes s'étaient effondrées, comme si, par un mauvais coup du sort, tous ses efforts avaient été anéantis.

Les aveux d'Alexandre lui taraudaient l'esprit au point qu'elle était incapable de discerner où était la vérité.

Elle écouta Amaury et demanda à Mélanie du temps pour réfléchir à tout ce qui lui arrivait depuis qu'elle était devenue aveugle. Trop d'événements perturbants avaient jalonné son existence depuis quelques années. Elle ne se sentait plus assez forte pour affronter une réalité qui la déstabiliserait complètement si celle-ci se révélait cruelle.

Elle ne lui confia pas ses craintes, préférant taire ce qu'elle s'était mis en tête afin d'apaiser la tension au Charmy. Amaury était parvenu à lui faire entendre raison.

Mélanie, ne souhaitant pas bouleverser davantage sa fille, lui promit, quant à elle, de ne plus la tourmenter avec ce qui les avait opposées toutes les deux à propos d'Alexandre Honegger.

— Cessons de nous quereller, la pria-t-elle. La confiance doit régner entre nous, sinon nous serons malheureuses toutes les deux et nous ne serons pas plus avancées. Je te supplie de me croire quand je t'affirme que je n'ai rien à me reprocher. Et moi, je te crois quand tu clames ne rien avoir fait de mal avec Alexandre Honegger. Quant au violon, si c'est devenu pour toi une réelle passion, je te trouverai un professeur qui te l'enseignera. Je ne désire pas t'empêcher de t'épanouir dans un domaine que tu viens de découvrir.

— C'est inutile, j'abandonne. Là encore, je me suis bercée d'illusions.

Clara tenait des propos amers, mais prenait sur elle pour ne pas entretenir de ressentiments. Elle ne reprochait plus à sa mère de lui avoir dissimulé la vérité. Mélanie était seule comptable de sa jeunesse. Elle en voulait davantage à Alexandre de l'avoir maintenue longtemps dans l'ignorance, voire de l'avoir fourvoyée par des mensonges.

Elle reprit peu à peu le cours de son existence avec sérénité, s'efforçant de ne plus regarder en arrière et d'oublier ce qui l'avait égarée. Elle ne songeait plus qu'à son avenir avec Amaury, à la vie qu'ils mèneraient bientôt ensemble, dès lors qu'ils quitteraient le giron familial.

— Dans l'immédiat, lui déclara-t-elle peu avant Noël, j'ai décidé d'adopter un chien guide...

— Un chien ? s'étonna Amaury. Tu n'en voulais pas, jusqu'à présent ! Tu te débrouilles très bien sans, y compris pendant tes promenades...

— J'ai réfléchi, je ne veux plus rester à t'attendre d'une semaine à l'autre. Un chien me tiendra compagnie en même temps qu'il me permettra d'agrandir mon territoire. J'en ai assez d'être cantonnée aux parcours que je connais par cœur dans Saint-Jean. Avec un chien, j'irai partout. J'en ai discuté avec ma mère, elle est d'accord.

Mélanie avait accepté volontiers la demande de sa fille. Elle discernait dans son changement d'attitude une preuve de son retour à une vie apaisée.

— J'ai choisi un labrador, précisa Clara. J'ai déjà contacté un chenil à Nîmes qui éduque les chiens guides. Ma mère me l'offre en guise de cadeau de Noël.

— Vous avez fait la paix entre vous ! se réjouit Amaury.

— Nous n'avions pas déterré la hache de guerre ! Seuls de gros malentendus nous opposaient. À présent, tout est effacé.

En réalité, Clara n'avait pas osé avouer à Mélanie ce qu'elle croyait avoir découvert. Mais elle avait clarifié devant Amaury le fond de sa pensée à propos d'Alexandre Honegger :

« C'est toi qui avais raison. Tu m'as ouvert les yeux quand tu me l'as suggéré : cet homme est mon père, je le ressens au fond de moi. Je me trompe rarement sur mes pressentiments. En ce qui me concerne, ça ne change rien. Ma mère le connaît mais refuse de l'admettre devant moi. C'est son secret. Il ne m'appartient pas de la forcer à me le révéler. Ils se sont rencontrés pendant la guerre, ils ont eu une relation amoureuse, de laquelle je suis née. Que je le veuille ou non, je suis la fille naturelle d'Alexandre. Ce qui explique l'attitude de ma mère. Mes grands-parents ont certainement interdit à leur fille de le revoir, car c'était un soldat allemand, ou alors il l'a abandonnée à son triste sort. Quand elle a été enceinte, ils ont étouffé l'affaire. Et maintenant qu'ils se sont retrouvés, par hasard ou intentionnellement, ça je l'ignore, ma mère ne veut plus entendre parler de lui. Je la comprends et je l'approuve ! Cet homme ne sera jamais mon père. »

Clara s'était imaginé un scénario très logique. Amaury avait beau lui répéter que rien ne prouvait ce qu'elle affirmait, même si ses hypothèses étaient tout à fait réalistes, elle n'en démordait pas.

« Tu saisis mieux maintenant pourquoi je ne souhaite plus remettre les pieds à Terre Neuve !

— Et tu m'en vois soulagé », avait appuyé Amaury, qui n'avait jamais apprécié sa relation avec Alexandre Honegger.

À Noël, comme promis, Mélanie offrit un jeune labrador à Clara. Elle l'appela Douce. C'était une chienne de deux ans, qui n'avait pas encore été placée. Elle avait un caractère très affectueux, faisait preuve d'une grande docilité, d'une humeur toujours égale. Elle obéissait au premier ordre donné et anticipait à merveille tous les dangers.

La chienne adopta immédiatement sa nouvelle maîtresse et lui prodigua une fidélité sans limites qui émut beaucoup Clara. Celle-ci l'apprivoisa sans aucun problème et, dès le premier jour, parvint à lui faire comprendre ce qu'elle attendait d'elle. Douce la suivait dans chacun de ses mouvements, comme si elle avait intégré son rôle d'assurer à sa maîtresse une surveillance de tous les instants.

Clara jouait avec elle, la câlinait, l'embrassait comme avec un enfant. Entre elles naquit très vite une grande complicité. Seul César semblait prendre ombrage de la nouvelle pensionnaire du Charmy. L'épagneul de Ruben restait allongé sous la table, indifférent, boudeur, et ne laissait pas approcher Douce de sa gamelle sans gronder, marquant ainsi son droit d'aînesse. Clara s'en amusait et le rappelait à l'ordre :

« Tu n'as pas honte de te comporter comme un vieux grognard ! Tu pourrais te montrer plus généreux et plus galant ! »

Ruben non plus n'avait pas beaucoup apprécié l'arrivée d'un autre chien sous son toit.

« Un adulte comme César et une jeune chienne comme Douce commettront des bêtises. Il faudrait stériliser ta chienne avant qu'il ne soit trop tard…

— Tu voudrais que Douce soit opérée ? s'était insurgée Clara. Il n'en est pas question. Je ne la ferai jamais souffrir. Tu n'as qu'à retenir ton chien ! »

Entre le grand-père et la petite-fille s'installa peu à peu une incompréhension qui anima la vie au Charmy. Ruben s'entêtait dans son idée que deux chiens sous un même toit étaient source de problèmes. Clara lui répliquait que César s'était montré incapable d'être un bon chien guide et qu'il était donc normal qu'elle adopte un autre chien.

Pendant qu'ils se querellaient pour une histoire de chien, Mélanie se sentait plus sereine, car Clara oubliait ainsi ce qui l'avait perturbée pendant des mois.

— Elle a enfin effacé de son esprit cet Alexandre Honegger, confia-t-elle un jour à Lucie.

Celle-ci s'était réjouie de l'issue de la mésaventure de son élève. Même si elle demeurait persuadée qu'Alexandre Honegger n'était pas un homme malhonnête, elle avait évité de revenir sur la question.

— Je suis heureuse que Clara ait finalement accepté l'aide d'un chien guide. Je le lui avais conseillé, mais elle s'entêtait à se débrouiller par elle-même.

— Avec Clara, il faut se montrer patient. Elle n'aime pas qu'on lui dicte sa conduite. Elle est très autonome et un rien têtue, comme son grand-père.

— La présence de Douce à ses côtés lui changera la vie. Elle aura toujours un compagnon à qui se confier. Ça lui évitera de ressasser des idées noires.

Effectivement, de jour en jour, Clara retrouvait une joie de vivre que Mélanie ne lui connaissait plus depuis longtemps, depuis l'époque où sa petite fille percevait encore chaque matin la lumière de l'aube sur l'horizon de sa journée.

Tous les jours, Clara emmenait Douce en balade afin que la jeune chienne découvre son nouvel univers et s'acclimate à elle, à ses désirs, à ses injonctions, mais aussi aux dangers rencontrés en cours de route. Clara n'avait plus de scrupules à traverser le village en tenant sa chienne au plus près d'elle par le guidon de son harnais. Parfois, quand elle se promenait le long du Gardon, elle relâchait sa laisse. Douce en profitait pour courir et s'ébattre dans l'eau. Elle venait ensuite s'ébrouer à côté de sa maîtresse comme pour la remercier de l'avoir libérée quelques instants. Clara riait de se retrouver éclaboussée et étreignait sa chienne en la couvrant de baisers.

« Tu es le plus beau cadeau qu'on m'ait jamais offert ! » lui soufflait-elle à l'oreille.

L'animal lui léchait le visage, jappait de bonheur et ramenait Clara au Charmy sans qu'elle ait besoin de le lui commander.

Amaury avait commencé sa première année de pharmacie. Un semestre s'était déjà écoulé. Il se rendait compte que son parcours universitaire ne serait pas facile. Six longues années studieuses se profilaient devant lui. Conscient qu'il ne serait plus aussi disponible pour Clara que pendant ses années de lycée, il la prévint afin qu'elle ne s'inquiète pas de ses absences :

— Pour ne pas perdre un temps précieux, je ne rentrerai plus à Saint-Jean que tous les quinze jours jusqu'en juin. Je vais mettre le paquet cette année pour réussir le concours. Ensuite, ce sera plus relax. En tout cas, ce ne sera plus un concours mais de simples examens.

Clara se rembrunit, s'écarta de lui :

— On ne se verra plus comme avant ?

— Bien sûr que si ! Mais un peu moins souvent. Et seulement pendant cinq mois. Nous sommes déjà en février, ce ne sera pas long.

— Et après ?

Amaury hésitait à lui dévoiler ses intentions. Clara était très attachée au Charmy et à sa famille. De plus, en dehors des travaux de la ferme, elle n'avait jamais pratiqué une autre activité.

— Tu ne me réponds pas parce que tu n'imagines pas sacrifier ton avenir pour une aveugle ! poursuivit-elle.

Amaury s'offusqua :

— Comment oses-tu proférer une telle bêtise ? Je t'aime comme au premier jour, comme lorsque tu me voyais aussi nettement que je te vois.

Elle se blottit dans ses bras.

Douce les interrompit en s'immisçant entre eux.

— Ta chienne est jalouse ! releva Amaury.

— Non, pas jalouse, protectrice. Elle se rapproche de moi quand je suis attristée ou soucieuse. Elle est comme moi, elle devine tout.

Clara ordonna à Douce de retourner sur son fauteuil.

— Tu l'autorises à squatter ton fauteuil ! s'étonna Amaury. Ta mère ne dit rien ? Un chien, ça met des poils partout !

— Douce est chez elle dans ma chambre, autant que moi. Elle n'abîme rien et ne laisse de poils nulle part. La nuit, elle dort même sur mon lit, à mes pieds. Elle aime me sentir tout près d'elle.

— C'est le grand amour, entre vous !

— Elle est mes yeux, à présent. Nous ne formons plus qu'un dorénavant. Tu devras t'y habituer.

— En tout cas, je constate qu'elle est ton rayon de bonheur, et je m'en félicite.

Ils s'étreignirent à nouveau, et, profitant d'être seuls au Charmy, se donnèrent l'un à l'autre sans retenue, à en oublier la présence de Douce.

La brave chienne s'était enfoui la tête entre ses pattes, comme pour ne pas assister aux ébats amoureux de sa maîtresse.

Quand celle-ci recouvra ses esprits, allongée sur son lit en tenue d'Ève, elle sursauta, se couvrit du drap et s'écria :

— Douce nous a vus !

Amaury éclata de rire.

— Mince ! Si elle rapporte tout à ta mère, notre compte est bon ! Il faut se débarrasser d'elle coûte que coûte !

Clara saisit la joue gauche d'Amaury.

— Si tu oses un jour t'en prendre à elle, je t'arrache les yeux ! dit-elle en plaisantant. Ainsi, tu sauras ce que c'est, d'être aveugle !

— Sois tranquille, je ne toucherai jamais à un poil de ta chienne. D'ailleurs, je sens déjà qu'elle m'apprécie beaucoup.

Douce était venue se blottir contre lui tandis qu'il parlait, et lui réclamait une caresse.

— Elle te demande d'aller jusqu'au bout de ta pensée.

Clara lui fit face, planta son regard dans le sien comme si elle pouvait le dévisager, poursuivit :

— Je lis dans ton esprit comme à travers un verre de cristal… Tu vas me supplier de te suivre à Montpellier, lui glissa-t-elle dans le creux de l'oreille.

Amaury s'écarta légèrement, bouche bée.

— J'ai deviné, non ? insista-t-elle.

Douce geignit, soulevant de son museau le drap sous lequel Clara se dissimulait à sa vue.

— Elle craint que je ne l'abandonne… (Puis, à l'adresse de sa chienne :) Je ne t'abandonnerai jamais, ma Douce. Tu es mon bien le plus précieux. Sans toi, maintenant, je ne suis plus rien. Et, à Montpellier, tu me seras bien trop utile pour me déplacer…

Amaury n'avait toujours pas réagi.

— Alors, tu n'as rien à ajouter ? poursuivit Clara. Je t'ai cloué le bec !

— Effectivement ! Comment savais-tu ?

— Je te l'ai dit : je ne savais pas, j'ai deviné.

— Et qu'en penses-tu ? À la rentrée prochaine, je souhaiterais en effet que nous nous installions ensemble dans le petit appartement que ma mère me loue dans le centre-ville. Nous y serons comme des coqs en pâte. Toi, tu auras accès facilement aux rues piétonnes, elles sont en bas de l'immeuble. Tu ne t'ennuieras pas, Montpellier est une ville très animée…

Et Amaury de vanter la douceur de vivre de la capitale languedocienne, d'imaginer leur vie de couple, en amoureux, lui partagé entre ses cours à la faculté et sa chère Clara ; elle passant son temps dans les magasins ou à l'attendre, impatiente, dans leur nid d'amour.

Clara se rhabilla sans lui donner sa réponse. Elle réfléchissait à sa proposition.

— C'est à trois conditions, finit-elle par lui déclarer.

— Je t'écoute.

— D'abord, j'emmène Douce. Pas question de la laisser au Charmy. Elle se languirait sans moi, et moi, je serais perdue dans cette grande ville sans elle.

— Le deux-pièces n'est pas très spacieux, mais ça ne posera pas de problème. Tu pourras même flâner avec elle dans les parcs de la ville. Il y en a un à une minute à pied, près de la place de la Comédie…

— Ensuite, je ne veux pas rester inactive. Me promener toute la journée, ça ira quelques semaines, puis je finirai par m'ennuyer. De plus, ce ne sera pas enrichissant. Ici, au Charmy, je me rends utile, j'aide, je gagne mon pain. Ce n'est pas parce que je suis aveugle que je dois me résoudre à un rôle de potiche !

— Ce n'est pas ce que je souhaite pour toi, mais…

— J'aimerais travailler, coupa Clara. À toi de me chercher un job, n'importe lequel… une activité accessible à une aveugle. Certaines entreprises proposent dels emplois aux non-voyants. Elles ne courent pas les rues, mais avec un peu de chance, tu trouveras. En tout cas, c'est ma deuxième condition.

— Et la troisième ?

— Tu ne m'as pas répondu pour la deuxième.

— C'est d'accord, je chercherai… et je trouverai. D'ailleurs, j'ai déjà ma petite idée. Et tu ne seras jamais loin de moi, s'ils acceptent.

— À quoi songes-tu ?

— À l'accueil des étudiants à la fac. Il y a une offre pour un poste à pourvoir à la rentrée affichée dans le hall. Ça te conviendrait ?

— Ce serait parfait, à condition que le travail soit adapté.

— La troisième condition ?

— Je dois en discuter avec ma mère. Tu te doutes bien qu'il faut son consentement. Je parviendrai à la convaincre. Je ne resterai pas éternellement au Charmy, dans ses jupes. De toute façon, quand nous serons mariés, nous vivrons ensemble ; alors, un peu plus tôt ou un peu plus tard, ça ne change pas grand-chose !

Amaury se félicitait d'avoir envisagé leur avenir sous ce jour. Il avait craint les réticences de Clara, craint que s'éloigner des siens ne soit une déchirure pour elle qui n'avait jamais quitté Saint-Jean. Accepter de partir avec lui à Montpellier, c'était sauter dans l'inconnu, commencer une aventure à laquelle elle n'était pas préparée.

— Ce soir, dès que ma mère et mes grands-parents seront rentrés, je leur en parlerai, lui promit-elle.

Anxieuse, elle répétait à haute voix toutes les phrases qu'elle prononcerait pour obtenir leur consentement.

Douce l'écoutait, les oreilles dressées, attentive. Parfois, elle aboyait, montrant ainsi son approbation. Parfois elle gémissait pour signifier qu'elle réprouvait.

Clara était prête pour son grand oral. Au retour de Mélanie et de ses grands-parents, elle ne se précipita pas. Elle patienta jusqu'au souper pour leur déclarer d'un ton solennel :

— J'ai à vous annoncer quelque chose d'important.

Mélanie s'inquiéta, mais ne dit mot.

— Voilà, poursuivit Clara. Je vous demande l'autorisation d'aller vivre avec Amaury à Montpellier à la rentrée prochaine. Nous n'y sommes pas encore, mais j'ai besoin de savoir ce que vous en pensez.

— Vivre avec Amaury ! s'étonna Ruben, le premier.

— Oui, papy. Vivre en couple. Nous ne sommes plus des enfants et il y a longtemps que nous nous fréquentons. Ce n'est plus un secret pour personne.

— Tu sous-entends que toi et Amaury Duteil…

Ruben semblait sidéré. Clara effectivement n'avait jamais avoué devant ses grands-parents sa liaison avec le jeune Duteil.

— Nous croyions qu'il n'était qu'un ami pour toi ! renchérit Jeanne, atterrée.

— Nous avons l'intention de nous marier quand le moment sera venu. Mais, auparavant, nous aimerions vivre ensemble. À Montpellier, puisque c'est là qu'Amaury poursuit ses études. Nous avons pensé à tout…

— C'est impossible ! s'écria Ruben, écarlate. Tout à fait impossible !

Clara tourna son visage défait en direction de sa mère, dans l'incompréhension la plus totale.

— Cette union est contre nature ! acheva Ruben en fixant sévèrement sa fille. Contre nature, martela-t-il.

Sur ces mots, il sortit de la pièce.

23

La vérité

Clara ne comprenait pas les insinuations de Ruben. Sur le moment, elle pensa qu'il perdait la raison. Comment pouvait-il affirmer une telle énormité ? Comment pouvait-il s'opposer à son amour pour Amaury ? Si elle n'avait jamais évoqué sa liaison devant ses grands-parents, c'était plus par pudeur que par volonté de dissimuler un secret bien gardé !

Son amitié pour Amaury avait commencé très tôt, elle s'était vite transformée en un amour véritable. À douze ans, ils s'aimaient déjà comme des adultes... ou presque. C'était la raison pour laquelle elle n'avait pas osé se confier dès le départ. Avec le temps, était-elle persuadée, ils auraient pu deviner ! Pourquoi s'étaient-ils voilé la face à ce point ?

Désemparée, elle se rendit dès le lendemain auprès d'Amaury.

— Décidément, déplora-t-elle, on m'interdit une fois de plus de fréquenter qui je veux. Après Alexandre, c'est ton tour à présent ! Ma famille me couve trop.

Elle me considère toujours comme une enfant fragile. Il est temps que je parte loin du Charmy. Je leur prouverai que je suis capable de vivre sans eux, en toute liberté et sans danger !

Pendant qu'elle s'épanchait, Douce s'était réfugiée sous la table, allongée sur ses pieds, lui signifiant ainsi sa présence. De temps en temps, elle émettait un petit jappement comme pour compatir à sa peine. Clara passait sa main entre ses oreilles et la caressait affectueusement.

— As-tu parlé à ta mère ? demanda Amaury. Elle sait forcément pourquoi ton grand-père a dit cela. Elle, elle sait qui est ton père… À moins que…

Amaury réfléchissait à toutes les éventualités.

— Oui… à quoi songes-tu ?

— Si elle a eu jadis plusieurs… amoureux, elle ignore peut-être de qui elle est tombée enceinte. Je suis désolé de te dire cela aussi crûment, mais c'est une hypothèse tout à fait envisageable.

— Elle n'a pas contredit mon grand-père, elle a fait la sourde oreille. Mais pourquoi a-t-il affirmé que notre liaison serait contre nature ? Qu'a-t-il sous-entendu ?

— Ça ne signifie pas grand-chose. Il a probablement voulu dire que nous n'étions pas faits l'un pour l'autre à cause de notre différence sociale. Je suis petit-fils de pharmacien et toi petite-fille de paysans. Les préjugés ont la vie dure ! Moi, je poursuis de grandes études, toi…

— Moi, je ne suis rien, c'est ça ? explosa Clara. Qu'une pauvre fille aveugle et sans avenir ! Ma place est à la ferme familiale, entre les chèvres et les cochons !

— Ce n'est pas ce que je pense, tu le sais très bien, mon amour. Mais si c'est l'opinion de ton grand-père, nous allons lui prouver qu'il se trompe. Aujourd'hui, toutes ces barrières sont tombées. Les anciens n'ont pas tous admis que le monde a changé. À nous de leur ouvrir les yeux.

— Que me conseilles-tu ?

— De t'expliquer avec ton grand-père, sans animosité et sans crainte de le contredire.

— Et ma mère ?

— Ne la brusque pas. Elle doit être très embarrassée. Mieux vaut que la vérité vienne de ton grand-père. C'est lui qui a soulevé le problème.

Douce appuya la proposition d'Amaury par un léger aboiement.

— Tu vois, elle m'approuve. Elle comprend tout, ta chienne. Elle est très intelligente !

Clara promit d'affronter Ruben sans tarder.

— Quoi qu'il me reproche, ma décision est prise. Je ne renoncerai pas à nos projets. Même lui, mon grand-père, ne s'opposera pas à notre avenir. Ni lui ni personne !

Ruben n'était pas fâché contre sa petite-fille, seulement chagriné. Il s'attendait à ce qu'un jour la question revienne à la surface.

Jusqu'à présent, il n'avait jamais tenu à ressortir du passé ce qui avait traumatisé sa fille à l'adolescence. Il avait montré beaucoup de compréhension et de largeur d'esprit à son égard, quand elle leur avait annoncé le drame qu'elle supportait en silence depuis plusieurs mois. Mélanie était parvenue à surmonter sa peine et sa honte grâce au soutien de ses parents. Dans beaucoup d'autres familles, on l'aurait mise à la porte faute d'exiger réparation. Jeanne s'était pliée à la volonté de son mari. Elle n'avait jamais songé à jeter la pierre à sa fille. Dans le village, les langues s'étaient tues, d'autant plus que Ruben n'avait jamais justifié l'attitude et l'état de sa fille.

Personne ne pouvait donc se douter que Mélanie avait pu fauter avec le jeune Bonnefon.

Clara patienta plusieurs semaines, afin de laisser l'humeur de son grand-père s'apaiser. Irascible et susceptible, ce dernier s'emportait vite quand on le contredisait ou quand on lui prouvait ses torts. Au Charmy régnait, depuis l'altercation, une atmosphère délétère et pesante. Chacun semblait camper sur sa position en épiant la réaction des autres. Seuls les deux chiens paraissaient avoir fait la paix. César courait Douce, qui ne se laissait pas approcher, mais ils mangeaient maintenant dans la même gamelle sans se repousser. Ils jouaient ensemble dans la cour de la ferme à attraper les oiseaux ou à effrayer les poules dans un grand raffut de battements d'ailes et de caquètements.

Quand elle sentit le moment opportun, Clara aborda Ruben sans animosité. Elle évita de le heurter de front pour l'amener adroitement à se livrer, à confesser ce qui l'étouffait depuis tant d'années. Elle était certaine qu'il détenait le secret de sa naissance. Si sa mère n'avait jamais osé le lui révéler, c'est qu'elle craignait son père.

Qui était donc Ruben, ce grand-père si gentil, si attentionné, qui l'avait choyée et soutenue dans son malheur ? Un homme autoritaire qui avait maintenu sa fille sous sa coupe afin de ne pas voir son nom sali ? Un homme qui aurait fait passer l'honneur de sa famille avant le bonheur de son enfant ?

Assise non loin de lui, les yeux tournés dans sa direction, elle l'imaginait tel qu'elle le conservait dans sa mémoire : sans une ride supplémentaire, toujours droit quand il marchait, digne quand il discutait. En fait, elle ignorait combien Ruben avait vieilli rapidement depuis quelques années. Il s'était voûté, son pas s'était ralenti, ses gestes étaient devenus plus maladroits. Seule son élocution demeurait aussi vive qu'auparavant, ce qui laissait croire à Clara qu'il était solide comme un roc. D'autant plus qu'il ne se plaignait jamais.

Il commençait à sommeiller dans son fauteuil devant la cheminée, Jeanne à ses côtés, lui tenant la main. Mélanie était dans les terres, en compagnie de Jérôme. Les sangliers avaient encore défoncé les clôtures et provoqué de gros dégâts. Douce épiait sa maîtresse, comprenant qu'elle était sur le point de rompre le silence.

— Papy, se lança Clara, j'aimerais avoir avec toi une conversation sérieuse…

Ruben sortit de sa somnolence, dévisagea sa petite-fille d'un air étonné.

— À quel propos ?

— À propos de ma relation avec Amaury.

Il fronça les sourcils, contrarié, se frotta le menton.

— Ça te gêne d'en discuter ? perçut Clara.

— Je croyais t'avoir donné mon opinion ! C'est un sujet que j'aurais souhaité ne plus jamais aborder. Mais puisque tu insistes, parlons-en. Crevons l'abcès une bonne fois pour toutes.

Jeanne fusilla son mari du regard. Elle se redressa dans son fauteuil, pensant que Clara ne soupçonnerait pas sa réticence.

— Tu n'es pas d'accord, mamie ? Tu préfères me tenir dans l'ignorance jusqu'à la fin de ma vie ? Même si la vérité est douloureuse, vous avez le devoir de me la révéler, si vous m'aimez comme vous l'affirmez.

— Nous n'avons que trop traîné, en effet, ma chérie. Pardonne-nous. Ton grand-père ne s'y est jamais résolu. Plus il retardait l'échéance, plus il lui était difficile d'aborder le sujet…

— Tais-toi, Jeanne ! l'interrompit Ruben. J'attendais seulement le bon moment. Il est temps à présent… Je vais tout t'expliquer, ma petite Clara. Ta mère étant absente, ce sera plus facile. Car c'est elle qui est au cœur de ce drame.

Clara touchait au but. Elle allait bientôt découvrir la vérité sur sa naissance et sortir de cette obscurité plus épaisse que la nuit qui l'entourait depuis plusieurs années.

— Je t'écoute, papy. Raconte-moi tout.

Ruben se leva de son fauteuil et invita Clara à monter dans sa chambre afin de ne pas être dérangé. Jeanne trouva son attitude étrange mais se tut. Elle regagna la cuisine et se mit à éplucher des légumes pour la soupe du soir.

— Nous serons mieux là-haut pour discuter, expliqua Ruben. Si ta mère rentre plus tôt que prévu, elle ne nous surprendra pas.

— Pourquoi tant de cachotteries ?

— Il n'y aura plus rien à cacher dès lors que je t'aurai tout expliqué.

Clara s'interrogeait. La vérité serait-elle si difficile à admettre ? Qu'avait commis Mélanie pour susciter autant de mystères ?

— Voilà, commença Ruben, une fois assis sur le lit de Clara. Ta mère a toujours été une fille libre, et ta grand-mère et moi, nous ne lui avons jamais interdit de vivre sa vie comme elle l'entendait. Aujourd'hui, je le regrette. Tout ça ne serait pas arrivé si nous avions agi autrement…

— Quoi donc, papy ? Va droit au but.

— Pendant la guerre, quand elle avait…

Il souleva la visière de sa casquette, réfléchit.

— … quinze ou seize ans, je ne me souviens plus. Bref, quand elle n'était encore qu'une adolescente à peine plus jeune que toi, elle tombait facilement amoureuse des garçons qui la courtisaient. Nous avions confiance en elle, car elle était sérieuse malgré tout. Disons qu'elle avait un cœur d'artichaut. Et puis, c'était la guerre… ce n'était drôle pour personne. Elle était insouciante, elle croquait la vie à pleines dents. Moi, je suis de l'ancienne génération, j'ai subi la Grande Guerre, les privations, les interdits, la souffrance de voir ses parents s'inquiéter. Je ne voulais pas infliger ça à ma propre fille. Aussi, avec ta grand-mère, nous ne bridions pas ta mère. Elle était heureuse, nous étions heureux pour elle, en dépit de la guerre qui, à nouveau, plongeait le pays dans le désarroi. Tant que nous avons été en zone libre, nous n'avions pas vraiment conscience des dangers. Mais tout a changé quand les Allemands ont franchi la ligne de démarcation. Lorsqu'ils sont entrés dans Saint-Jean, notre existence a basculé.

Clara s'attendait à ce que Ruben évoque la présence des Allemands dans la région. Elle évita de prononcer le nom d'Alexandre Honegger. Son grand-père finirait bien par avouer que Mélanie l'avait rencontré à cette époque.

Douce dressait les oreilles, assise à côté de sa maîtresse. Clara la caressait par instants sous la gorge. Ça la détendait. La chienne semblait ne perdre aucune parole de Ruben. Parfois, elle s'allongeait, la tête entre ses pattes avant, le museau sur le tapis, les yeux grands ouverts dirigés vers Clara. Quand celle-ci changeait de position, elle se redressait dans la seconde, prête à la suivre.

— Si tu voyais ta chienne, s'interrompit Ruben, elle n'a d'yeux que pour toi ! On dirait que tu l'hypnotises.

— On s'entend parfaitement, toutes les deux. Je ne pourrais plus me passer de sa présence. Si je suis triste, elle essaie de me consoler ; si je suis heureuse, elle saute de joie ; si je suis contrariée, elle tourne en rond, ne sachant comment me réconforter... Tu disais que maman était une jeune fille insouciante, malgré la guerre ! Son caractère l'aurait-il poussée à commettre des bêtises ?

Ruben procrastinait. L'évocation du passé lui rappelait des souvenirs qu'il s'était promis de ne plus réveiller. Il se sentait coupable d'avoir mal élevé sa fille. Il était parvenu à travestir la vérité de sorte que dans la commune, où il avait sa notoriété à ménager, personne n'avait jeté la pierre à Mélanie.

Maintenant que sa propre petite-fille lui réclamait toute la lumière, il avait l'impression que son honneur lui filait entre les doigts.

— J'en viens au fait, poursuivit-il. À seize ans, elle s'est amourachée d'un garçon...

— Qui s'appelait Alexandre ? ne se retint pas Clara.

— Non, pas du tout ! Pourquoi me parles-tu d'un Alexandre ? À ma connaissance, ta mère n'a jamais fréquenté un Alexandre dans sa jeunesse...

Clara éprouva un vif soulagement. Son corps se détendit. Douce le ressentit et se leva, frétillant de la queue comme pour prouver qu'elle devinait sa réaction.

— J'avais cru comprendre, lâcha Clara. Je me suis trompée.

— Son amoureux, un jeune homme d'une vingtaine d'années, est entré dans la Résistance afin d'échapper au STO, comme beaucoup d'autres à l'époque...

— Le Service du travail obligatoire ?

— Oui, je ne t'apprends rien à ce sujet. Il a rejoint le maquis de la Picharlerie, qui avait sa base dans la montagne près de Saint-Jean-du-Gard, une grosse ferme fortifiée, située sur les hauteurs. Aujourd'hui, il n'y a plus que des ruines. On y voit encore les traces des violents combats qui ont opposé les maquisards et les soldats d'occupation.

— Les Allemands traquaient les maquisards et envoyaient les SS dans les villes et les villages pour pratiquer des représailles sur la population civile. Je suppose qu'ils ne se voyaient pas souvent…

— Je l'ignore. Ta mère était discrète. Mais, en 1944, il lui fut impossible de dissimuler plus longtemps ce qu'elle cachait.

— Laisse-moi deviner : elle était enceinte de ce garçon… elle m'attendait !

Ruben fixa sa petite-fille, l'air contrit. Il avait ôté sa casquette et la triturait machinalement dans ses mains noueuses. C'était chez lui un signe d'embarras ou d'évitement quand il ne souhaitait pas s'épancher.

— Tout cela ne se serait pas produit si nous avions été plus vigilants, ta grand-mère et moi. Te rends-tu compte… enceinte à seize ans et même pas fiancée !

Clara se sentait de plus en plus légère. Elle s'était imaginé des scénarios tous plus extravagants les uns que les autres. La vérité était-elle aussi simple, aussi banale ?

— Pourquoi avoir entouré cette histoire de tant de silence ? Ce qui est arrivé à maman n'est pas honteux au point de me l'avoir dissimulé ! J'avais l'âge de comprendre. Nous ne sommes plus au dix-neuvième siècle ! On se croirait dans un roman de Balzac ou de Flaubert !

— Je n'ai pas terminé...

— Ce père inconnu est-il encore vivant ? coupa Clara, impatiente. Je l'ai déjà rencontré ? Il habite à Saint-Jean ?

Son cœur s'accélérait. Ses yeux suivaient chaque geste de Ruben. Elle avait ouvert ses mains, bras tendus le long du corps, réceptive à la moindre inflexion de voix de son grand-père. S'il lui mentait ou travestissait la vérité, elle le ressentirait aussitôt.

— Non, tu ne le connais pas, précisa Ruben. Et pour cause, il est mort.

Il jaugea la réaction de sa petite-fille.

Clara ne broncha pas.

Douce gémit. S'allongea entre ses pieds, les oreilles basses, couvrant ses yeux.

— Elle aimerait en savoir un peu plus ! ajouta Clara, sans avoir l'air de plaisanter. Qui est cet homme ? Qui est mon père ?

Ruben hésitait. Il se racla la gorge pour gagner du temps. Puis :

— Ta mère était désespérée quand elle est tombée enceinte. Elle avait peur que nous la condamnions, la mettions à la porte, je ne sais quoi encore ! Elle nous connaissait mal, nous, ses propres parents ! Ta grand-mère et moi, sans avoir eu besoin de nous concerter, nous ne l'avons pas jugée. Nous l'avons écoutée. Elle était notre fille unique, notre seule enfant ! Alors, nous lui avons pardonné sa faute. À seize ans, elle n'avait pas conscience de ses actes, c'était la guerre. Nous vivions une drôle d'époque. Mieux valait cela que s'être donnée à un Allemand. Là, c'eût été la honte ! Nous n'aurions pas pu fermer les yeux.

Clara fut à nouveau bouleversée. L'évocation d'un Allemand lui rappela l'idée fixe qu'elle s'était ancrée dans la tête : Alexandre… son père !

Douce aboya, comme si elle avait entendu un étranger approcher.

— Qu'est-ce qu'elle a ? s'inquiéta Ruben. Elle demande à sortir sans doute !

— Non, elle me conseille de me calmer.

— C'est de la transmission de pensée entre vous ! C'est étrange !

— Douce n'est pas une chienne comme les autres. Elle a un don.

— Comme toi avec le violon ? Ta mère nous l'a appris.

Clara commençait à s'énerver. Ruben tergiversait trop. Ça l'agaçait.

— Achève, papy. J'ai hâte d'entendre le nom de mon père. À moins que tu ne l'ignores toi-même ! Maman vous l'aurait-elle caché ?

— Non ! Nous lui avons pardonné à condition qu'elle nous révèle qui était le père de son enfant. Nous n'avions aucune arrière-pensée, nous n'avions pas l'intention de demander réparation en l'obligeant à l'épouser. Nous désirions seulement qu'elle nous dise la vérité. Ta mère seule devait prendre la décision qui s'imposait dans sa situation.

— Et alors, qui était-ce ?

— Tu veux vraiment le savoir ?

— Depuis le temps que j'attends !

Ruben inspira longuement. Tourna son regard en direction de la fenêtre comme pour fuir un passé douloureux qu'il ne tenait pas à retrouver.

— Ta mère nous a avoué qu'il s'agissait de... de Jacques Bonnefon, un garçon de bonne famille, le fils du notaire de Saint-Jean.

Clara ne réagit pas. Ce nom n'évoquait rien pour elle.

Pourquoi son grand-père entretenait-il un tel mystère autour de cette révélation ?

— Où était le problème ? insista-t-elle.

— Il était déjà engagé envers une autre jeune fille.

— Maman l'avait détourné du droit chemin et des convenances !

Elle ne put s'empêcher de railler son grand-père :

— C'est ce qui t'a retenu de me dévoiler le nom de mon père ? Maman était une dévoreuse de cœurs et mon père un coureur de jupons !

— Tu n'y es pas, Clara. Ton père était fiancé. Fiancé à... Lise Duteil. Son histoire avec ta mère n'a pas eu de suite. Il a été tué au maquis avant ta naissance, au cours d'un affrontement avec les Allemands. Quelques semaines après sa mort, Lise Duteil a mis un enfant au monde, un petit garçon, et a reconnu que le père de son enfant était son fiancé, Jacques... Tu saisis maintenant pourquoi tu dois interrompre ta relation avec Amaury Duteil, pourquoi j'ai affirmé que votre union serait contre nature ?

Clara se sentit défaillir. Elle se retint à sa chaise. Ferma les yeux. Cessa de caresser Douce, qui, ressentant la détresse de sa maîtresse, lui lécha la main.

— Amaury est ton demi-frère, lâcha Ruben.

24

Contre-vérité

La révélation de Ruben dévasta Clara. Elle avait tout imaginé, sauf une telle horreur.

Sur le moment, elle fut incapable de réagir, de retrouver une lueur d'espoir. Même Douce ne parvenait pas à lui changer les idées. Elle n'avait plus goût à rien, se laissait sombrer dans son malheur. Elle refusait de voir Amaury, de s'entretenir avec sa mère. Elle restait enfermée dans sa chambre des jours entiers, repoussant toute nourriture. Elle dépérissait de jour en jour.

Mélanie était aussi anéantie que sa fille. Ruben lui avait rapporté la discussion qu'il avait eue avec Clara, sans rentrer dans les détails, sans lui dire qu'il avait révélé à sa petite-fille qu'Amaury était son demi-frère. Il ne comprenait pas :

— Comment as-tu pu accepter que Clara fréquente ce garçon en sachant qui il est ? Qu'avais-tu donc dans la tête ? Qu'imaginais-tu ?

Mélanie était très perturbée, incapable de s'expliquer. Tant d'équivoques, de non-dits, de secrets, depuis le drame qu'elle avait subi pendant la guerre, avaient fini par enfermer tous les siens dans une nasse inextricable. Tant de mensonges...

Les sous-entendus de son père l'empêchaient d'aller au-devant de Clara, de la consoler alors qu'elle souffrait à cause d'elle. Elle se demandait ce qu'il lui avait annoncé, pour la plonger dans un si grand désarroi. Devait-elle tout avouer à Clara pour faire cesser ses tourments ? Rompre le silence et révéler le mensonge derrière lequel elle s'était elle-même retranchée ?

— Si elle persiste à ne pas s'alimenter, déplora-t-elle, elle tombera malade et il faudra l'hospitaliser...

— Appelle le docteur Ménard, lui conseilla Jeanne, complètement abattue.

— Il lui fera entendre raison, gronda Ruben, fermé à la douleur de sa fille et de sa petite-fille.

— Tu la connais, elle ne voudra rien entendre. Il n'y a que Lucie à défaut d'Amaury qui pourrait la persuader de changer d'attitude. Elle trouvera les mots justes ! Elle est un peu sa confidente.

Lucie s'entretint donc avec Clara et la convainquit de réagir.

— Je t'ai déjà dit qu'il ne faut pas avoir peur des autres ni de l'obscurité. Regarder la vérité en face n'est pas toujours facile, mais ce qui te rend forte c'est de tracer ta route sereinement et sans faiblesse, sans tenir compte de ce que pensent les autres. Nul autre que toi ne peut décider pour toi du chemin que tu désires parcourir.

— Je n'ai pas peur du noir. Il est mon quotidien. Et je me débrouille très bien dans ce monde où l'on ne peut tricher au risque de chuter. J'ai seulement peur de me tromper sur les personnes que j'aime. J'aime ma mère, mes grands-parents, Amaury, ils sont tout pour moi. Mais sont-ils vraiment tels que je les perçois ? Un aveugle ne peut-il pas aussi s'aveugler d'illusions ?

Clara accepta de reprendre une existence normale, au grand soulagement de tous. Mais elle ne recouvra pas la joie de vivre qui la rendait naguère radieuse et pétillante.

Des semaines s'écoulèrent. Amaury s'apprêtait à passer son concours de première année. Il révisait d'arrache-pied. Mais il avait perdu tout espoir d'emmener Clara à Montpellier à la rentrée de septembre. Clara le fuyait, refusait de lui rendre visite et de le recevoir au Charmy. Il ne comprenait pas ses raisons. Il finit par se persuader qu'elle ne tenait plus à poursuivre leur relation, que son amour pour lui s'était éteint. Il se noyait dans le travail pour oublier son chagrin. Il ignorait si elle avait parlé à son grand-père comme il le lui avait conseillé. Depuis ce jour, il ne l'avait plus revue.

Un samedi, il croisa Mélanie dans Saint-Jean. Il lui demanda ce qu'il se passait. Elle lui répondit évasivement que Clara n'allait pas bien et qu'il ne devait pas chercher à la revoir. Il devina que tout était terminé entre eux, ce que Clara n'avait pas osé lui signifier de vive voix.

— Je ne comprends pas, déplora-t-il. Mais je respecte sa décision, si tel est son désir. Je l'aime trop pour m'imposer à elle contre sa volonté. Je suis allé trop loin et trop vite en lui proposant de vivre ensemble. Elle n'était pas prête. J'ai tout gâché.

Mélanie paraissait très ennuyée. Elle ne trouva pas les mots justes pour réconforter l'ami de sa fille. Elle éprouva une soudaine envie de lui révéler ce qu'elle n'avait jamais confessé à personne, même à ses parents. Elle se retint. Ce n'était ni le moment ni le lieu pour des confidences. De plus, si elle devait une explication, c'était à Clara qu'elle la fournirait, pour lui apprendre toute la vérité...

Toute ? Le pourrait-elle vraiment ?

Clara ne sortait plus, sauf pour promener Douce autour de la ferme. Elle rechignait à participer aux travaux qu'elle effectuait d'habitude d'une humeur égale. Elle n'entretenait plus aucune conversation avec son grand-père. Ruben croyait qu'elle l'avait pris en grippe depuis qu'il lui avait avoué la vérité.

Seule Jeanne parvenait à lui soutirer quelques paroles. Elle lui préparait ses petits plats préférés, lui parlait doucement sans la brusquer. Clara l'écoutait, se réfugiait souvent auprès d'elle, sans jamais quitter Douce.

Sa chienne était devenue plus que ses propres yeux. Elle était sa confidente, sa meilleure amie, sa lumière dans la nuit. Elle l'embrassait, lui murmurait à l'oreille. Alors la chienne posait une patte sur sa cuisse ou sur sa main pour lui marquer sa tendresse.

Ne voyant pas d'amélioration dans l'attitude de sa fille, Mélanie, de plus en plus inquiète et malheureuse, se résolut enfin à lui parler sans ambiguïté.

Elle surpassa son embarras et lui annonça, un soir que ses parents étaient montés se coucher plus tôt que d'habitude :

— Je vais te dire la vérité sur ta naissance... La vraie vérité ! précisa-t-elle.

Février 1944

Comme tous les mardis, Ruben et Jeanne étaient partis tôt le matin au marché de Saint-Jean. Ils avaient laissé leur fille seule à la ferme. Mélanie avait toujours beaucoup de travail en leur absence : nettoyer l'étable, l'auge des cochons, nourrir les chèvres et les brebis, s'occuper de la traite. Elle ne s'accordait pas un moment de répit, ne souhaitant pas recevoir des remontrances à leur retour. Ruben n'était pas homme à accepter l'oisiveté. En cette période incertaine, il veillait à ce que sa maison soit tenue de façon irréprochable.

« Il faut montrer l'exemple, répétait-il. Certains donnent leurs fils à la patrie, moi je n'ai que les produits de ma ferme à offrir à ceux qui se battent contre l'ennemi. »

Effectivement, depuis que les Allemands occupaient la région et que la Résistance s'était constituée, il était entré en relation avec le chef local du maquis pour lui proposer de ravitailler ses combattants. Ainsi, chaque jour de marché, il embarquait dans ses caisses quantité de nourriture qu'il passait sous le manteau aux agents de liaison descendus des montagnes alentour, où se cachaient les résistants. Au printemps, il approvisionnait des bergers qui, transhumant dans le haut pays, apportaient des armes ou simplement les journaux de la Résistance, tel *Combat*, aux maquisards des monts Lozère et Aigoual.

Mélanie connaissait les actes de son père et n'en éprouvait que plus de fierté.

Comme chaque semaine, elle s'était mise au travail dès le départ de ses parents. L'aube pointait à peine quand elle pénétra dans l'étable. Dehors, le froid s'était encore intensifié depuis la veille et l'haleine du matin tardait à se dissiper. Sur les crêtes surplombant la vallée, une brume épaisse enveloppait la cime des arbres dépouillés de leurs feuilles. Le givre cristallisait l'herbe des prairies. Mélanie leva les yeux vers le ciel, suivit du regard les premiers flocons de neige qui virevoltaient au-dessus d'elle. Elle pensa à Jacques, réfugié à la Picharlerie dans l'inconfort et l'insécurité permanente. Son cœur battait la chamade. Elle ne l'avait pas revu depuis plus de quinze jours. Elle ignorait tout de son rôle au sein de son maquis. Il ne lui avait rien révélé, ni de ce qu'il préparait avec ses camarades, ni de ses déplacements. Il vivait dans un monde secret, parsemé de dangers, où le silence était la règle première pour assurer la survie du groupe.

Elle se donnait du courage en lui parlant au fond d'elle-même, comme s'il était présent à ses côtés, aveuglée par l'amour qu'elle lui portait. Pourtant il ne lui avait jamais rien promis, jamais rien laissé espérer, en dépit de ce premier baiser qu'il lui avait offert et de cet instant merveilleux où, la veille du retour de Jacques à la Picharlerie, elle s'était abandonnée dans ses bras, dans la paille de la grange, alors que ses parents la croyaient en visite chez une amie.

Au beau milieu de la matinée, son travail à l'extérieur étant terminé, alors qu'elle s'apprêtait à rentrer pour boire une tasse de lait chaud coupé d'un peu de chicorée, elle entendit un bruit sourd de moteur au bout du chemin qui menait à la ferme. Écoutant les conseils de son père, elle se précipita à l'intérieur, s'enferma à clé dans la pièce à vivre et se colla discrètement derrière le rideau de la fenêtre. Elle ordonna à son chien, qui ne la quittait jamais d'une semelle, de se taire. L'animal avait flairé le danger et était prêt à défendre sa maîtresse.

— Calme-toi, Rufus ! Tu vas nous faire repérer.

Il obéit et se coucha sous la table, les oreilles basses, la truffe humide entre ses pattes avant.

Un half-track de la Waffen-SS s'arrêta dans la cour de la ferme, creusant derrière lui des traces profondes de chenilles. Quatre soldats en uniforme gris sombre en descendirent sans couper le moteur.

Mélanie perçut aussitôt des cris gutturaux à peine couverts par le bruit de l'engin. Elle s'affola. Cessa presque de respirer, tétanisée.

Trois soldats montèrent l'escalier de l'habitation. Elle aperçut le quatrième en retrait, demeuré tout près du véhicule blindé, l'arme au poing.

Elle se réfugia dans la chambre de ses parents située au même étage, suivie de Rufus, les bras serrés contre sa poitrine, comme pour se protéger.

Des coups violents contre la porte d'entrée retentirent, plusieurs fois répétés avec rage.

— Ouvrez ! entendit-elle dans un mauvais français. Nous savons quelqu'un dans maison. Ouvrez, sinon on défonce la porte !

Mélanie était paralysée. Ruben l'avait mise en garde : ne pas bouger, rester dissimulée.

Elle ouvrit la grande armoire de châtaignier au fond de laquelle était aménagée une cachette datant de l'époque des camisards, comme certains vieux mas protestants en possédaient encore. En mesurant chacun de ses gestes, elle décrocha le double fond. Se glissa derrière la fine cloison, dans une excavation pratiquée dans le mur de pierre, la rabattit sur elle, abandonnant Rufus dans la chambre, tapi sous le lit. Puis elle patienta, morte de peur.

Les soldats insistaient, de plus en plus excités.

— Ouvrez ! Nous voulons seulement nourriture. Après, on s'en va. On vous fera aucun mal.

C'est un piège, pensa Mélanie. Si je les écoute, qui sait ce qui m'attend ?

Elle ne broncha pas, l'oreille plaquée contre la paroi de l'armoire. Elle avait tout juste la place de rester accroupie, dans une position très inconfortable et dans l'obscurité totale. La cache était étroite et basse. Elle ne permettait pas d'y demeurer très longtemps. Pourtant – elle l'avait appris à l'école – pendant la guerre des camisards, sous le règne de Louis XIV, certains huguenots révoltés contre l'autorité royale s'étaient réfugiés des journées entières dans de tels réduits afin d'échapper aux poursuites et à une mort certaine. La ferme de ses parents avait appartenu à une vieille famille protestante, jusqu'au jour où son arrière-grand-père l'avait acquise. Rien n'avait été modifié à part les crucifix accrochés aux murs des pièces principales, sa famille étant catholique. Elle respirait encore ce temps lointain des luttes religieuses, quand il fallait se cacher, dissimuler la bible familiale pour ne pas être démasqués, avertir les voisins d'un danger imminent… Jacques n'était-il pas « parti au désert », comme on disait à l'époque de Pierre Laporte, surnommé Rolland, et de Jean Cavalier, héros de cette guerre des camisards ?

Tout à coup, elle entendit un grand coup dans la porte d'entrée. Celle-ci céda sur-le-champ. Rufus bondit de dessous le lit, se précipita hors de la chambre, montrant les crocs, prêt à mordre. L'animal défendait férocement son territoire, n'arrêtant pas d'aboyer.

Dans son réduit, Mélanie priait, le visage enfoui dans ses mains, tremblant de tout son être.

Une détonation la fit sursauter. Elle perçut un jappement rauque et plaintif. Puis, plus rien.

Oh, mon Dieu ! Rufus ! pensa-t-elle, horrifiée.

Elle distingua des pas dans la chambre, des bruits de bottes traînant sur le plancher.

— Il y a quelqu'un ? Sortez de votre cachette !

Mélanie demeurait figée comme une statue de sel. Son sang dans ses veines s'était glacé. Les soldats fouillèrent le moindre recoin de la maison, renversant tout autour d'eux, fous de rage de ne rien trouver hormis quelques restes de nourriture dans le garde-manger.

— *Ach ! Wir nehmen ein Schwein und Hühner,* éructa l'un d'eux. *Aber zuerst müssen wir alles umdrehen, manchmal würden wir das Versteck finden, in dem sie ihr Geld verstecken*[1].

Ils sortirent de l'habitation. Mélanie attendit de longues minutes dans une angoisse indescriptible. Puis le silence étant revenu et n'ayant rien compris à ce qu'ils avaient dit avant de s'éloigner, elle osa prudemment s'extraire de sa cachette. Elle découvrit le corps inerte de Rufus, baignant dans son sang au beau milieu de la cuisine. Elle fut saisie de chagrin, ne put contenir ses larmes, s'agenouilla à ses côtés, le caressa.

---

1. « Oh ! On embarque un cochon et des poules. Mais avant il faut tout retourner, des fois qu'on trouverait la cachette où ils planquent leur argent. »

Prise de sanglots, elle demeurait prostrée. Soudain, un soldat fit irruption devant elle, l'arme menaçante. Elle se redressa d'un bond, recula, se heurta au mur.

— Que… que désirez-vous ?

— Jolie demoiselle ! baragouina le soldat d'un air goguenard. Vous, pas peur. Nous vouloir seulement nourriture pour notre unité.

— Je n'ai rien pour vous.

— Ah, pas gentille avec nous ! Alors nous se servir.

L'Allemand s'avança vers Mélanie, l'agrippa par la taille.

Elle s'esquiva. Lui échappa.

Il appela ses camarades. Deux d'entre eux entrèrent dans la pièce à vivre, une bouteille de vin à la main, déjà à moitié éméchés.

Tout se passa très vite. Mélanie n'eut pas le temps de réagir, de se défendre. Ils la traînèrent dans la chambre, la renversèrent sur le lit. Elle se débattit en vain, poussant des hurlements de frayeur à l'idée de ce qui allait lui arriver. Deux soldats la maintinrent allongée tandis que le troisième, après avoir baissé le pantalon de son uniforme, l'écrasait de tout son poids, la pénétrant de force, dans des halètements bestiaux. Quand il fut repu, un deuxième lui succéda. Puis vint le tour du troisième.

La pauvre Mélanie subit son supplice dans la douleur et l'impuissance.

Quand ils eurent terminé, ils appelèrent le quatrième du groupe, resté à l'écart.

— *Du bist dran. Du kannst die Arbeit beenden*[1].

Mélanie s'effondra. Tout tournait autour d'elle. Elle ne voyait rien d'autre que des masses informes qui l'étouffaient, qui s'agitaient en elle. Puis, soudain, un visage au-dessus du sien se détacha du brouillard qui l'enveloppait. Un homme, jeune, aux yeux bleus, au regard fixe, comme atterré. À nouveau des cris. Des ordres donnés dans une langue dont elle ne comprenait rien… Puis, plus rien. Elle s'évanouit.

Quand elle reprit ses esprits, le calme était revenu dans la maison. Elle porta ses mains sur son bas-ventre meurtri, sentit un liquide gluant entre ses doigts. Elle se leva, tituba. Remit de l'ordre dans ses vêtements. Machinalement, elle regarda le lit où tout s'était précipité. Une tache suspecte témoignait de son calvaire. Elle enleva le drap, le remplaça.

Elle attendit plusieurs heures, complètement hébétée, paralysée d'effroi. Elle avait tellement mal qu'elle manqua défaillir plusieurs fois.

Au retour de ses parents, un sentiment de honte la submergeant, elle n'osa leur raconter ce qu'elle avait subi. Elle reconnut seulement :

— Des soldats allemands sont venus chercher de la nourriture. J'ai essayé de m'y opposer, ils m'ont repoussée et ont emporté un cochon et quelques poules.

1. « À toi maintenant. Tu peux finir le boulot. »

— Ils t'ont fait du mal ? s'inquiéta aussitôt Jeanne, voyant la mine défaite de sa fille.

Mélanie était au bord des larmes. Elle se ressaisit.

— Non, seulement un peu bousculée. J'ai eu très peur. Mais ils ont abattu Rufus. J'aurais dû le cacher avec moi...

— Tu l'as échappé belle ! releva Ruben. Dorénavant, nous ne te laisserons plus seule quand nous partirons au marché. Tu nous accompagneras.

Dès lors, Mélanie ne vécut plus que dans la crainte qu'un tel drame ne se reproduise. Pendant des jours, elle demeura anéantie, incapable de confesser ce qu'elle avait subi.

Elle cacha la vérité à ses parents, qui ne devinèrent jamais ce qu'elle avait enduré durant leur absence.

1963

Quand elle eut terminé son récit, Mélanie se sentit soulagée. Elle s'était délestée du terrible poids sous lequel elle étouffait depuis tant d'années. Clara, quant à elle, ne disait mot, effarée que sa mère ait eu à supporter le plus ignoble des calvaires.

Elle allait lui poser d'autres questions quand Mélanie la devança :

— Quelques semaines plus tard, j'ai réalisé que j'étais enceinte. Alors, je n'ai pas pu avouer la vérité à mes parents. Je leur ai menti. Je leur ai déclaré que j'avais eu une relation avec Jacques Bonnefon, le jeune homme dont j'étais éperdument amoureuse.

— Je suis au courant. Papy m'a raconté. Tu étais amoureuse d'un garçon qui était déjà fiancé à Lise, la maman d'Amaury. Et ce garçon est le père d'Amaury !

Mélanie était terriblement embarrassée. Elle avait traversé ces vingt dernières années dans le mensonge, les non-dits, les allusions ; elle était parvenue à faire abstraction d'un passé qui lui procurait encore un profond sentiment de honte quand elle y repensait, et au final il l'avait rattrapée et il lui fallait s'en ouvrir sans plus de détours devant sa fille !

Tout semblait se précipiter, basculer dans une réalité qu'elle ne maîtrisait plus. L'univers qu'elle avait édifié pour sa fille afin qu'elle ne souffre pas à cause de ce qu'elle avait enduré s'effondrait comme un château de cartes.

— Je n'ai jamais eu de relations intimes avec Jacques Bonnefon… Je n'étais pas prête. Je me sentais trop jeune, sans doute. De plus, il était engagé avec une autre et ne cessait de me le rappeler. Il avait des scrupules. Pourtant il m'avait affirmé qu'il n'épouserait pas Lise Duteil, qu'il s'agissait d'une union de raison souhaitée par ses parents et ceux de Lise. Moi, naïve, je croyais qu'il finirait par y renoncer et par me revenir. Le destin en a décidé autrement. Il n'est jamais redescendu de la Picharlerie. Il y a été tué au cours d'un assaut donné par une unité de la Wehrmacht.

Clara caressait Douce sans discontinuer. La chienne avait posé sa tête sur sa cuisse et lui léchait la main comme pour l'inciter à reprendre espoir.

Mélanie observait sa fille d'un air mélancolique. Elle poursuivit :

— Tes grands-parents ont donc toujours cru que l'enfant que je portais était celui de Jacques. Je ne les ai jamais détrompés. Je n'arrivais pas à leur avouer que...

Elle s'interrompit. L'explication, même vingt ans plus tard, était trop cruelle.

— Que je suis née d'un viol ! lui souffla Clara sans l'ombre d'une hésitation dans la voix.

Mélanie était incapable de confirmer cette terrible vérité.

— D'un viol collectif ! ajouta Clara.

Mélanie s'effondra en pleurs, inconsolable.

— Je... je ne voulais pas que tu le saches, ma chérie. C'est pourquoi je t'ai toujours laissée dans l'ignorance... Quand tu as commencé à fréquenter sérieusement Amaury, je ne pouvais pas non plus t'en empêcher. Rien ne s'y opposait, en réalité. Et je ne savais plus comment dire la vérité à mes parents...

— Tu devais bien t'attendre à ce que papy intervienne ! Ton mensonge ne tiendrait plus longtemps !

Clara semblait perplexe.

— Une chose est sûre, conclut Mélanie pour lever le dernier doute. Amaury n'est pas ton demi-frère, comme l'a affirmé ton grand-père. Entre vous, tout est possible. J'espère que tu vas courir le lui annoncer. Il ne souhaite que cela, j'en suis persuadée.

Clara étreignit Douce dans ses bras, l'embrassa, ne retint pas ses larmes qui coulèrent sur le pelage de la chienne. Douce lui lécha le visage, heureuse du bonheur retrouvé de sa jeune maîtresse.

Il subsistait cependant une zone d'ombre dans l'esprit de Clara.

25

Les couleurs de l'arc-en-ciel

Clara était à la fois soulagée par les aveux de sa mère et anéantie d'avoir appris qu'elle était l'enfant d'un viol.

Pendant plusieurs jours, elle demeura dans l'expectative, sans poser d'autres questions. Les révélations de Mélanie étaient suffisamment lourdes de conséquences.

L'idée d'être la fille d'un Allemand… d'un soldat SS… la fille d'un… d'un boche, lui était insupportable. Comment affronter maintenant cette vérité ? Si la rumeur venait à se répandre dans Saint-Jean, la verrait-on toujours avec le même regard empathique et admiratif ? Ne serait-elle pas cataloguée comme la fille du diable, mise au ban de la société, jetée aux gémonies ? Elle connaissait le sort des femmes qui avaient entretenu des relations avec l'ennemi à la Libération, et se doutait que les enfants avaient souffert à leur tour de ce qu'on reprochait à leurs mères.

Elle ne pouvait s'empêcher de se sentir coupable d'être née dans de telles conditions. Elle était illégitime, le fruit d'un acte odieux. Elle ignorerait donc toujours qui était celui qui l'avait engendrée ! Au reste, si elle venait à le découvrir, comment réagirait-elle ? Pourrait-elle le considérer comme son père ? Un père biologique, un père dénaturé, un père déshumanisé ! Portait-elle en elle une partie de son héritage génétique ? À cette seule pensée, elle éprouvait des haut-le-cœur. Elle se sentait sale, souillée, comme si c'était elle qui avait subi le calvaire de sa mère.

Clara n'était pas entièrement satisfaite des explications de Mélanie. Elle ne s'ôtait pas de l'esprit l'idée qu'Alexandre Honegger avait pu jouer un rôle dans son drame.

— Tu ne te souviens pas avec précision des visages de ceux qui t'ont agressée ? lui demanda-t-elle, quelques jours après ses premières confessions. Tu as tout occulté ?

— J'ai gardé dans ma mémoire le visage de l'un d'eux, avant de m'évanouir, effectivement, avoua-t-elle pour se délester du reste de son fardeau. Le dernier qui a abusé de moi. Je ne voulais pas te le dire pour ne pas te traumatiser davantage. Mais je l'ai reconnu à l'instant même où il s'est présenté devant moi au Charmy. Cet homme… c'est Alexandre Honegger. Je n'ai aucun doute là-dessus.

Clara s'efforça de rester stoïque. Elle s'assit prudemment dans un fauteuil, ne broncha pas, mais son cœur s'était accéléré. Douce vint la tranquilliser en s'allongeant à côté d'elle, nichant sa tête sous son bras.

— Je suis désolée, ma chérie, de t'apprendre cela aussi brutalement, reprit Mélanie. Mais au point où nous en sommes, je ne devais plus me taire.

Mélanie comprit vite que ses dernières révélations avaient beaucoup perturbé sa fille. Sur le moment, elle regretta d'avoir été aussi loin dans ses explications. N'aurait-il pas mieux valu lui affirmer qu'elle n'avait pas eu de relation avec Jacques Bonnefon, mais qu'elle avait rencontré peu après un autre homme qui l'avait mise enceinte ? Un second mensonge aurait permis de préserver Clara d'une terrible vérité. Elle en avait pris conscience trop tard.

Mère et fille entretenaient au Charmy une atmosphère lourde et embarrassante. Ruben et Jeanne s'en inquiétaient autant pour l'une que pour l'autre. Le travail s'en ressentait. Mélanie avait tendance à négliger ses responsabilités et s'en remettait de plus en plus à son ouvrier agricole. Jérôme ne pouvait être partout. Or, avec l'arrivée de l'été, les récoltes n'attendraient pas.

Pour crever l'abcès, elle révéla à ses parents ce qu'elle avait annoncé à Clara. Ruben prit très mal la nouvelle :

— Tu nous as menti jusqu'à maintenant… ! Pendant vingt ans ! s'insurgea-t-il. Clara n'est pas l'enfant de Jacques Bonnefon !

Mélanie ne donna pas trop de détails sur ce qu'elle avait subi. Moins qu'à sa fille.

— Comment auriez-vous réagi si je vous avais avoué avoir été violée par ces soldats ? Vous en auriez été aussi malades que moi ! Tu n'aurais pas supporté le déshonneur, papa. J'ai préféré vous épargner cette terrifiante vérité.

Jeanne était effondrée. Que Clara fût le fruit d'un amour défendu ne la heurtait plus, mais le fruit d'un acte odieux perpétré sur sa fille... elle ne parvenait pas à se l'imaginer !

— Comment le prend Clara ?

— Mal ! Elle est encore sous le choc. Le seul fait positif dans ce drame, c'est qu'elle peut à nouveau envisager de renouer avec Amaury. Je le lui ai vivement conseillé, afin qu'elle passe rapidement à autre chose. Il est urgent pour elle d'oublier cette histoire. Après tout, elle n'y est pour rien. Elle ne doit pas se culpabiliser...

Ruben et Jeanne n'avaient plus de raisons de refuser l'amour de leur petite-fille pour le jeune Duteil.

— Qu'elle soit heureuse, c'est tout ce que je lui souhaite ! releva Jeanne, la plus ouverte des deux. Je n'ai qu'une petite-fille, je ne veux pas la voir souffrir. La vie ne lui a pas fait de cadeaux jusqu'à présent ; avec ce qu'elle supporte, il ne faut pas la tourmenter davantage.

Elle lui parla discrètement, sans lui témoigner la moindre compassion – Clara ne l'aurait pas toléré. Elle la rassura, lui prodigua tout son amour de grand-mère, toute sa compréhension. Elle lui révéla des petits secrets de sa jeunesse qu'elle n'avait jamais dévoilés à personne, pas même à son mari. Clara s'en étonna, en sourit, réconfortée par ses intentions bienfaisantes. Douce ne perdait aucune parole de Jeanne, aucune réaction de Clara. Elle les apaisait toutes les deux par sa présence, les tenait en communion, leur dispensait la lumière qui leur manquait.

Quand Jeanne eut terminé de se confier à sa petite-fille, quand Clara se sentit totalement rassérénée, Douce aboya comme pour les inviter à s'embrasser et à ouvrir les yeux sur la ligne d'horizon qui s'était parée d'un seul coup des couleurs de l'arc-en-ciel.

Clara se ressaisit. Enserra sa chienne dans ses bras, la cajola.

— Tu as raison, lui murmura-t-elle à l'oreille. Peu importe de qui je suis née. L'essentiel est qui je suis ! Je suis une Lacoste. La fille de Mélanie Lacoste et la petite-fille de Ruben et Jeanne Lacoste.

Clara se précipita chez Amaury, comme le lui avait conseillé Mélanie. Lise la reçut en l'absence de son fils, reparti à Montpellier en vue de son concours.

— Il est en plein boum, lui dit Lise. Il passe les premières épreuves mercredi prochain. Or il affirme qu'il n'est pas tout à fait prêt. Tu le connais, il angoisse mais tout ira bien. Je lui fais confiance. Il réussira.

Clara hésitait à expliquer la raison de sa visite. Déclarer sans ambages que sa mère lui avait tout révélé sur ses relations avec Jacques Bonnefon risquait d'embarrasser Lise. Celle-ci oserait-elle aborder le sujet qui, à l'époque, l'avait peut-être opposée à sa mère ? Il était étrange d'ailleurs qu'elle n'ait jamais évoqué ce passé un peu trouble où les deux familles avaient été en lien étroit autour d'une banale histoire d'amour entre deux jeunes gens ! À moins que Lise n'ait pas été au courant des agissements de Mélanie ! Jacques Bonnefon ne lui avait probablement pas avoué avoir eu une aventure avec la fille du Charmy.

Toutes ces questions lui trottaient dans la tête tandis que Lise lui parlait d'Amaury.

— Reviens samedi, lui conseilla-t-elle. Il sera heureux si tu acceptes de le revoir. Il se faisait un tel souci. Il croyait que tu avais mis fin à votre relation. De mon côté, je suis soulagée que tu aies changé d'avis.

— Je n'en voulais pas à Amaury. J'avais seulement besoin de réfléchir.

— Si je ne suis pas indiscrète, que s'est-il passé entre vous qui explique ce petit passage à vide ?

Clara hésita. Elle ne pouvait pas annoncer à la mère d'Amaury de but en blanc que, son ancien fiancé n'étant pas son père, plus rien ne les empêchait dorénavant de s'aimer.

— Je ne me trouvais pas à la hauteur de ses espérances, mentit-elle à demi. J'éprouvais des scrupules à l'idée d'être un jour la femme d'un pharmacien. Je ne suis qu'une fille de paysans !

— Tu te déconsidères injustement, Clara. Tu as tort d'avoir de telles pensées. Aujourd'hui, on est loin de ce type de préjugés. De plus, tu es une jeune fille tellement méritante et courageuse ! Peu de gens possèdent tes qualités.

Clara allait prendre congé sans avoir donné la véritable raison qui l'avait amenée chez Amaury. Elle se ravisa.

— Je...

Lise devança son hésitation.

— Oui ? Tu souhaites me dire autre chose ?

— C'est... ce n'est pas facile...

— Tu n'as pas à te gêner avec moi. Tu sais combien je t'apprécie.

— Voilà... se lança Clara. J'étais venue vous dire que j'ai cru un moment qu'Amaury et moi avions le même père...

Et Clara de raconter à Lise les révélations de son grand-père et de sa mère.

Quand elle eut terminé, Lise parut embarrassée.

— Je comprends mieux à présent ton attitude envers Amaury, ajouta-t-elle. Mais j'ai également une part de responsabilité dans ce malaise qui s'est instauré entre vous...

— Vous ? Je ne vois pas en quoi !

— Je dois aussi te faire des aveux.

Clara se rembrunit.

— Vous n'avez pas à vous justifier devant moi !

— Si... Je te dois la vérité. Et je la dirai à Amaury dès qu'il rentrera... Si Jacques Bonnefon n'est pas ton père, il n'est pas non plus celui d'Amaury. Nous étions fiancés parce que nos familles l'avaient souhaité. Au fond, on ne s'aimait pas vraiment. Mais quand j'ai appris que ta mère lui tournait autour, je leur en ai voulu, à tous les deux. Je me suis sentie humiliée, trahie...

— Voilà pourquoi vos relations étaient si distantes !

— Depuis, j'ai pardonné.

— Qui est donc le père d'Amaury, si je ne suis pas indiscrète ? osa Clara.

— Par déception et par pure vengeance, je l'avoue et n'en suis pas fière, j'ai accepté les avances d'un camarade de maquis de mon fiancé. Lui aussi a succombé dans l'assaut donné par les Allemands à la Picharlerie... J'ai toujours laissé croire à Amaury que mon fiancé était son père. C'était... plus convenable dans ma situation.

Clara en resta quelques secondes sans voix.

— Tout ça pour rien ! lâcha-t-elle enfin.

— Je suis désolée, ma chérie. Tous les deux, vous avez été au cœur de nos mensonges et en avez souffert.

— L'essentiel, reprit Clara d'un ton déterminé, c'est que plus rien ne s'oppose maintenant à ce que nous nous aimions, Amaury et moi.

Le samedi suivant, Amaury se précipita chez elle, au Charmy. Sa mère lui avait parlé sans détour. Il avait accepté la vérité sans broncher.

Ils tombèrent dans les bras l'un de l'autre. Douce tournoyait autour d'eux, à la fête elle aussi, heureuse du bonheur retrouvé de sa maîtresse.

Mélanie s'éclipsa pour les laisser seuls. Ruben et Jeanne en firent autant.

— Je sais enfin de qui je suis la fille ! annonça Clara, une fois passées les premières effusions des retrouvailles.

— Alexandre ? dit aussitôt Amaury. Tu ne t'étais pas trompée, alors !

— Tu n'y es pas du tout. Remarque, tout compte fait... j'aurais préféré. Même s'il ne vaut pas mieux que les autres.

— Quels autres ? s'étonna Amaury. Tu es bien énigmatique !

Clara s'interrompit, hésitant à poursuivre. Elle ressentit à nouveau la honte l'envahir.

Fille de boche... fille de boche... je ne suis qu'une fille de boche ! entendait-elle tambouriner dans ses oreilles.

Elle se serra la tête entre les mains, chercha une chaise, la renversa d'un geste maladroit. Douce aboya plusieurs fois, sauta sur elle, faillit la déséquilibrer.

— Du calme, Douce ! ordonna Amaury. Que lui prend-il, à ta chienne ?

— Ce n'est rien, elle me signifie que j'ai tort de penser ce qui vient de me traverser l'esprit.

Amaury s'interrogeait, ne comprenant pas la réaction de Clara.

— Tu m'expliques ?

Alors Clara respira profondément, finit par s'asseoir, Douce à ses pieds, attentive à ses moindres mouvements.

— Ce n'est pas facile... Je... je suis la fille d'un boche !

Amaury resta sans voix. Il jeta un regard dubitatif en direction de Douce, comme si l'animal pouvait lui confirmer ou infirmer la réponse de sa maîtresse.

— Et c'est qui, « les autres » ? répéta-t-il.

— Ils étaient quatre quand ma mère a subi son calvaire. Quatre soldats d'une unité SS.

— Mais de quoi parles-tu ? insista Amaury, qui ne comprenait rien aux explications de Clara.

— Je vais être plus claire. Tu n'en reviendras pas... comme moi.

Clara se lança dans la tragique histoire de sa mère, neuf mois avant sa naissance.

— Voilà, tu sais tout, à présent, conclut-elle. Autant que moi. Quand je t'affirmais que j'étais la fille d'un boche, c'est la stricte vérité. Mais lequel des quatre est mon père ? En fait peu importe, même ma mère ne pourrait pas les reconnaître... sauf...

— Sauf Alexandre ! devina Amaury.

— Ma mère est certaine qu'il faisait partie de ses agresseurs. Elle l'a reconnu quand il s'est présenté devant elle, la seconde fois qu'il est venu au Charmy.

26

Soulagement

Clara ne se satisfaisait pas de cette explication. Si Alexandre Honegger était aussi coupable que les trois autres agresseurs de sa mère, elle voulait l'entendre avouer son crime, confesser qu'il pourrait être son père. Un père innommable. Elle ne lui pardonnerait jamais. Elle n'aurait jamais aucun sentiment pour lui. On ne peut aimer le bourreau de sa mère, se répétait-elle dans le car qui la conduisait à L'Estréchure.

Elle n'avertit pas Mélanie de sa démarche, certaine qu'elle lui interdirait de se rendre une fois de plus à Terre Neuve. Elle quitta le Charmy très tôt un matin, pour prendre la première correspondance pour Florac, à six heures trente. Mélanie était déjà au travail, occupée à soigner ses bêtes. Ruben et Jeanne dormaient encore.

Cette fois, elle emmena Douce et se munit de sa canne. Elle n'avait plus aucun scrupule à montrer son état. Elle était aveugle, elle l'assumait pleinement.

— Vous acceptez les chiens ? demanda-t-elle néanmoins au chauffeur avant de monter dans le car.

Elle exhiba en même temps sa canne blanche.

Depuis qu'il transportait Clara, Henri Vanduynslaeger n'avait jamais remarqué son handicap.

Surpris, il s'exclama :

— Mais... que vous arrive-t-il, ma jolie ? Vous... vous avez eu un accident ?

Clara sourit, les yeux grands ouverts dans sa direction.

— Ça ne date pas d'hier ! Mais vous ne vous êtes aperçu de rien, jusqu'à présent !

— Ben... vous m'en voyez désolé... excusez-moi, je n'avais pas deviné, effectivement. Mais, pour votre chien, pas de problème, qu'il monte !

Pour le coup, il refusa qu'elle paie sa place.

— Il n'en est pas question ! s'insurgea Clara. Je ne veux aucun traitement de faveur.

Henri Vanduynslaeger n'insista pas. Quand il parvint à l'arrêt de L'Estréchure, il la prévint malgré tout :

— Vous êtes arrivée. Je vous reprends au retour ? J'assure la ligne de onze heures trente.

— Ce n'était pas la peine de me l'annoncer, j'avais senti que j'étais à bon port.

— Pardonnez-moi, c'est l'habitude ! Je reconnais que vous m'en bouchez un coin ! Je n'aurais jamais imaginé ça !

— D'accord pour onze heures trente.

Le car fila en direction de Florac, laissant Clara seule devant son ultime épreuve, à la recherche de la vérité.

En arrivant au mas de Terre Neuve, elle perçut le son d'un violon. Alexandre jouait un de ses adagios préférés. Elle reconnut l'*Adagio sérénissime* d'Albinoni, qu'il avait essayé de lui apprendre juste avant que tout ne bascule. Elle s'en émut, s'arrêta pour mieux écouter, éprouva des regrets d'avoir été contrainte d'abandonner ses leçons de violon.

Douce tirait sur son harnais, lui signifiant qu'elle ne devait pas s'apitoyer sur elle-même.

— Tu as raison, ma Douce. Je ne suis pas venue pour renouer avec le passé.

Alexandre se trouvait dans la clède, son lieu d'inspiration, porte et fenêtres ouvertes. Douce aboya. Aussitôt, Buck déboula de derrière le bâtiment et se rua vers elles, agressif. Clara n'eut que le temps de lui lancer :

— Holà, Buck ! Tu ne me reconnais pas ? Calme-toi, viens là. Douce est mon amie, sois gentil.

Elle lui tendit la main en signe d'apaisement. Douce frétillait de la queue mais se méfiait.

— Il ne te fera rien ! la rassura Clara. On se connaît, tous les deux. C'est un brave chien.

Les deux chiens se tournèrent autour, se reniflèrent l'un l'autre, s'acceptèrent.

Le violon avait cessé de jouer.

— Mène-moi à ton maître, Buck, ordonna Clara.

Le berger allemand obéit tout en jetant des regards suspicieux vers Douce.

Alexandre sortit sur le seuil de la clède.

— Clara ! s'étonna-t-il.

Elle s'avança, l'air sombre.

— Ne vous méprenez pas, je ne suis pas ici pour reprendre mes leçons de violon…

Comme jadis, il l'invita à s'installer sous la treille. Elle obtempéra, tenant Douce par son harnais. La chienne s'assit à ses côtés, prête à réagir.

— Tu as adopté un chien guide, tu as bien fait !

— J'ai quelques questions à vous poser.

Alexandre déposa délicatement son violon sur la table, prit place en face de Clara.

— Je t'écoute.

Clara s'était préparée à affronter Alexandre. L'entretien ne serait pas facile. Elle s'était attachée à lui. Il n'avait jamais agi envers elle par commisération ou par attendrissement. Elle lui en avait toujours été reconnaissante. Il lui avait montré combien la lumière intérieure qu'elle ressentait était aussi, voire plus importante que celle que ses yeux ne percevaient plus. Il lui avait ouvert le cœur et avait touché sa sensibilité en lui apprenant le violon… Oui, dans une autre vie, elle aurait aimé avoir un père comme lui !

Elle sentait à nouveau qu'elle perdait ses moyens, incapable d'éprouver pour lui un sentiment de haine ou de dégoût. Pourtant il était bien l'un des bourreaux de sa mère, il l'avait martyrisée, comme les autres ! Les images, qu'elle s'était incrustées dans l'esprit en imaginant la scène du viol de Mélanie, défilèrent devant l'écran noir de ses yeux. Elle frissonna, se glaça, trembla, soudain muette de frayeur.

Alexandre se rendit compte de son état.

— Que se passe-t-il, Clara ? Parle-moi sans détour. Je suis ton ami, quoi qu'il y ait eu entre nous.

— Mon ami ! réagit Clara. Comme avec ma mère, sans doute !

— Je ne comprends pas. Sois plus claire.

— Je sais qui vous êtes, Alexandre. En revanche, j'ignore pourquoi vous êtes revenu sur les lieux de votre crime ! Je suis devant vous pour que vous me l'avouiez. Je veux vous entendre dire que vous avez participé au viol de ma mère, en février 1944.

Clara avait enfin réussi à prononcer les mots fatidiques. Elle s'attendait à ce qu'Alexandre réfute en bloc ce qu'elle avait affirmé.

Il se leva, contourna la table, l'air consterné. Douce, méfiante, se dressa sur ses pattes. Buck crut qu'elle le cherchait et s'approcha d'elle. Clara tira sur le harnais pour tenir sa chienne à distance.

— Couché, Buck ! ordonna-t-elle. (Puis à Alexandre :) Éloignez-le. Vous ne voudriez pas qu'il inflige à ma chienne ce que vous avez infligé à ma mère !

— Je...

— Inutile de nier, Alexandre. Je connais toute la vérité. Ma mère m'a tout raconté. C'était un poids sur son cœur qu'elle ne supportait plus.

À son tour, Alexandre parut soudainement soulagé. Il hésita quelques secondes, cherchant comment aborder ce qu'il n'avait jamais pu avouer à Clara. Puis il s'exprima sans détour, sans fausse honte, mais la voix empreinte de remords et de sincérité :

— Alors, je vais tout t'expliquer. Tu me croiras… ou pas. Ce sera à toi de choisir si tu me fais confiance ou si tu penses encore que je te trompe. Je n'ai que ma parole pour te convaincre, rien d'autre.

Clara se cala contre Douce, qui s'était installée à côté d'elle. La chienne lui souleva les mains de son museau comme pour lui quémander une caresse et lui signifier de se calmer.

— J'étais dans ce petit groupe de soldats qui a débarqué chez tes grands-parents, par un matin de février 1944, commença Alexandre. J'étais le seul Malgré-nous, les quelques autres étaient restés au village avec notre unité. On nous avait envoyés chercher des victuailles. On était quatre, trois Allemands et moi. Je n'en menais pas large, je l'avoue, car c'étaient des SS endurcis. Ils étaient sans cesse sur mon dos, j'étais leur souffre-douleur. Ils me traitaient comme leur larbin et me réservaient les plus sales corvées. Je ne te l'ai pas caché, j'ai été forcé de me battre contre les Français. C'était ça ou le peloton d'exécution. Mais je n'ai jamais tiré sur un soldat français ou sur un résistant. Je m'arrangeais toujours pour rater mon tir.

Clara écoutait sans bouger, attentive à la moindre intonation de la voix d'Alexandre. Elle le jaugeait, lisait dans son âme comme dans un livre ouvert. Rien ne lui échappait.

— Un soir, alors que nous étions en pleine déroute, mon *Unterscharführer*[1] m'a obligé à assister à une scène

1. Sergent dans la Waffen-SS.

de représailles, comme il aimait en pratiquer chaque fois qu'on se repliait.

Clara commençait à comprendre. Elle ne dit mot.

— Nous avons débarqué dans la ferme de tes grands-parents pour voler de la nourriture. Nous n'avons rencontré personne. Alors les trois soldats que j'accompagnais ont tout saccagé. Ils se sont mis à boire quand ils ont trouvé des bouteilles de vin dans la cave. Ensuite ils sont remontés dans la maison, m'ordonnant de rester en bas dans la cour pour surveiller notre véhicule blindé. Ce qui s'est passé à l'intérieur, je ne l'ai pas vu. Une jeune fille criait et se débattait. J'ai deviné ce qu'ils commettaient. Ils m'ont appelé, leur forfait achevé. Cette jeune fille était ta mère…

Alexandre se tut, la voix brisée par l'émotion.

Clara le fixait de ses yeux exorbités, la gorge serrée, les mains tremblantes. Douce gémissait à côté d'elle.

— Tout va bien, ma Douce, lui susurra-t-elle à l'oreille. Ne t'inquiète pas.

Alexandre reprit :

— Ces porcs m'ont invité à terminer leur sale besogne en me proposant de profiter de la malheureuse qu'ils avaient violée à tour de rôle. J'étais révulsé. Je me suis approché de ta mère qui gisait par terre, anéantie. Je me suis penché au-dessus d'elle, lui ai rabattu sa robe sur les jambes, ai essuyé son visage noyé de larmes. Je me souviens de lui avoir demandé comment elle allait, c'était idiot, je sais, mais dans ces cas-là on ne réfléchit pas ! Elle ne bougeait pas. Je lui ai donné de l'eau, elle n'arrivait pas à boire seule, j'ai humecté ses lèvres. J'avais tellement honte, je me suis excusé, j'ai imploré son pardon. J'étais complètement paniqué… Puis on est repartis en emportant un cochon et des poules.

Tout était dit. Clara connaissait la fin de l'histoire, celle que sa mère était incapable de lui raconter, ayant perdu conscience pendant son calvaire.

Elle resta sans voix, comme anesthésiée. Douce lui marquait son affection en lui léchant le visage.

— Pourquoi êtes-vous revenu au Charmy ?

— Après la guerre, je n'ai jamais oublié les scènes d'horreur auxquelles j'ai assisté. Mes souvenirs me hantaient comme des fantômes. Je me suis juré de revenir un jour sur les lieux de tous ces crimes perpétrés par ceux de ma division SS, poussé par un sentiment de culpabilité. Je n'ai pas osé m'opposer à ces actes de barbarie. On n'a pas tous l'âme d'un héros ! J'ai été lâche. Alors, quand je suis arrivé ici, dans les Cévennes, mû par une sorte de volonté d'expier, pour me repentir, j'ai constitué avec trois autres personnes ce groupe d'aide et d'écoute, Les Enfants de la rédemption. Karl et Otto sont dans le même cas que moi, mais ils sont autrichiens, d'anciens soldats contraints de la Wehrmacht. Quant à Natalia, c'est une Juive hongroise dont la famille a été déportée à Auschwitz, elle n'avait alors que huit ans. Nous avons eu l'opportunité de nous occuper du domaine de Terre Neuve. Le reste, je pense qu'on a dû te l'apprendre.

Clara était sidérée. Sur le moment, elle ne sut si elle devait croire Alexandre sur parole. N'avait-il pas inventé toute cette histoire pour la tromper et se disculper ?

Au fond d'elle-même, elle n'éprouvait aucun ressentiment, elle se sentait comme apaisée. La sincérité d'Alexandre lui paraissait de plus en plus évidente.

— Quand je suis venu au Charmy la première fois, poursuivit-il, quand tu m'as ouvert la porte, j'ai immédiatement compris qui tu étais. Tu ressembles tellement à ta mère ! Je n'ai jamais oublié son visage.

Clara se tut un très long moment. Alexandre respecta son silence.

Quand elle sortit de sa stupeur, elle lui déclara :

— Je vous crois Alexandre. Vous ne me mentez pas. Et je vous pardonne.

Le soir même, une fois rentrée chez elle, Clara s'épancha sans tarder devant Mélanie. Celle-ci l'écouta attentivement et accepta enfin la vérité que sa fille venait de mettre au grand jour concernant le drame vécu dix-neuf ans auparavant.

Mère et fille passèrent des heures à se consoler, Douce allongée entre elles.

Clara était consciente qu'elle ne connaîtrait jamais son père. Elle acceptait que sa naissance reste à jamais obscure. Mais Alexandre lui avait ouvert l'esprit sur une réalité qui la rendait plus sûre d'elle et lui permettait à présent de percevoir le monde sans appréhension.

Épilogue

Saint-Jean-du-Gard,
juin 1968

L'église de la petite cité cévenole n'avait pas accueilli autant de monde depuis des lustres. Dans la nef centrale et les deux nefs latérales, les bancs étaient tous occupés. Dehors, la foule se pressait sur le parvis et tentait de voir ce qui se passait à l'intérieur. Devant l'autel où opérait le prêtre de la paroisse face aux fidèles, Clara et Amaury concrétisaient leur union sous d'heureux auspices, en présence de leurs familles respectives et de leurs nombreux amis et parents.

La mariée, en longue robe paysanne immaculée et chapeau de paille, n'avait d'attention que pour son fiancé et se sentait fébrile à la seule idée qu'il allait bientôt, à la demande du curé Bonnal, accepter de l'épouser. Depuis le commencement de la cérémonie, elle tournait son visage dans sa direction, négligeant la présence de l'officiant, qui dut la rappeler à l'ordre à maintes reprises.

Amaury, de son côté, en costume à chevrons beige – il avait refusé de sacrifier au traditionnel trois-pièces gris anthracite –, dissimulait mal son émotion. Il ne cessait de glisser sa main dans la poche de sa veste pour vérifier qu'il n'avait pas oublié les alliances. Il avait tenu à les garder lui-même et à ne les sortir qu'au moment où les consentements entre époux seraient prononcés.

— Amaury, acceptez-vous de prendre pour épouse Clara Lacoste, ici présente, et de l'aimer fidèlement dans le bonheur et dans les épreuves tout au long de votre vie ?

Sans aucune hésitation, Amaury répondit :

— Oui, je l'accepte.

Le prêtre s'adressa ensuite à la future mariée :

— Clara, acceptez-vous de prendre pour époux Amaury Duteil, ici présent, et de l'aimer fidèlement dans le bonheur et dans les épreuves tout au long de votre vie ?

Clara n'avait pas détourné son visage d'Amaury. Elle semblait le regarder comme si elle avait recouvré miraculeusement la vue, comme si elle s'extasiait en découvrant le premier matin de la Création.

L'assemblée avait cessé d'émettre le moindre bruit et restait suspendue à ses lèvres.

Un rayon de soleil illumina les deux fiancés, irisant de ses couleurs dorées le vitrail du transept. Clara en fut tout auréolée. Elle ressentit une douce chaleur, eut la vague impression de percevoir à nouveau la lumière au fond de sa nuit noire.

Le prêtre se racla la gorge, en attente de sa réponse. Sur le moment, il crut qu'elle hésitait. L'assemblée s'interrogeait. Ruben regarda Jeanne d'un air dubitatif. Celle-ci se pencha vers Mélanie, qui la rassura par un froncement de sourcils.

Clara se retourna dans leur direction, leur sourit, le visage radieux.

Amaury lui prit la main. Elle se rapprocha de lui, comme pour l'embrasser.

Personne ne comprenait ses intentions. Le prêtre commençait à trépigner. Il la rappela à l'ordre gentiment :

— Vous vous embrasserez quand vous aurez prononcé tous les deux votre consentement... Alors, Clara ?

Elle caressa lentement le visage d'Amaury, approcha ses lèvres de son oreille, lui susurra :

— Je te vois avec mes mains, tel que tu es... et tu es encore plus beau que si je te voyais avec mes yeux.

Le prêtre répéta sa question.

— Bien sûr, je veux épouser Amaury ! s'exclama Clara en dépit de toutes les conventions.

Elle lui sauta au cou avant même que le curé Bonnal ne les autorise à s'embrasser.

L'assistance poussa des soupirs de soulagement. Tous se détendirent et rirent de la manière dont Clara avait accepté Amaury pour époux.

— Désormais, poursuivit le prêtre, vous êtes unis par Dieu dans les liens du mariage. Vous pouvez vous embrasser... mais je constate que vous n'avez pas attendu mon autorisation !

La cérémonie terminée, les fidèles se retirèrent lentement et se regroupèrent sur le parvis pour l'hommage aux mariés.

Quand Clara, au bras d'Amaury, s'approcha de la dernière rangée de bancs, elle éprouva une étrange impression. Elle s'arrêta. Tourna la tête sur sa gauche.

— Qu'y a-t-il, sur ce banc ? lui demanda-t-elle.

Surpris, Amaury jeta un regard incrédule, se saisit de l'objet.

— Comment as-tu deviné qu'il y avait quelque chose ?

— Je l'ai ressenti. Qu'est-ce que c'est ?

Amaury tenait dans les mains un étui à violon. Il le remit à Clara. Derrière eux, le curé Bonnal discutait avec deux paroissiens.

— Déjà un cadeau de mariage ! s'étonna-t-il.

Clara se déplaça à l'écart, entraînant Amaury avec elle. Elle ouvrit l'étui, sortit le violon qu'il contenait.

— Le violon avec lequel Alexandre m'apprenait à jouer ! s'exclama-t-elle.

— Il y a un petit mot dans l'étui, dit Amaury. Il t'est adressé.

— Lis-le-moi.

Dehors, les parents de Clara s'impatientaient.

— « Clara. Quand tu liras ces quelques lignes, je serai déjà loin. Je ne pouvais manquer d'être présent à ton mariage, j'y ai assisté sans que tu le saches. Tu étais magnifique. Je te souhaite tout le bonheur du monde. N'oublie jamais que la lumière vient toujours de l'intérieur. Prends bien soin de ce violon. C'est le plus beau cadeau que je pouvais t'offrir. Ne l'abandonne pas, je compte sur toi. Adieu. Alexandre. »

Plusieurs années plus tard. Clara et Amaury vivaient heureux à Montpellier, où Amaury avait acheté une pharmacie grâce à l'argent que sa mère était parvenue à économiser sur l'héritage de son grand-père, plus conséquent qu'il ne l'avait imaginé.

Au Charmy, Ruben et Jeanne vieillissaient dans le bonheur de voir leur petite-fille se réaliser pleinement. Mélanie était la plus à plaindre à leurs yeux. Elle n'avait jamais refait sa vie et gardait dans sa mémoire le souvenir de plus en plus lointain de Jacques Bonnefon. Ce dernier demeurait leur secret. Ils ne l'évoquaient jamais sous leur toit pour éviter de remuer le passé et pour que Clara ne puisse penser qu'une enfant de père inconnu n'était pas une enfant comme les autres.

Pour respecter le souhait d'Alexandre, Clara s'était remise au violon et y consacrait tout son temps libre. Elle n'avait rien oublié de son enseignement et, à l'aide d'autres professeurs émérites du conservatoire de musique où elle parvint à entrer, elle ne cessa de progresser, créant l'admiration et l'étonnement de tous ses enseignants.

Elle donna deux garçons et une fille à Amaury. Son rôle de mère ne l'empêcha pas de continuer à vivre sa passion de la musique découverte tardivement. Elle avait craint que ses enfants ne soient tôt ou tard affectés du mal qui l'avait frappée dans la fleur de l'âge. Mais les ophtalmologues consultés à Marseille l'avaient rassurée : « Aucun de vos enfants ne sera atteint de cécité. »

Quand tous les cinq arrivaient à Saint-Jean, leurs amis se précipitaient pour les recevoir. Ils suscitaient l'admiration de tous. On les considérait comme une famille modèle. Clara ne sortait jamais sans Douce, qui, malgré les années, continuait à être ses yeux mais aussi la compagne de jeux de ses enfants. Personne ne relevait plus son handicap.

Le violon lui prenait de plus en plus de temps. Elle participait maintenant à des concerts en solo donnés dans les villes de province. On commençait à parler d'elle sur les scènes nationales, où on la présentait comme la violoniste prodige et aveugle révélée par un mystérieux inconnu.

Lorsqu'elle s'absentait, elle confiait ses enfants à Lucie Fabre, venue s'installer à Montpellier. La jeune femme était restée son amie. Elle avait perdu complètement la vue, mais, comme Clara, elle montrait une volonté à toute épreuve. Amaury s'accommodait de ses départs. Pour rien au monde il ne lui aurait reproché de sacrifier sa famille à sa passion. Il était fier de sa femme. Il l'accompagnait le plus souvent possible, tenait le rôle de son agent auprès des organisateurs de spectacle.

Leur vie était bien remplie et riche d'un amour incommensurable.

Paris, 21 juin 1982

À l'occasion de la première Fête de la musique instituée après l'élection de François Mitterrand à la présidence de la République, Clara fut conviée à participer à un concert de musique classique organisé salle Pleyel à Paris. On lui proposa d'assurer la première partie du spectacle. Elle ne s'était jamais produite dans la capitale. Sur le moment, elle voulut refuser, terrorisée à l'idée de monter sur une scène aussi prestigieuse. Amaury la convainquit d'accepter.

— Je t'accompagnerai, l'encouragea-t-il. Lucie s'occupera des enfants.

Clara agréa l'invitation et se prépara pour le grand jour, répétant pendant des heures les morceaux de violon qu'elle comptait interpréter pour l'occasion.

Le soir du concert, quand on la prévint que Jack Lang, le ministre de la Culture, serait présent, elle faillit perdre ses moyens.

— Tranquillise-toi, tenta de la calmer Amaury. Tu n'auras qu'à penser à nos enfants. Joue pour eux et tout se passera bien.

La foule s'était massée dans la salle et attendait fébrilement de découvrir cette artiste hors du commun que la presse avait annoncée et présentée comme dotée d'un don exceptionnel.

Elle avait choisi d'interpréter plusieurs adagios : l'*Adagio royal* de François de Boisvallée, puis l'*Adagio et fugue en ut mineur* de Mozart, suivi de l'*Adagio pour cordes opus 11* de Samuel Barber et, pour terminer, le célèbre *Adagio* d'Albinoni.

Ces œuvres demeuraient ses préférées, celles qu'Alexandre lui faisait répéter à Terre Neuve. Elle les connaissait par cœur, les jouait à la perfection. Ce soir-là cependant, elle ne se sentait pas au mieux de sa forme. Le trac l'empêchait d'être elle-même.

Quand elle entra en scène, sans avoir besoin de quelqu'un pour la guider, elle eut l'impression que le ciel allait lui tomber sur la tête.

Amaury s'était assis au premier rang. Il lui avait indiqué, avant le lever de rideau, l'emplacement exact où il se trouverait.

« Et le ministre ? s'était-elle inquiétée. Où sera-t-il ?

— Au premier rang aussi, je suppose. Ne te tracasse pas, ce n'est pas important. L'essentiel est que tu joues pour ceux que tu aimes. Pense aux enfants, à ta mère, à tes grands-parents.

— Je penserai à toi, mon amour. »

Elle amorça le premier adagio de son programme. Le public était tout ouïe et retenait son souffle. Jack Lang n'en perdait pas une note, admiratif devant le talent de cette artiste qu'il ne connaissait pas.

Plus elle jouait, plus Clara se sentait libérée. Quelque chose s'éveillait en elle, quelque chose qu'elle ressentait, une présence, un soutien, une bienveillance. Elle se détendit, survola les mouvements les uns après les autres avec une facilité déconcertante, enchaîna les adagios en soulevant l'émotion de tout son auditoire.

Quand elle eut terminé, le public demeura silencieux quelques secondes, emporté par sa virtuosité, puis l'applaudit à tout rompre. Tous debout, le ministre le premier.

Non loin de lui, Amaury pleurait de joie.

Quand le calme revint dans la salle, Clara s'adressa au public :

— Merci beaucoup, commença-t-elle. Vos applaudissements me vont droit au cœur…

Elle se confondit en remerciements pour tous ceux qui lui avaient permis de réaliser son rêve. Elle remercia aussi le ministre pour sa présence et ses encouragements.

— Merci à ma famille, poursuivit-elle, qui subit mes absences et qui me soutient ; merci à Amaury, mon mari, qui est mon guide, ma raison de vivre avec mes enfants. Il est parmi vous, au premier rang.

Les larmes lui montaient aux yeux.

Des trémolos dans la voix, elle ajouta, après quelques secondes de recueillement :

— Je ne voudrais pas oublier une personne à qui je dois d'avoir découvert la musique et le violon en particulier. C'est un homme discret et bienveillant. Il ne se doute pas que j'ai deviné sa présence. Je ne le vois pas, mais je sais qu'il est là, parmi vous… plutôt, je le sens.

Les gens dans la salle s'étonnèrent.

— Je le remercie du fond du cœur… Je vous demande de l'applaudir… Je vous présente…

Elle pointa son archet sur sa gauche.

— … Alexandre Honegger.

Assis au troisième rang, Alexandre, gêné, ne broncha pas. Les regards se posèrent sur lui.

Tous se levèrent et l'applaudirent.

Saint-Jean-du-Pin
26 septembre 2022-17 février 2023

Table

TROISIÈME PARTIE

QUATRIÈME PARTIE

Vous souhaitez en savoir plus sur les livres
et les auteurs de la collection Terres de France ?

Retrouvez toutes les informations sur le site
www.collection-terresdefrance.fr
et abonnez-vous à notre lettre d'information.

Suivez-nous également sur notre page Facebook,
notre compte X et Instagram.

#lisez! engagé
www.lisez.com
Pour plus d'information :
Imprimé sur du papier issu de forêts gérées durablement.

CET OUVRAGE
A ÉTÉ ACHEVÉ D'IMPRIMER
SUR ROTO-PAGE
PAR L'IMPRIMERIE FLOCH
À MAYENNE EN AOÛT 2025

N° d'impression : 107354
Imprimé en France